Bad Romeo & Broken Juliet

Von Katie McLane

FSC
www.fsc.org
MIX
Papier aus verantwortungsvollen Quellen
FSC® C083411

Impressum

1. Auflage, 2024

Cover: Dream Design – Cover and Art, Renee Rott
Lektorat: Franziska Schenker

Katie McLane
c/o easy-shop, K. Mothes
Schloßstr. 20
06869 Coswig (Anhalt)

info@katie-mclane.de
www.katie-mclane.de

Herstellung und Druck über tolino media GmbH & Co. KG, München.
Printed in Germany

Bad Romeo & Broken Juliet

(Burning Hearts 2)

Von Katie McLane

Buchbeschreibung:
Du gehörst mir, Principessa, und wirst für die Sünden deiner Familie büßen.

Auf den brutalen Mord an meinem Vater, dem Don der Mancusos, gibt es nur eine Antwort – Krieg. Die Contis werden mit ihrem Blut dafür bezahlen.
Und du bist die Erste, süße Tochter meiner Todfeinde.
Dich bringe ich in mein Versteck in den Catskill Mountains.
Schrei ruhig nach Hilfe, niemand wird dich hören.
Wimmere vor Schmerz, mein Herz lässt das kalt.
Bettle um Gnade, das wird dir nichts nützen.
Lauf' vor mir davon ... und du entfesselst ein Feuer in mir, das uns beide niederbrennt.
Besser, du gibst all deine Hoffnungen auf, Principessa. Denn ich werde dich nie wieder gehen lassen. Selbst wenn ich dafür deinen Verlobten beseitigen muss.

Über die Autorin:
Gestatten? Katie McLane. Musik im Blut, Pfeffer im Hintern, Emotionen im Herzen, prickelnde Geschichten im Kopf.
Ich lebe mit meiner Familie im Herzen NRWs und schreibe Romance für alle Sinne.
Meine Liebesromane drehen sich um dominante Männer und starke Frauen. Sind voll prickelnder Leidenschaft, überwältigendem Verlangen und absoluter Hingabe. Vereinen intensives Knistern, süße Sehnsucht und tiefe Gefühle. Und sie treffen mit all ihren Emotionen mitten ins Herz - bis zum Happy End.

Playlist

»Artificial« – Daughtry
»Runaway« – Lionville
»One More Flag in the Ground« – Kamelot
»Stone Cold Lover« – Perfect Plan
»Juliette« – Crowne
»Devour« – Shinedown
»Adrenaline« – You Me At Six
»Shed my Skyn« – Within Tempation & Annisokay
»Stockholm Hearts« – Self Deception
»Insatiable« – Amaranthe
»Down In Flames« – Blue Stahli
»Empire of the Sun« – Solence
»I've Got The Fire« – Kissin' Dynamite

Oder direkt bei Spotify hören –
»Playlist zu ‚Bad Romeo & Broken Juliet'«:
https://open.spotify.com/playlist/6MevTAvISBGw9CAdIjKU1l?si=13e19973a9e740f9

Romano

Kapitel 1

Zwei Monate zuvor

Sieh genau hin, Mancuso. Sieh zu, wie er stirbt.

Die Klinge drückt gegen meine Kehle.

Ich spüre das kalte, scharfe Metall.

Wie es meine Haut ritzt.

Meine Finger zucken, wollen sich um meinen Hals legen, doch ich unterdrücke den Reflex.

Mein Vater steht ein Stück von mir entfernt, auf der kleinen Dachterrasse seines italienischen Lieblingsrestaurants, umringt von mehreren Männern.

Sie haben uns von den Stühlen und vom Tisch weggezerrt.

Ich starre auf den schwarzglänzenden Sarg, der über der Grube aufgebahrt ist.

Höre die Stimme des Geistlichen, die unterdrückten Schluchzer meiner Mutter.

Der Tag der Abrechnung ist gekommen.

Unter Aufbietung sämtlicher Willensstärke kämpfe ich darum, meine Emotionen unter Kontrolle zu behalten.

Vor mir die Augen meines Vaters, voller Stolz und Unnachgiebigkeit.

Mit schnellen Bewegungen stechen die Kerle auf ihn ein.

Um zahlreiche Wunden färbt sich alles rot.

Mein Vater hustet und spuckt Blut.

Wankt, sinkt auf die Knie.

Verzweifelt balle ich die Hände zu Fäusten.

Kämpfe gegen die Schuldgefühle an, die mich überwältigen wollen.

Schöne Grüße von den Contis an deine Familie.

Damit schneiden sie meinem Vater die Kehle durch.

Sein Blick bricht.

Sein Körper fällt leblos vornüber.

Sechs Männer in schwarzen Anzügen heben den Sarg an, entfernen die Holzbalken und lassen ihn langsam hinab.

Der brennende Schmerz breitet sich in meiner Brust aus, erschwert mir das Atmen.

Ich hätte ihn retten müssen, aber wir waren einen Moment unachtsam.

Und sie saßen bereits an den umliegenden Tischen, als wir eintrafen.

Gestützt von meinem ältesten Bruder und seiner Frau tritt meine Mutter ans Grab, steht eine Weile nur da und ihr Weinen wird lauter. Dann wirft sie Blumen auf den Sarg hinab.

Luca und seine Frau verabschieden sich auf die gleiche Weise, führen sie zur Seite. Als Nächstes sind meine anderen beiden Brüder und ihre Frauen dran.

Anschließend trete ich vor, umklammere mit der rechten Hand mein linkes Handgelenk.

Verzeih mir, papà, *ich konnte es nicht verhindern. Aber sie werden dafür büßen, mit ihrem Blut.*

Kurz presse ich die Augen zusammen, atme tief durch.

Werfe eine Rose, wende mich ab und gehe zu meiner Familie.

Danach nehme ich kaum wahr, was an mir vorbeizieht.

Stehe Beileidsbekundungen, Händeschütteln, Leichenschmaus, Trauerreden und Familienzusammenkunft irgendwie durch.

Zurück in meiner Wohnung werfe ich die Tür ins Schloss, erfüllt von Wut und Schmerz. Stapfe ins Wohnzimmer und kämpfe nicht weiter gegen all die Emotionen an, die sich im Laufe des Tages angestaut haben.

Dieser Scheiß schnürt mir die Kehle zu, weswegen ich mir die schwarze Krawatte vom Hals reiße und auf den Sessel werfe. Ein rotes, rein dekoratives Designerstück in Form einer Rosenblüte und Beweis einer meiner wenigen Schwächen.

Das schwarze Jackett fliegt hinterher, dann öffne ich die obersten Hemdknöpfe und die Türen des Barschranks. Fülle ein Glas zur Hälfte mit Whisky und nehme den ersten großen Schluck.

Mit geschlossenen Augen und zusammengebissenen Zähnen spüre ich dem Brennen in meiner Kehle nach.

Sehe meinen Vater vor mir, aufgebahrt im offenen Sarg. Die Haut wie Wachs, die Spuren seines Todes verborgen.

Wie die elegante dunkle Holzkiste später ins Grab sinkt.

Und immer wieder seinen Tod.

Mein Blick wandert zum Flachbildfernseher an der Wand über dem geschlossenen Kamin.

Es gibt ein Video der Überwachungskameras auf der Dachterrasse, die meisten Täter wurden dadurch inzwischen identifiziert.

Meine Brüder und ich haben es uns angesehen.

Auch jetzt drängt es mich danach, doch ich schiebe das beiseite.

Die Bilder haben sich bereits in mein Hirn geätzt.

Vor allem das meines leblosen Vaters, unter dem sich eine Blutlache ausbreitet.

Meine Augen brennen und glühender Schmerz wühlt in meinen Eingeweiden.

Die Wut steigt höher, explodiert wie Lava aus einem Vulkan.

Mit einem ohnmächtigen Schrei fahre ich herum und schleudere das Glas zu Boden. Whisky spritzt, Splitter schlittern über das Parkett.

Ich falle auf die Knie, vornüber auf die Hände.

Kämpfe gegen Schmerz, Wut und Tränen an.

Ohne Erfolg.

Alles bricht aus mir hervor und für einen Moment gebe ich mich meiner Trauer hin. Wüte und klage, raufe mir das Haar.

Verabschiede mich stumm, spreche mit zitternder Stimme mein erstes und letztes ehrliches Gebet. »Gütiger Gott, befreie meinen Vater von allem Bösen, dass er heimkehre in deinen ewigen Frieden. Öffne ihm das Paradies, wo es keine Trauer mehr gibt, keine Klage und keinen Schmerz, sondern Friede und Freude, mit deinem Sohn und dem Heiligen Geist, in Ewigkeit. Amen.«

Sobald ich mich wieder unter Kontrolle habe, setze ich mich auf die Fersen und richte den Blick gen Himmel.

»Ich schwöre, ich werde deinen Tod rächen, *papà*. Die Contis wollen Krieg, sie bekommen ihn. Sie werden mit ihrem Blut dafür bezahlen, was sie dir und uns angetan haben. Dafür werden Luca, Matteo und Pasquale sorgen. Aber ich ... ich habe mir etwas Besonderes ausgedacht. Ich werde sie im Innersten treffen. Und ich fange an ihrer schwächsten Stelle an.«

Romano

Kapitel 2

»*Coi fiocchi*, der letzte Mörder ist erledigt.«

Matteo legt das Smartphone beiseite, ergreift sein Grappaglas und hält es mit einem boshaften Grinsen in die Höhe. »Auf dass sie in der Hölle schmoren.«

»*Salute!*« Meine anderen beiden Brüder und ich stoßen mit ihm an.

Luca, der nach dem Tod unseres Vaters die Leitung des Clans übernommen hat, stellt das leere Glas zurück auf den niedrigen Tisch zwischen uns und nickt ihm zu. »Wie weit bist du mit Phase zwei?«

»Es ist schwierig, an Conti selbst heranzukommen. Seine Wohnung ist praktisch die Zentrale und er verlässt sie nur äußerst selten.«

»Feiger Drecksack.« Pasquale verzieht angewidert das Gesicht.

Ich hebe eine Braue. »Hast du etwas anderes erwartet?«

»Nein.«

»Was ist mit meiner Idee, eine unserer Spezial-Nutten einzuschleusen?« Nacheinander sehe ich sie an, am Ende meinen zweitältesten Bruder Matteo, der sich im Mancuso-Clan um Schutzgelderpressung und Ähnliches kümmert. Schläger, Killer, gewaltbereite Soldaten befehligt.

»Der Alte fickt nicht.«

Mir entfährt ein ungläubiges Lachen. »Hör auf, uns zu verarschen.«

»Purer Ernst.«

»Kann er nicht oder will er nicht?«

»Was weiß ich, scheiß drauf.«

»Und seine Söhne?«

»Glücklich verheiratet«, erwidert Pasquale.

»Pah! Du kannst jeden Kerl bei seinem Schwanz packen.«

»Es wäre auf jeden Fall einen Versuch wert.«

Doch Luca schüttelt den Kopf. »Das dauert zu lange, ich will diesen Krieg so schnell wie möglich beenden.«

»Ich könnte meine Jungs auf ihre Frauen ansetzen«, wirft Matteo ein.

»Nein, keine Umwege über Unschuldige.«

»Kein Conti ist unschuldig.«

»Spionier seine Söhne aus, sein Ältester wird zuerst dran glauben. Conti soll den Tod näherkommen sehen.«

Lässig lege ich die Arme auf den Seitenlehnen des Sessels ab. »Aber vorher werde ich ihn demütigen. Dort, wo es einem Don am meisten wehtut.«

»Du meinst seine Tochter.«

»Ganz genau.«

Mein ältester Bruder schürzt die Lippen, nickt nachdenklich. »Wann willst du zuschlagen?«

»Bald.«

»Gut. Halt mich auf dem Laufenden.«

»Natürlich.«

»Und die Geschäfte?«

Ich zucke mit den Schultern. »Bestens. Der Zulauf wächst, sowohl in den exklusiven Privatclubs als auch in den offenen Sex-Clubs. Wir haben Frischfleisch rekrutiert.«

»Wie ist die Qualität?«

»Drei Edel-Escorts konnte ich von der Konkurrenz abwerben, die haben ihre Stammkunden direkt mitgebracht, locken weitere an. Und die anderen Weiber zeigen nach der Einarbeitung auch das Mindestmaß an Einsatzfreude. Nur eine musste zugeritten werden.«

»Ich hoffe, darum kümmerst du dich nicht mehr selbst.«

»Nein, das hat Nate letztes Jahr übernommen. Ich mache nur noch die Qualitätskontrollen.« Grinsend nippe ich an meinem Whisky.

»Gut. Auf Natale können wir uns verlassen.« Luca wendet sich Pasquale zu, der für die Lokale sowie Einrichtungen mit diversen Glücksspielangeboten zuständig ist, und erhält auch von ihm die gewünschten Auskünfte.

Danach tauschen wir generelle Informationen aus und beenden am frühen Abend unser wöchentliches Treffen.

Ich verlasse als Erster das Gebäude, in dem sich die Zentrale des Mancuso-Clans befindet. Und zwar durch das Ladengeschäft der Import-Firma, die Luca offiziell betreibt. Jeder kann dort original italienische Delikatessen und Luxusartikel erwerben, von Olivenöl über Wein bis hin zu edlen Accessoires und Designerartikeln.

In meinem roten Alfa Romeo 8C Competizione, eine Ausführung meiner vermutlich größten Schwäche, fahre ich Richtung Central Park, ins *CORE*.

Der exklusivste meiner Privatclubs liegt im Herzen einer gemischt genutzten Immobilie an der 5th Avenue. Er erstreckt sich über die beiden obersten Etagen sowie die Dachterrassen und ist für die Mitglieder nur mit einem einzigen Aufzug in Verbindung mit der dafür nötigen Key-Card erreichbar. Das Personal benutzt den diskreten Eingang an der 55th Street oder den Zugang über die

Tiefgaragen-Ebene, über besagten Lift.

Ich stelle meinen Sportwagen auf dem reservierten Parkplatz ab, laufe zum Fahrstuhl und drücke auf den Knopf für die oberste Etage. Schalte mit Key-Card und PIN die Fahrt sowie die hintere Kabinentür frei.

Dort gelange ich in ein kleines Foyer, das immer mit einer Empfangsdame oder einem Rezeptionisten besetzt ist. Die Person sorgt dafür, dass niemand Unbefugtes in den Personalbereich rechts oder zu den Büros links gelangt.

»Hey, Andy.«

Er hebt den Blick von den Überwachungsmonitoren, die unterhalb des Tresens angebracht sind, und nickt mir zu. »Guten Abend, Signore Mancuso.«

»Ist Nate schon da?«

»Nein.«

»Okay, danke.« Ich marschiere in mein Büro, vorbei an den verwaisten Büros der Administration und dem Schreibtisch meines Assistenten. Lasse die Tür offen stehen und trete ans Fenster.

Eine Weile lang betrachte ich die Fassade des *St. Regis Hotels* auf der gegenüberliegenden Straßenseite, die Hände in den Hosentaschen vergraben. Lasse mir noch einmal die Informationen durch den Kopf gehen, die bei unserem wöchentlichen Treffen aufgekommen sind, und lande am Ende bei meinem Plan.

Die Vorbereitungen sind, dank meines Kontaktmannes vor Ort, endlich abgeschlossen. Ich war am Wochenende dort, um mich davon zu überzeugen.

Jetzt warten wir auf die passende Gelegenheit.

Deswegen steigt die Anspannung in mir kontinuierlich an.

Ich kenne diese Mischung aus Rachedurst, Ungeduld und Erregung, doch sie war noch nie so stark.

Wie ein unangenehmer Druck von der Kehle bis zu den Eiern.

Den ich besser ablasse, bevor mir ein Fehler unterläuft.

Und dafür gibt es nur einen Weg.

Ich rufe mir ein paar Gesichter ins Gedächtnis und bei einer verzieht sich mein Mund zu einem anerkennenden Lächeln.

Entschlossen gehe ich zu meinem Schreibtisch, nehme den Hörer ans Ohr und tippe die Kurzwahl für den Club-Empfang ein.

»Hallo, Romano, hier ist Viv. Was kann ich für dich tun?«

»Ist Amber da?«

»Ja.«

»Ist sie beschäftigt?«

»Nein, es ist noch nicht viel los.«

»Gut. Schick sie rauf.«

»Wird erledigt.«

Ich lege auf, streife die Lederjacke ab und werfe sie über meinen Bürostuhl. Dann gehe ich zu der frei stehenden Couch am anderen Ende des Raums, direkt unter den Fenstern. Setze mich, strecke die Arme auf der niedrigen Rückenlehne aus und warte.

Den Blick auf den Eingang gerichtet, lausche ich in die Stille. Vernehme schließlich das leise Ping des Fahrstuhls und näherkommende Schritte, die ihr Bild in mir heraufbeschwören. Stolz, kontrolliert, selbstsicher.

Kurz darauf erscheint sie im Türrahmen, hebt den Arm und lehnt sich in lasziver Haltung seitlich dagegen. »Hallo, Boss.«

Hungrig lasse ich den Blick über ihren Körper gleiten.

Overknee-Stiefel mit trinkhalmdünnen hohen Absätzen, nackte Schenkel, ärmelloses enges Lederminikleid mit durchgehendem Reißverschluss. Das lange schwarze Haar trägt sie in einem Zopf auf dem Oberkopf und das Make-up erinnert mich an Schneewittchen. Vor allem der erdbeerrote Mund.

Das Blut schießt in meinen Schwanz und ich lecke mir in Vorfreude die Lippen. »Komm rein und mach die Tür zu.«

Sie folgt meinem Wunsch, verriegelt sie per Knopfdruck. Läuft mit herausforderndem Blick auf mich zu wie eine Kreuzung aus Raubtier und Mannequin.

Fuck, genau das brauche ich jetzt.

Vor meinen gespreizten Knien bleibt sie stehen, zieht langsam den Reißverschluss nach unten und streift das Kleid ab. Darunter trägt sie nur ein Höschen, das vorn aus zwei Fäden und einem Fetzen Stoff besteht. Der dritte Faden klemmt zwischen ihren Backen, wie ich sehe, sobald sie sich umdreht.

Im Rhythmus einer lautlosen Musik bewegt Amber ihren Arsch über meinen Schoß und stützt sich auf meinen Schenkeln ab. Schwebt erst federleicht über der wachsenden Beule in meiner Hose, sinkt tiefer, reibt sich an mir.

Meine Hüften zucken vor und für einen Augenblick stemmt sie sich dagegen. Presst ihre heiße Muschi fest an meine Härte. Dann dreht sie sich um, geht vor mir auf die Knie und öffnet meine Hose. Schiebt sie zusammen mit den Boxer-Pants über meinen Hintern, sobald ich ihn anhebe, und widmet sich meiner Latte.

Ich zügele meine Ungeduld und beobachte, wie sie mich bearbeitet. Mich reibt, massiert, leckt. An mir saugt, mit mir spielt. Bis mein Schwanz und meine Eier prall sind vor Erregung.

Endlich nimmt sie mich in den Mund, lässt mich hinein- und hinausgleiten. Mit jedem Mal ein wenig tiefer.

Meine Spitze stößt in ihre Kehle, ihre Zunge massiert

von unten meinen Schaft und in meinem Unterleib breitet sich das heiße Kribbeln aus.

Trotzdem fehlt mir der gewisse Kick.

»Stop!«

Erstaunt hebt sie den Kopf, die Hände noch an meinen Juwelen. »Was?«

Ich packe ihren Oberarm, stehe auf und ziehe sie mit hoch. Drehe mich mit ihr, drücke sie auf die Couch, gegen die Lehne, und knie mich über sie. Dann umfasse ich meinen Schwanz und dränge die Spitze gegen ihre roten Lippen.

Amber sperrt den Mund auf, rutscht ein Stück tiefer und reckt das Kinn. Legt die Finger um mich, reibt mich bis zur Wurzel.

Ich stütze mich mit einer Hand auf der Rückenlehne ab und ficke ihren Mund. Steigere langsam das Tempo, stoße tiefer in ihre Kehle und schaue mit wachsender Gier dabei zu.

Doch ohne, dass ich es verhindern könnte, wird ihr Gesicht zu dem einer anderen Frau.

Gebogene Lippen, zierliche Nase, grüngraue Katzenaugen, umgeben von kupferfarbenen Locken.

In mir steigt Hass auf.

Der Drang, dieser Conti-Schlampe wehzutun.

Ich verlagere das Gewicht, packe die Lehne auch mit der anderen Hand und ficke Amber härter.

Ihre heiße feuchte Höhle wird enger und ihre Finger schließen sich fester um meinen Schwanz. Ein unwilliger Laut entfährt ihrer Kehle, doch ich ignoriere es.

Stoße tiefer, höre und fühle ihr Würgen, spüre ihre aufkommende Panik.

Sie will mich zurückdrängen, mir ausweichen, Tränen rinnen aus ihren Augenwinkeln, aber auch das ist mir egal.

Ich packe ihr Haar, halte sie ruhig und hämmere noch

einige Male in sie. Dann komme ich zum Höhepunkt, presse sie fest gegen die Rückenlehne. Werfe den Kopf in den Nacken, stoße ein lautes Grollen aus und pumpe mein Sperma in ihren Rachen.

Sie schluckt gehorsam und wenige Sekunden später ist es vorbei.

Zufriedengestellt ziehe ich mich aus ihrem Mund zurück, steige von der Couch und drehe mich zur Seite. »Verschwinde.«

Ich richte mich wieder her und beobachte aus dem Augenwinkel, wie sie aufsteht, ihr Kleid überstreift. Gehe zu meinem Schreibtisch, lasse mich auf den Bürostuhl fallen und öffne die unterste Schublade.

Darin befinden sich einige Gläser sowie eine Auswahl von Spirituosen und ich gieße mir einen Whisky ein. Nehme einen großen Schluck, drehe den Stuhl zur Seite und starre aus dem Fenster.

Amber stöckelt wortlos zur Tür hinaus und zieht sie leise hinter sich ins Schloss.

Braves Mädchen.

Sie weiß genau, dass sie den Mund zu halten, bis zu einer gewissen Grenze sämtliche Kundenwünsche zu erfüllen hat. Und vermutlich war schon viel abgefuckteres Zeug dabei.

Die kleine Conti hingegen ...

Auf meinen Lippen breitet sich ein bösartiges Lächeln aus.

Oh ja, die werde ich in alle Löcher ficken.

Sie zerstören.

Ganz langsam aufschlitzen.

Vielleicht filme ich auch, wie sie für jeden einzelnen Messerstich büßt, der meinen Vater getroffen hat. Und schicke dem feigen Drecksack das Video.

Ein Klopfen reißt mich aus meinen Gedanken und ich

drehe mich mit dem Stuhl um. »Ja?«

Die Tür öffnet sich und Nate erscheint im Türrahmen.

»Hi.«

»Bro! Willst du auch einen?« Ich hebe mein Glas.

»Klar.« Er kommt herüber, wobei seine Lederhose leise knarzt.

Ich stelle meinen Drink ab, greife erneut in die Schublade und gieße Wodka ein. Reiche ihm das Glas, nehme meines wieder zur Hand.

Wir prosten uns zu und trinken.

»Und? Freust du dich schon?«

Ich erwidere sein Grinsen. »Was denkst du denn?«

»Wie lange willst du dortbleiben?«

»Keine Ahnung, wie lange mir das Spiel gefällt. Ein oder zwei Wochen, denke ich.«

»Falls du Hilfe mit ihrer Leiche brauchst ...«

»Nein, mit diesem Püppchen werde ich spielend fertig.«

»Aber ruf an, wenn etwas schiefgeht. Ich komme rauf.«

In mir steigt Ärger auf.

Nate ist nicht nur meine rechte Hand, sondern auch mein bester Kumpel, schon seit der Highschool. Trotzdem übertreibt er es manchmal.

»Mein Plan ist perfekt. Und dich brauche ich hier.«

»Deine Läden laufen von selbst.«

»Du kennst doch das Sprichwort. Ist die Katze aus dem Haus ...«

»Sie werden es gar nicht merken, dafür sorge ich.«

»Das wollte ich hören. Außerdem musst du die Contis im Auge behalten. Ich will jeden Tag einen Bericht.«

»Geht klar. Bin gespannt, ob ihn das aus seiner Wohnung lockt.«

Meine Mundwinkel wandern wieder höher. »Dann steht Matteo mit seinen Leuten bereit. Was ich aber nicht glaube. Die feige Sau wird sich bis zur letzten Minute verschanzen, und sei es hinter seinen Bodyguards.«

Nate trinkt einen Schluck, grinst breiter. »Ich würde ja zu gern sein Gesicht sehen, wenn er von der Entführung seiner süßen kleinen Prinzessin erfährt.«

»Vielleicht sollte ich ihm Beweise schicken. Eine Locke. Einen kleinen Finger.«

»Oder einen Nippel.«

Wir lachen zusammen.

Oh ja, die Idee gefällt mir.

Giulia

Kapitel 3

»Und? Bist du schon aufgeregt?«

Ich blicke von der Menükarte auf und meine beste Freundin an.

Sie lächelt, sichtlich neugierig, und hebt schließlich die Brauen.

»Keine Ahnung?«

»Du lernst in drei Tagen deinen Verlobten kennen.«

»Na und?«

»Fragst du dich gar nicht, wer und wie er ist?«

»Da mein Vater ihn ausgesucht hat, kann ich wohl nichts Gutes erwarten.«

»Ach, warte erst einmal ab.«

Falls ihre Worte beruhigend wirken sollten, verfehlen sie das Ziel.

Mein Magen verkrampft sich, weshalb ich einen Schluck Wasser trinke und den Blick unauffällig durch den *Garden Room* des edlen Restaurants gleiten lasse.

Man kennt sich.

Die Mehrheit der Gäste ist älter als wir, jenseits der 50, oder von Beruf Ehefrau. Gebildete, hübsche Anhängsel vermögender Männer, die zu einem der Mafia-Clans von New York gehören.

Auch Laura zählt seit letztem Jahr zu ihnen, obwohl sie genauso alt ist wie ich.

Im Gegensatz zu den meisten anderen Damen unserer unmoralischen Kreise ist sie jedoch mit einem Mann verheiratet, den sie liebt und der ihre Gefühle erwidert.

Ich stelle das Glas zurück auf den Tisch. »Ich wünschte nur, ich hätte ein wenig Mitspracherecht, was meine Zukunft angeht.«

»Tja, das ist nun mal das Schicksal von Mafia-Töchtern.«

Ich weiß. Die Belange der ehrenwerten Gesellschaft haben Vorrang und diese arrangierte Hochzeit dürfte ein für meinen Vater wichtiges Bündnis besiegeln. Das ist meine Bestimmung und ich wurde mein gesamtes Leben darauf vorbereitet.

»Was Schmuck angeht, hat er ja schon mal einen guten Geschmack.«

Wir schauen beide auf den protzigen Diamanten, der in einer kronenförmigen Fassung auf dem goldenen Reif platziert ist. Mein Vater hat ihn mir überreicht, bei Verkündung der anstehenden Hochzeit, vollkommen beiläufig.

Ich atme tief durch, lächele. »Hoffentlich interessiert er sich wenigstens für Kunst.«

»Ja, dann hättet ihr schon einmal eine Gemeinsamkeit. Vielleicht fördert er ja auch dein Talent.«

In mir steigt die altbekannte Sehnsucht auf. »Es wäre traumhaft, meine Bilder in Galerien zu sehen. In den Staaten, Europa und der ganzen Welt. Meinst du, er hat vielleicht Beziehungen in diesem Bereich?«

»Möglich.«

»Vielleicht sollte ich ihn das bei dem Abendessen fragen.«

»Gute Idee. Bestimmt wirst du das Leben an der Seite

deines Verlobten in vollen Zügen genießen. Viel Zeit für die Malerei oder unsere Treffen und hoffentlich genug Geld, das du ausgeben kannst.«

»Du vergisst die Kinder, die er von mir erwartet.«

»Dafür engagiert er bestimmt eine Nanny.«

»Nein, das meine ich nicht.« Verlegen senke ich den Blick.

»Oh, du meinst ...«

Ich nicke.

Laura schaut nacheinander über ihre Schultern, beugt sich zu mir und ergreift meine Hand. »Er ist bestimmt ein erfahrener Liebhaber.«

»Ja, aber werde ich auch Spaß daran haben? Womöglich ist er nur auf seine eigene Befriedigung aus.«

»Das kann dir leider niemand beantworten, das musst du selbst herausfinden.«

»Ich weiß.« Ich seufze schwer.

»Ach, Giulia! Versuch, positiv zu denken. Du wirst sehen, es ist alles halb so wild.«

Ich zwinge mich zu einem Lächeln. »Okay.«

Vermutlich hat meine beste Freundin recht, es ist das Beste, was ich machen kann. Und schlimmer als bei meinem Vater kann es schwerlich werden.

»Haben die Damen gewählt?«

Erschreckt schauen wir zum Kellner, der neben uns aufgetaucht ist, und lachen. Kurz und verlegen. Dann geben wir unsere Bestellungen auf und reichen ihm die Menükarten.

Sobald er verschwunden ist, strahlt Laura mich an. »So, und jetzt erzähl mir von der bevorstehenden Hochzeit. Ist dein Kleid fertig? Wie sieht es aus?«

»Ein bisschen zu pompös für meinen Geschmack, aber mein Verlobter hat es sich so gewünscht, insofern ...« Ich zucke mit den Schultern.

»Hast du ein Bild?«

»Ja, natürlich.« Eifrig greife ich in meine Handtasche, die über der Stuhllehne hängt, und ziehe mein Smartphone hervor. Öffne die Galerie, tippe auf das Bild und halte ihr das Display hin.

Ihre Augen weiten sich. »Oh, wow. Du bist so wunderschön. Und bei eurer Hochzeit wirst du aussehen wie eine Prinzessin.«

Eher wie Cinderella, deren Traum nach Mitternacht zerplatzt.

Nein, verdammt, ich muss positiv denken, schon vergessen?

Lächelnd werfe ich selbst einen Blick auf das Foto von der letzten Anprobe.

Das mondäne weiße Kleid im Herzogin-Stil hat einen Queen-Anne-Ausschnitt und spitzenbesetzte, transparente Ärmel. Von der herzförmigen Korsage an ist es aus Satin, Tüll und Spitze gefertigt, mit Perlen sowie glitzernden Kristallen versehen. Der bodenlange Rock wird von einem Plastikreif gestützt und mündet in einer üppigen Schleppe.

»Ich glaube, mit dem Kleid brauche ich zwischendurch Hilfe, um auf die Toilette zu gehen. Oder ich trinke einfach nichts.«

»Tolle Idee.« Sie verdreht die Augen.

Ohne Vorwarnung steigt die Wehmut in mir auf, die ich in letzter Zeit öfter verspüre. »Ich wünschte, meine *mamma* könnte dabei sein.«

»Oh ja, sie wäre sehr stolz auf dich.«

»Meinst du?«

»Natürlich.«

»In den letzten Wochen vermisse ich sie besonders stark.«

»Das ist völlig normal, glaub mir. Jede Braut hätte gern ihre Mutter an ihrer Seite.«

»Ja.«

»Und hoffentlich hast du keine böse Schwiegermutter zu erwarten.«

Ich lache leise. »Oh, Gott! Einen weiteren Drachen könnte ich nicht ertragen.«

»Wie sieht es denn mit den Flitterwochen aus?«

»Flitterwochen!« Aus meinem Bauch steigt ein nervöses Zittern auf. »Darüber hat auch noch niemand gesprochen.«

»Also ein weiteres Thema für das Familienessen. Frag ihn aus, damit du dich darauf vorbereiten kannst.«

Was wohl dringend nötig ist.

Die Vorstellung davon, dass mich nach der Hochzeit nur Ungewissheit erwartet, ist furchtbar beängstigend.

Aber natürlich füge ich mich, mir bleibt keine andere Wahl.

»Falls du Tipps brauchst ... für die Hochzeitsnacht oder die Flitterwochen ... können wir uns vorher gern noch einmal treffen.«

»Laura, ich bin keine Jungfrau mehr.«

»Schon klar. Aber auch nicht übermäßig erfahren.«

»Na, und?«

»Ich könnte dir erzählen, worauf Männer stehen, was sie anmacht.«

Hitze schießt mir in die Wangen. »Um Himmels willen! Das wäre, als ob ich mit dir und Paolo im Schlafzimmer wäre.«

»Oh, von uns könntest du wirklich noch einiges lernen.« Sie zwinkert mir zu. »Immerhin willst du deinem zukünftigen Ehemann gefallen, oder? Umso besser kümmert er sich um dich.«

Anstatt einer ähnlich groben Behandlung, die ich von meinem Vater gewohnt bin?

Nein. Mein Verlobter wird mich gut behandeln, ganz bestimmt.

Ich muss mich nur fügen.

In mir steigt ein Funken Widerstand auf, doch den lösche ich umgehend aus.

Mein eigener Wille zählt nicht, das habe ich früh genug begriffen.

*

Nach dem Essen weise ich den Fahrer der Limousine an, mich zu meinem Vater zu bringen.

Emilio Conti führt die Geschäfte von der riesigen Wohnung an der Upper West Side aus, in der ich aufgewachsen bin, zusammen mit meinen älteren Brüdern.

Natürlich führen Fabio und Andrea inzwischen ihr eigenes Leben, sind verheiratet. Und auch das erste Baby ist auf dem Weg.

Ich liebe meine Schwägerinnen und freue mich über jedes Treffen. Sie sind beide berufstätig, und zwar erfolgreich, und wirken erheblich stärker als ich. Deswegen ist es mir bisher nie in den Sinn gekommen, darüber nachzudenken, aber ...

Waren ihre Ehen genauso arrangiert wie meine?

Wenn ja – wann hat sich die Liebe zwischen den Paaren entwickelt?

Möglicherweise besteht für mich noch Hoffnung, trotz des Widerstands in meiner Brust.

Aus der Tiefgarage fahre ich mit dem Fahrstuhl direkt ins Penthouse hinauf. Begleitet von dem Bodyguard, den ich seit Verkündung der anstehenden Hochzeit ertragen muss.

Keine Ahnung, ob mein Verlobter darauf besteht oder mein Vater verhindern will, dass ich abhaue, aber der Typ nervt mich gewaltig. Weil er ein hässlicher, grober Klotz ist, der kein einziges Wort mit mir wechselt.

Nicht einmal einen Morgengruß erwidert er.

Außerdem ... wohin sollte ich schon abhauen?

Ich kenne niemanden außerhalb der Stadt, musste sogar in New York studieren, damit mein Vater mich unter Kontrolle hat. Und der nötige Mut fehlt mir erst recht.

Allein der Gedanke daran, vollkommen auf mich allein gestellt zu sein, bereitet mir Unbehagen.

Vor meinem inneren Auge taucht das wunderschöne Gesicht meiner Mutter auf, ein trauriges Lächeln auf den Lippen.

Er hat dir genauso seinen Willen aufgezwungen wie mir.

Mein Herz zieht sich vor Kummer zusammen, doch im nächsten Augenblick hält der Aufzug, öffnen sich die Türen, und ich muss mich von den letzten Erinnerungen losreißen.

Ich verlasse die Kabine, den Bodyguard zwei Schritte hinter mir, und gehe die drei Stufen zum Salon hinunter. Der in dunklen Farben gehaltene Eingangsbereich ist rechts mit ledernen Sitzgelegenheiten sowie weiteren dazu passenden Möbelstücken ausgestattet. Die linke Seite ist frei, bis auf einen riesigen chinesischen Teppich und ein Gemälde an der Wand.

Dort begrüßt mich der Butler meines Vaters mit einer angedeuteten Verbeugung. »*Buondì*, Signorina Giulia. Wie schön, Sie zu sehen.«

»Hallo, Ricu. Wie geht es Ihnen?«

Der gebürtige Sarde, der den Haushalt seit dem Tod meiner Mutter führt, senkt kurz das Kinn. »Gut, vielen Dank der Nachfrage. Und Ihnen?«

»Könnte besser sein. Hat mein Vater Besuch oder ist anderweitig beschäftigt?«

»Nur die übliche Arbeit. Bitte, folgen Sie mir!«

Hinter ihm laufe ich zu dem Durchgang, wo mein Bodyguard zurückbleibt. Dahinter biegen wir in den Flur ab, der zum Büro meines Vaters führt.

Ricu klopft an die schwere dunkle Holztür, wartet die entsprechende Reaktion ab und macht einen Schritt in den Raum, ohne den Knauf loszulassen. »Ihre Tochter, Don Conti.«

»Was will sie?«

Unter seinem Blaffen zucke ich innerlich zusammen. Zwinge mich aber zu einem höflichen Lächeln, als der Butler den Kopf zu mir dreht.

»Ich möchte über das Familienessen reden.«

Er wendet sich meinem Vater zu, wiederholt mein Anliegen.

»Soll reinkommen.«

Ricu lässt die Tür los, tritt zwei Schritte zur Seite und nickt mir zu.

Also atme ich tief durch, recke das Kinn und trete ein. In das ähnlich dunkle Arbeitszimmer mit den antiquarischen Möbeln und der Aussicht auf den Park sowie den Hudson River und New Jersey dahinter.

»Hallo, Vater.«

Er bleibt hinter dem Schreibtisch sitzen, lehnt sich nur ein Stück zurück und mustert mich mit sichtbarem Unmut. »Giulia, was willst du?«

»Nun, ich war mit Laura Mittagessen und –«

»Jetzt hast du Langeweile.«

»Was? Nein, ich –«

»Sag, was du willst, ich habe viel zu tun.«

In meinem Bauch breitet sich nervöse Unruhe aus.

Ich darf ihn jetzt auf keinen Fall weiter gegen mich aufbringen.

»Ich wollte nur mit dir über das Familienessen reden. Und die Hochzeit.«

»Da gibt es nichts zu reden.«

»Können wir die Trauung ein wenig verschieben?«

»Sie findet wie geplant statt, alles ist vorbereitet.«

»Das ist mir bewusst. Ich möchte nur ein wenig mehr Zeit, um meinen Verlobten kennenzulernen, bevor wir vor den Altar treten.«

»Unsinn!«

»Bitte, Vater.«

»Nein.« Seine Stimme ist dermaßen kalt, dass die Raumtemperatur um einige Grad sinkt.

Mich fröstelt es. »Ich bin ihm vorher nie begegnet.«

»Er ist ein Ehrenmann, steht zu seinem Wort. Und von mir erwartet er dasselbe.«

»Will er sich denn gar nicht mit mir vertraut machen, bevor er mir das Ja-Wort gibt?«

»Wozu? Er weiß, wie du aussiehst, welche Ausbildung du genossen hast und aus welchen Kreisen du stammst. Alles andere ist erst einmal unwichtig, das ergibt sich in eurer Ehe.«

Aus der Unruhe wird Beklemmung, ich beiße mir auf die Lippe. »Mir ist nichts davon bekannt.«

»Ihr könnt euch am Freitag ausgiebig unterhalten. Womöglich werde ich euch nach dem Essen allein lassen.«

Ist das nun gut oder schlecht?

»Bitte, Vater, überleg es dir noch einmal. Ich kann ihn auch selbst darum bitten, er hat bestimmt nichts –«

Mit einem lauten Knall landet seine flache Hand auf dem Schreibtisch und ich fahre zusammen.

»Halt den Mund, Giulia. Du hast weder etwas zu sagen noch um etwas zu bitten. Hast du das verstanden? Du wirst deinen Verlobten Ende nächster Woche heiraten und damit deinen Daseinszweck erfüllen.«

Schockiert starre ich ihn an und das Herz hämmert mir bis zum Hals hinauf.

Daseinszweck?

»Hast du mich verstanden?«

Sein Gebrüll reißt mich aus der Bewegungslosigkeit und ich schlucke gegen den Kloß in meiner Kehle an, nicke eilig. »Ja, Vater.«

»Schön. Wir sehen uns am Freitag. Und kleide dich entsprechend, ich will, dass du den bestmöglichen Eindruck machst.«

»Natürlich.«

»Gut.« Damit wendet er sich ab und wieder seiner Arbeit zu.

Zwei Sekunden zögere ich noch, warte auf ein Zeichen.

Dann drehe ich mich um und verlasse entmutigt das Büro. Fahre schweigend mit meinem Bodyguard in die Tiefgarage hinab.

Meine Limousine wartet ein Stück entfernt. Ich winke sie heran und eile zur Tür, werfe mich auf die Rückbank. Mein Bodyguard sitzt vorn.

»Nach Hause, bitte«, quetsche ich mit letzter Beherrschung hervor. Lege den Sicherheitsgurt an, fahre die Trennscheibe hoch.

Und sobald ich allein bin, kapituliere ich.

Tränen schießen mir in die Augen und eine gigantische Welle der Verzweiflung begräbt mich unter sich. Reißt mich immer tiefer in die Schwärze, zu der sich meine Zukunft entwickelt hat.

Zur Hölle mit meinem Vater!

Wie kann er mir das antun?

Seinem eigenen Fleisch und Blut.

Ich habe doch immer alles getan, um ihm zu gefallen, seinen Wünschen zu entsprechen. Um ein wenig Liebe und Anerkennung von ihm zu erfahren.

Doch seit *mammas* Tod frage ich mich beinahe täglich, ob er zu diesem Gefühl überhaupt in der Lage ist. Zumindest mir gegenüber.

Für meine Brüder empfindet er großen Stolz, das kann

er nicht verbergen, und auch so manche liebevolle Geste habe ich zwischen ihnen bereits beobachtet.

Aber auch sie haben mich stets als nerviges Anhängsel behandelt. Die Nachzüglerin, die mehr nach der Mutter kommt und in vielen Punkte so anders ist als die Männer der Familie.

Herrgott, als ob ich etwas dafür könnte!

Die Erinnerungen an all meine Versuche, meinen Vater von der Hochzeit abzubringen, blitzen in meinem Kopf auf und die Erkenntnis daraus macht es nur noch schlimmer.

Ein lauter Schluchzer entkommt meiner Kehle und ich drücke mir die Faust auf den Mund in dem Versuch, mich zu beruhigen.

Es ist ausweglos.

Und ich kann nicht das Geringste dagegen tun.

Hilflos presse ich die Lider zusammen. Spüre schwarze, kalte Finger, die nach mir greifen. Und dann lasse ich diesen einen Gedanken zu, der seit Tagen am Rande meines Bewusstseins schwebt.

Ich wünschte, ich wäre tot.

Kein Leid mehr, kein Sehnen nach Liebe, Anerkennung, Freiheit.

Unvermittelt bäumt sich etwas in meiner Brust auf, möglicherweise mein Herz, und der Wunsch ändert die Richtung.

Besser, mein Vater wäre tot. Und mein unbekannter Verlobter gleich mit ihm.

Mein Verstand lacht hämisch.

Nein, das wäre wie ein Wunder.

Eines, auf das ich nicht zu hoffen wage.

Also heule ich vor mich hin. Trauere um meine Träume, ein selbstbestimmtes Leben.

Scheiße, ich hätte abhauen und untertauchen sollen,

schon vor Jahren.

Vielleicht sogar mithilfe der Polizei.

Erneut krümmt mein Verstand sich vor Lachen.

Als ob du den Mumm dazu hättest!

Beschämt schüttele ich den Kopf, schlage die Hände vors Gesicht.

Ich bin schwach.

Und mein Vater trägt die größte Schuld daran.

Früher hat meine Mutter mich beschützt, mich zu Mut und Selbstbewusstsein erzogen.

Doch in meiner Trauer, nach ihrem Tod, hat mein Vater einen Weg gefunden, das zu zerstören und mir seinen Willen aufzuzwingen.

Ja, mir ist das alles bewusst.

Trotzdem schaffe ich es nicht, dagegen anzukommen.

Weil da sofort die Angst vor den Konsequenzen ist.

Den Strafen, die er mir all die Jahre angedroht und zum Teil vollzogen hat.

Dem Liebesentzug, der Verbannung aus der Familie, dem Absturz auf null.

Hättest du es lieber mal darauf ankommen lassen!

Diesmal möchte ich meinen Kopf auslachen.

Allein wäre ich in der Welt da draußen kläglich gescheitert.

Und vermutlich ist das auch heute noch so.

Scheiße, ich bin so erbärmlich.

Ohne Vorwarnung überkommt mich eine tiefe Erschöpfung, körperlich wie mental, und die Tränen versiegen langsam.

Genauso wie all die quälenden Gedanken.

Zurück bleibt eine herrliche Leere, auch wenn ich weiß, dass sie nur von kurzer Dauer sein wird.

Ich nutze die Zeit und trockne mein Gesicht, schnäuze mich. Lehne den Kopf hintenüber an die Stütze und ringe durch die zugeschwollene Nase nach Atem, schließe die Augen.

Woraufhin ein Gedanke zurückkehrt.

Ein Wunder – ja, das wäre was.

Nur eine Kleinigkeit, die mir den nötigen Arschtritt verpasst.

Ich stoße die Luft aus, der letzte Funken Hoffnung erlischt.

Und ich gebe auf.

Enttäuscht von mir selbst setze ich mich auf, schaue aus dem abgedunkelten Fenster und hinaus auf die Straße. Erkenne diverse Gebäude entlang der Amsterdam Avenue und mir wird klar, dass wir gleich da sind.

Endlich. Ich brauche dringend meine Privatsphäre.

Um mich zu sammeln, mit all dem klarzukommen.

Irgendwie.

Nach einigen Minuten biegt der Fahrer in die Hauptstraße ab, an der mein Wohnhaus liegt. Wendet einige Querstraßen weiter über den Kreisverkehr und bremst schließlich ab, um in die Tiefgarage zu fahren.

Ich schnäuze mich noch einmal, verstaue das Taschentuch in meiner Handtasche und streiche mir mit beiden Händen durchs Haar.

Dann halten wir vor dem Aufzug, mein Bodyguard steigt aus und öffnet mir die Tür.

Mit einem stummen Seufzer stemme ich mich aus der Limousine, schultere meine Handtasche.

Da höre ich ein Ploppen und neben mir fällt etwas zu Boden.

Verwirrt drehe ich mich um, entdecke den Bodyguard. Ein rundes Loch klafft über der Nasenwurzel und seine Augen starren blind zur Decke.

Ich reiße Mund und Augen auf.

Noch ein Ploppen, Glas zersplittert.

Panik schießt in mir hoch, ich wirbele herum, schaue mich um.

Nichts.

Verdammt, bin ich die Nächste?

Unvermittelt verspüre ich einen scharfen Stich im rechten Oberarm, schnappe erschreckt nach Luft. Sogleich schießt ein Kribbeln in meinen Körper, Schwindel breitet sich aus. Dann wird mir etwas über den Kopf gezogen und ich stürze in die Schwärze.

Romano

Kapitel 4

Wie kann ein Wichser wie Conti nur eine so schöne Tochter haben?

Verärgert schüttele ich den Kopf, um diesen überflüssigen Gedanken zu vertreiben. Kontrolliere ihre Fußfessel, mit der sie über eine Kette an der Kellerwand festgebunden ist, und drehe sie auf der Isoliermatte auf den Rücken. Mustere ihr Gesicht, das von langen kupferroten Locken umspielt wird.

Ja, die Mafia-Prinzessin ist in Wirklichkeit noch hübscher als auf allen Fotos, die ich von ihr finden konnte. Nur die verlaufene Wimperntusche und die geröteten Augen passen nicht ins Bild, das ist mir in der Tiefgarage schon aufgefallen. Als ob sie im Wagen wie ein Schlosshund geheult hätte.

Fuck, was geht mich das an?

Mit energischen Bewegungen lege ich ihr den Mundknebel an, den ich aus meinem Club mitgenommen habe. Ein breiter Lederstreifen, der vom Kinn bis über die Nase reicht, mit Kunststoffkugel in der Mitte. Auch die Handschellen hinter ihrem Rücken überprüfe ich, dann richte ich mich auf und trete zurück. Betrachte im hellen Deckenlicht ihren schlaffen zierlichen Körper und wie sich das grüne Samtkleid an ihre aufregende Kurven schmiegt.

Stop!

Was denke ich denn da?

Ach, verdammt, es ist spät, ich sollte mich dringend aufs Ohr hauen.

Aber vorher muss ich sichergehen, dass sie nichts mehr bei sich trägt, das ihr bei einem Befreiungsversuch helfen könnte.

Deshalb taste ich sie ein letztes Mal ab, von den nackten Füßen bis zu den Händen. Streiche über ihre unglaublich weiche Haut, verspüre ein merkwürdiges Kribbeln in den Fingern und ihr schwacher Duft steigt mir ebenfalls in die Nase. Blumig, süß und –

Ich stoße ein unwilliges Knurren aus, schnappe mir den Stoffbeutel und wende mich ab, marschiere hinaus. Lösche das Licht, schließe die Tür ab, laufe die Treppe hinauf und drücke auch diese Tür ins Schloss.

Schnell werfe ich den Beutel um die Ecke auf den Esstisch in der Küche, damit kann ich mich morgen beschäftigen. Hänge die Lederjacke an die Garderobe, nehme meine Tasche und durchquere mit wenigen Schritten den schmalen Flur. In meinem Schlafzimmer werfe ich die Reisetasche auf den Sessel in der Ecke, streife mir die Schuhe von den Füßen und lösche das Licht im Flur. Dann tappe ich im Dunkeln zum Bett, lege mich angezogen darauf und schließe die Augen.

Zunächst glaube ich, nicht einschlafen zu können. Weil zusätzlich zu den ganzen Gedanken auch die Erinnerungen an unsere Aktion in der Tiefgarage in meinem Kopf aufsteigen. Doch ich schiebe sie beiseite und mache es mir bequem, schließlich war die Fahrt verdammt ermüdend.

Kurz darauf muss ich eingeschlafen sein, denn als ich die Augen wieder öffne, wird es draußen bereits hell.

Ich rolle mich vom Bett, laufe ins Bad.

Streife danach die Schuhe über und gehe in die Küche, wo ich mir eine Tasse Kaffee mache. Damit setze ich mich an den runden Esstisch, der von einer Hängelampe aus Holz, Glas und Leder beleuchtet wird. Genieße das belebende Gebräu und lausche.

Bloß herrliche Stille.

Zufrieden stelle ich die Tasse beiseite und ziehe den Stoffbeutel heran. Kippe den Inhalt auf die Holzplatte und schiebe ihn auseinander, bis alle Dinge einzeln vor mir liegen.

Die kleine Handtasche habe ich, zusammen mit ihrem Smartphone, unterwegs aus dem Fenster geworfen. Darin waren ein gebrauchtes Papiertaschentuch sowie ein flüssiger Lippenstift, dessen Rot ihre Lippen ziert und mich an einen Samtvorhang erinnert. Außerdem die Key-Card zu ihrer Wohnung und ihr Führerschein.

Die beiden Karten schiebe ich nach rechts, zur weiteren Verwendung, die anderen beiden Teile nach links, zur Entsorgung.

Als Nächstes inspiziere ich den schlichten Schmuck aus Roségold, genauso wie den fetten Verlobungsring, den ich auf mehrere zehntausend Dollar schätze. Beides wandert nach rechts.

Das wars. Kein Geld, keine Kreditkarte.

Interessant.

Wie auch immer sie das Mittagessen mit ihrer Freundin bezahlt hat – anscheinend gehört sie nicht zu der spontanen Sorte Mensch.

Oder denen, die auf alles vorbereitet sein wollen und deshalb immer ihren halben Hausstand mit sich herumschleppen.

Vielleicht geht sie nur selten aus dem Haus und verbringt die meiste Zeit in ihrem Atelier. Immerhin ist sie

Künstlerin, wenn auch verhältnismäßig unbekannt, sofern ich beurteilen kann, was ich über sie herausgefunden habe.

Was vermutlich bedeutet, dass sie kein eigenes Geld verdient und hauptberuflich Contis kleine Prinzessin ist.

Ich grinse.

Kein Wunder, dass er sie verheiraten wollte.

Die Frage ist nur, wann sie jemand vermissen wird.

Mal sehen, was Nate mir berichtet.

Mit meinem Kaffee lehne ich mich zurück, spiele im Kopf noch einmal die Entführung durch.

Es war leicht. Eigentlich *zu* leicht.

Ihr Alter verschanzt sich hinter Stahlbeton sowie unzähligen Sicherheitsvorkehrungen und sie ist nur mit dem Fahrer und einem einzigen Bodyguard unterwegs?

Wägt Conti seine Tochter in Sicherheit, im Gegensatz zu sich selbst?

Oder hat er die Verantwortung bereits an ihren Verlobten übertragen und den schert es einen Dreck?

Nein, das kann ich mir kaum vorstellen.

Obendrein breitet sich ein mieses Gefühl in meinem Magen aus.

Also ziehe ich mein Handy aus der Gesäßtasche meiner Jeans und entsperre das Display.

Verdammt, nur noch 10 Prozent Akku.

Schnell schreibe ich meinem Kumpel eine Nachricht, er soll weiter nach Informationen über den Verlobten graben, und zwar gründlich. Nur zur Vorsicht.

Laufe zum Küchenfenster hinüber, lege das Telefon in die dort angebrachte Ladeschale und werfe einen Blick nach draußen. Zum bewölkten Himmel und auf diesen Teil meines Grundstücks.

Vor dem Haus parkt mein schwarzer Escalade und einige Schritte weiter erhebt sich der herbstlich gefärbte Wald der Catskill Mountains, dunkel und undurchdringlich. Und bis auf vereinzelte Vogelstimmen ist es vollkommen ruhig.

Perfekt für einen morgendlichen Spaziergang.

Doch erst ...

Ich leere die Kaffeetasse, stelle sie in die Spülmaschine und verlasse die Küche.

In meinem kleinen Arbeitszimmer, das vollgestopft ist mit Technik, sehe ich mir als Erstes die Bilder der Überwachungskameras an.

Eine davon hängt im Keller und zeigt die kleine Conti, wie ich sie letzte Nacht auf der Isoliermatte zurückgelassen habe, gestochen scharf. Nur die Knie fallen ein Stück auseinander und ich erinnere mich an den Anblick ihrer roten Muschi, als ich ihr den Slip ausgezogen habe.

Automatisch schiebe ich meine Hand in die linke Hosentasche, ziehe den schwarzen Spitzenstoff hervor und hebe ihn an die Nase. Ich nehme einen tiefen Atemzug, sauge ihren Duft ein und grinse.

Sie riecht schon verdammt geil.

Mein Schwanz stimmt mir zu, denn er schwillt direkt an.

Nein, dafür ist später noch Zeit.

Ich schiebe das Höschen zurück in die Jeanstasche und wende mich dem Rest zu. Überprüfe die Sicherheitsvorkehrungen, die entlang meiner Grundstücksgrenzen installiert sind, sowie die einwandfreie Funktionalität von VPN-Verbindungen, Servern, diversen Störsendern.

Niemand außer Nate und meinen Brüdern weiß von diesem Ort und das soll auch so bleiben. Eine Art *Safe House*, das auf meinen Alias eingetragen ist und auf keinen Fall aufgrund eines dummen Zufalls enttarnt werden darf.

Deshalb ist das System rund um die Uhr aktiv und von überall auf der Welt über sichere Kanäle einsehbar. Auch wenn ich mal wochenlang nicht herfahren würde.

Kein Mensch kommt hier rein oder raus, sofern ich das nicht will.

Außerdem schaut Stu regelmäßig nach dem Rechten, ein verdientes Mitglied unserer Clan-Familie, das in Phoenicia mit seiner Frau den Ruhestand genießt. Und der sämtliche Vorkehrungen für mich getroffen hat.

Die Vorräte reichen locker mehrere Wochen, genauso wie der Holzbestand, das Heizöl im unterirdischen Tank und der Treibstoff für das Notstromaggregat.

Da rundherum bis auf ein paar Tiere alles friedlich ist, trete ich an den riesigen Panzerschrank und öffne ihn mit dem Sicherheitscode. Zähle die Waffen und das Zubehör sowie die Schachteln mit Patronen verschiedener Kaliber nach. Die zusätzliche Reserve dieser Art, die im Sturmkeller liegt, habe ich bereits letzte Woche überprüft.

Dieser geheime Raum befindet sich am westlichen Rand des Geländes. Eingelassen im Gestein des Hügels, auf dem mein Haus steht, mit einem Ausgang am Hang und durch einen Geheimgang mit dem Keller verbunden.

Also gut, Zeit für einen Rundgang.

Ich schließe den Tresor wieder, werfe einen letzten Blick in die Runde und verlasse den Raum. Verriegele diese Tür und die zum Keller, hole mein Smartphone. Dann ziehe ich die Militärjacke in Tarnfarben sowie Wanderschuhe an, gehe aus dem Haus und schalte das Sicherheitssystem ein.

Auf dem Weg zur Auffahrt schiebe ich den Reißverschluss bis zum Kinn hoch und lausche in die Natur.

Nichts Außergewöhnliches, sehr gut.

An der Grenze meines Grundstücks versperrt ein breites Tor die Zufahrt, das aus massiven Stahlrohren besteht, und ich lasse prüfend den Blick darüber gleiten. Genauso wie über die beiden Scheinwerfer, die auf die

Straße dahinter gerichtet sind, die Kommunikationssäule.

Auch hier ist alles ruhig.

Demnach wende ich mich nach Osten, betrete den Wald und laufe am Grenzzaun entlang. Er ist zweimal mannshoch und wirkt unauffällig, hat es aber in sich. Von der Drahtstärke über den durchfließenden Strom bis zur Einbindung ins Sicherheitssystem.

Der untere Rand ist im Erdboden eingelassen, aber manchmal gräbt sich ein Tier darunter durch, was immer schnellstmöglich wiederhergestellt werden muss. Und mitunter findet sich das eine oder andere tote Lebewesen daneben wieder, weil es den Stromschlag nicht überlebt hat.

Zum Glück ist heute alles unauffällig und ich kann die Kontrollrunde wie eine Wanderung genießen. Das Rauschen des Blätterdachs über mir, Vogelstimmen, gelegentliches Rascheln oder andere Tierstimmen. Der Duft von feuchtem Laub und Erde. Weicher Waldboden unter meinen Sohlen, der bei jedem Schritt nachgibt. Und nicht zu vergessen das Zusammenspiel der Farben um mich herum.

Ja, ich liebe es hier draußen.

Vor allem die Stille und den Frieden.

Es erdet mich, holt mich vom New Yorker Stresslevel herunter.

Meistens bin ich jeweils nur wenige Tage hier, aber es reicht, um meine Batterien aufzuladen und wieder gelassener zu werden. Jedes Mal.

Auch nach der Beerdigung meines Vaters habe ich mich hier verkrochen.

Getrunken, geheult und mir Vorwürfe gemacht.

Meinen Rachegedanken nachgehangen, Ideen gesponnen. Am Ende stand der Entführungsplan und ich habe mit den Vorbereitungen begonnen.

Im Westen wird der Zaun von einem Felsabhang unterbrochen und ich steige die natürlich wirkenden Steinstufen zum Außeneingang des Sturmkellers hinab. Kontrolliere das Schloss und drehe mich auf dem schmalen Plateau zur Seite, um die weitläufige Senke unter dem diesigen Himmel zu betrachten.

Wald bis zur nächsten Anhöhe, kräftiggrüne Tannen und herbstbunte Laubbäume.

Und gar nicht weit weg gleitet ein mittelgroßer Raubvogel mit langen, breiten Flügeln und hellem Bauchgefieder durch die Luft, stößt einen Schrei aus.

Klingt nach dem hier ansässigen Schlangenadler.

Ich atme mehrere Male tief durch, um meine Lungen mit der klaren Luft zu füllen. Gehe zum anderen Ende der Felsebene und die dortige Treppe nach oben.

Wenige Schritte weiter setzt der Zaun wieder ein und ich folge ihm bis zum Tor, kehre zurück zu meinem Grundstück.

Im Haus mache ich mir ein Sandwich, nehme Teller und Cola-Dose mit ins Arbeitszimmer und lasse mich vor den Überwachungsbildern nieder.

Meine Geisel ist inzwischen wach, hat sich aufgesetzt und an die Wand gelehnt. Schaut umher, mustert den fast kahlen Kellerraum.

Ob sie wohl nach Anhaltspunkten sucht, wo sie ist?

Und sich den Kopf darüber zerbricht, wer sie hergebracht haben könnte?

Nicht lange, und sie fängt an zu heulen.

Da nur wenig Licht durch das Kellerfenster dringt, entdecke ich ihre Tränen erst, als sie den Kopf dorthin dreht.

Aber wie sie die Lider zusammenpresst, ihre Schultern beben und auch der Rest ihres Körpers ... all das ist unverkennbar.

Ich schiebe mir den letzten Bissen in den Mund, säubere meine Finger mit einer Papierserviette und grinse.

Es wird mir ein Vergnügen sein, sie in allen Facetten leiden zu sehen.

Romano

Kapitel 5

Wie immer, wenn ich in meinem Haus in den Catskill Mountains bin, arbeite ich auch. Schließlich habe ich als Geschäftsführer mehrer Clubs viel zu tun. Und darüber hinaus wollen Clan-Angelegenheiten erledigt werden.

Da ich mich hier draußen besonders gut fokussieren kann, bin ich sogar produktiver und widme mich die restliche Zeit anderen Tätigkeiten.

Aktuell steht die Beobachtung meiner Geisel an erster Stelle und über den Tag verteilt schaue ich verdammt oft auf die Überwachungskamera.

Es ist mehr als befriedigend, sie sichtlich leiden zu sehen.

Und manchmal schalte ich den Ton dazu, lausche ihrem Schluchzen und Jammern.

Nachmittags liegt sie mit geschlossenen Augen ruhig da und ich will mich schon anderen Dingen zuwenden, da zuckt sie heftig zusammen, ihr Kopf ruckt von einer Seite zur anderen. Hält kurz inne und dreht sich auf den Rücken, ihre gefesselten Arme.

Ob sie träumt?

Ich beuge mich vor, sehe genauer hin.

Tatsächlich, und der Traum scheint sie aufzuwühlen.

Sie ächzt und wimmert.

Ich zoome näher und belauere ihr Mienenspiel, wie sie sich hin und her wirft.

Dabei rutscht ihr Kleid höher, entblößt am Ende ihren nackten Arsch. Und weil sie auch mit den Beinen strampelt, bietet sie mir ungewollt freien Blick zwischen ihre Beine.

Automatisch ziehe ich ihr Höschen hervor, drücke es auf meine Nase und sauge tief ihren bereits abklingenden Duft ein. Trotzdem reicht er aus, um mich anzutörnen und mir die wildesten Sex-Fantasien ins Hirn zu pflanzen.

Wie ich sie schnell und hart ficke, gleich da unten auf der Iso-Matte. Arsch nach oben, das Gesicht auf den Schaumstoff gepresst.

Mit einem Stöhnen drücke ich die Hand auf meinen wachsenden Schwanz.

Spiele mit dem Gedanken, mir einen runterzuholen, aber das wäre keine wirkliche Befriedigung.

Sie wird meine Härte bald zu spüren bekommen, ob sie will oder nicht, aber noch ist es nicht so weit.

Weshalb ich kurzentschlossen aufspringe, den Slip wieder in meine Hosentasche schiebe und das Arbeitszimmer verlasse.

Ich brauche dringend Ablenkung, irgendeine Beschäftigung.

Also gehe ich hinaus und fahre den SUV in die Scheune, die gleichzeitig als Garage dient. Am Ende und unter einer Plane verborgen stehen drei verschiedene Motorradmodelle zur Verfügung. Eine alte Harley Davidson Fat Boy, eine KTM Super Adventure sowie eine schlanke japanische Maschine fürs Gelände, mit der auch eine Flucht durch die Wälder kein Problem ist. Das habe ich schon bei der Einrichtung des Hauses persönlich getestet und seitdem werden die Motorräder regelmäßig kontrolliert, gewartet, benutzt.

Ich löse die große Axt aus der Wandhalterung, überprüfe die Schärfe der Klinge und laufe zu dem Platz an einer Langseite der Scheune. Dort liegen vorgeschnittene Stücke von Bäumen und Ästen bereit, die ich in Scheite hacke und im Unterstand stapele.

Eine erdende Aufgabe, bei der ich entspannen und nachdenken kann.

Zum Beispiel über diverse Methoden, die kleine Conti gefügig zu machen, zu foltern.

Ich erinnere mich an die letzte Nummer mit Amber, wie ich stattdessen ihr Gesicht vor mir gesehen, ihren Mund gefickt habe.

Nein, die Mafia-Tochter würde mir eher den Schwanz abbeißen.

Obwohl ... mit einem Messer an der Kehle ...

Außerdem hat sie noch zwei andere Löcher.

Aber das werde ich je nach Laune entscheiden.

Oder ihrem Benehmen.

Fuck, ja, ich werde es bis ins Detail genießen, sie für jeglichen Ungehorsam oder nur ein falsches Wort zu bestrafen.

Gute zwei Stunden später ist sämtliches Holz gehackt, die Sonne versinkt langsam hinter den Baumkronen und ich gönne mir eine Tasse Kaffee auf der Terrasse.

Zwar bin ich angenehm erschöpft, doch entgegen meiner Absicht hat sich der sexuelle Druck in meinem System kaum verringert.

Fuck!

Erneut erwäge ich, einfach runterzugehen und sie zu ficken.

Herrgott, denk an den Plan! Erst muss die Schlampe ganz unten ankommen. Dann kannst du sie mit deinem Schwanz demütigen.

Okay, verstehe ich.

Trotzdem platzen mir bald die Eier, wenn ich nichts dagegen unternehme.

Bleibt folglich nur eine Lösung.

Ich bringe die Tasse weg, gehe in mein Bad und mache mich frisch.

Steige in meine Bikerkluft und sichere das Haus, schiebe meine Harley aus dem Schuppen und fahre Richtung Phoenicia.

Die wenig befahrene Landstraße schlängelt sich durch die Wälder, teilweise begleitet vom Woodland Creek, einem malerischen Bach. Der wird nach Norden hin größer und mündet vor der kleinen Ortschaft in den Esopus Creek, einem Zufluss des Ashokan Reservoirs im Süden.

Parallel dazu verläuft die New York State Route 28 und ich folge ihr bis zum südlichen Zipfel der Stadtgrenze, wo links der weitläufige Campingplatz liegt und rechts ein Diner.

Auf dem Parkplatz stehen nur noch drei Wagen und ich stelle mein Motorrad am Ende der Reihe ab. Verstaue den Helm und werfe einen Blick zu dem kleinen Trailerpark hinüber, der sich gegenüber befindet, am Rand des Campingplatzes.

Ja, auch in dieser idyllischen Gegend leben Menschen, die sich keine feste Unterkunft leisten können. Oder wollen. Eine davon ist Ava, die schon einige Jahre in dem Diner arbeitet.

Ich umrunde die Wagen, laufe die Stufen zum Eingang hinauf und ziehe die Tür auf. Checke die Lage und schiebe meinen Hintern auf den nächstbesten Hocker vor dem Tresen.

Der Inhaber steht ein Stück entfernt und reinigt eine der Kaffeemaschinen. Er nickt mir zum Gruß zu, beugt sich zur Seite und ruft durch ein Fenster in die Küche.

»Ava, Kundschaft.«

»Komme.«

Kurz darauf schwingt die halbhohe Tür auf und die dralle Brünette mit dem engen roten Shirt schaut sich um. Sobald sie mich entdeckt, breitet sich ein Lächeln auf ihrem Gesicht aus, und sie kommt mit wiegenden Hüften herüber.

»Jimmy! Warst lange nicht mehr hier.«

»Stimmt.«

»Was darf's denn sein?«

»Ein Bacon Burger und ein Bier, falls es noch nicht zu spät ist.«

»Kriegen wir hin.« Sie wendet sich ab, gibt die Bestellung in die Küche und geht zum Kühlschrank. Kehrt zurück, stellt mir eine offene Flasche hin und streicht federleicht über meine Finger. »Bin gleich wieder bei dir.«

Cool, auf diese Weise spare ich mir das ganze Drumherum.

Stattdessen lasse ich sie reden, zwischendrin anzügliche Bemerkungen fallen und sie geht darauf ein. Nach dem Essen bezahle ich meine Rechnung und lege ein extra üppiges Trinkgeld obendrauf. »Ich warte draußen?«

»Bin gleich da, Süßer.« Sie steckt das Geld ein.

Ich nicke, trete zurück und verabschiede mich als letzter Gast mit einem lauten »Schönen Feierabend«. Gehe zu meiner Maschine, setze mich darauf und warte.

Keine zehn Minuten später verlöschen die meisten Lichter, Ava eilt durch den dunklen Gastraum, die Tür und zu mir.

Ich starte den Motor, sie nimmt hinter mir Platz und ich rolle langsam Richtung Ausfahrt. Für den kurzen Weg und aufgrund fehlenden Verkehrs verzichte ich auf den Helm. Parke eine Minute später am Rand des Trailerparks und folge ihr zu dem feststehenden Wohnwagen.

»Komm rein und mach es dir gemütlich, bin gleich wieder da.« Sie marschiert direkt Richtung Schlafzimmer.

Ich ziehe die Tür zu und verriegele sie. Werfe einen Blick in die Runde und bemerke, dass sich kaum etwas an der billigen Einrichtung verändert hat.

Egal, ich bin nur zum Vögeln hier.

Folglich streife ich die Kutte ab, hänge sie über den einzigen Stuhl vor dem kleinen Esstisch und steige aus den schweren Boots.

Schon kehrt Ava zurück, nur mit einem Spitzenbody bekleidet und das Haar gebürstet. Außerdem hat sie frisches Parfum aufgelegt, das sie wie eine Wolke umgibt.

Lächelnd bleibt sie vor mir stehen, zieht mir das Shirt aus der Hose und nach oben, so dass ich es mir über den Kopf streife und zu meiner Kutte werfe.

Sie küsst meine Brust, spielt mit den Nippeln und jagt erregende Blitze bis in meinen Unterleib.

Gierig packe ich ihren Arsch, drücke sie gegen meine Erektion.

Und sie reibt sich in schlängelnden Bewegungen daran. Auch während sie meine Lederhose öffnet und auf die Knie geht. Dann streift Ava sie mir über den Hintern, zusammen mit den enganliegenden Boxer-Pants.

Mein halbsteifer Schwanz springt ihr förmlich ins Gesicht und sie wirft mir einen kessen Blick zu. »Da kann es wohl jemand kaum abwarten.«

»Ich träume schon seit drei Tagen von deinem geilen Arsch.«

»Ach ja?« Sie hilft mir, aus dem Stoff zu steigen, legt die Hände um meine Latte und leckt über die Spitze. »Ich habe deinen Hammer auch ziemlich vermisst.«

»Zeig es mir.«

Mit übertriebener Hingabe lutscht sie meinen Schwanz, massiert mir die Eier.

Und ich genieße ihre Hände, Zähne, Zunge.

Fuck, ja, ihre Blowjobs sind verdammt gut und der Anblick, wie sie meine Härte rhythmisch und immer tiefer in den Mund nimmt, macht mich geil.

Weswegen ich bald ihr Haar packe und ihren Mund ficke.

Ich bin sogar versucht, direkt in ihre Kehle abzuspritzen, ziehe mich aber kurz vor dem Höhepunkt zurück.

Heute kann ich nicht lange bleiben und ich brauche dringend eine harte Nummer.

»Runter mit dem Stoff und dann beug‘ dich über die Couchlehne.«

Sie steht auf und lächelt. »Ja, Sir!«

Ich ignoriere ihr Getue, hebe meine Hose auf und angele nach meiner Brieftasche. Hole ein Kondom heraus, rolle es über meinen Schwanz und schaue auf.

Ava posiert nackt vor der Rückenlehne ihrer Couch, die Hände in die Hüften gestemmt.

»Ich habe gesagt, du sollst dich über die Lehne beugen.« Mit zwei Schritten bin ich bei ihr, wirbele sie herum und kreuze ihre Handgelenke auf ihrem Rücken, halte sie dort fest. Bugsiere sie zur Couch und drücke ihren Oberkörper nach vorn, bis sie mir ihren runden Arsch entgegenstreckt. Dann spucke ich auf meine Finger, verteile es an meiner Schwanzspitze und ramme mich mit einem festen Stoß in sie.

Mit einem Stöhnen bäumt sie sich auf, hebt den Kopf und spannt die Muskeln an. »Ja, Baby! Besorg's mir so hart wie du kannst.«

Bin dabei.

Ich ficke sie, wie es mich am meisten anmacht. Spiele mit dem Tempo, um meinen Orgasmus hinauszuzögern. Schlage ihr mit der flachen Hand auf den Arsch, bis er rot glüht. Und packe für die Zielgerade ihr Haar, damit sie sich nicht mehr bewegen kann.

Doch ohne Vorwarnung sehe ich stattdessen diese kupferroten Locken vor mir, die zierliche Sanduhrfigur und ich meine sogar, den Duft aus ihrem Höschen zu riechen.

Meine Lust schießt in die Höhe, explodiert in heißem Kribbeln und ich hämmere noch kräftiger in sie. Begleitet von lautem Klatschen und Keuchen.

Bis sie zuckend auf meinem Schwanz kommt und mich mitreißt.

Mit einem lauten Grollen presse ich mein Becken gegen ihres, bis sämtliche Munition verschossen ist, und die Vision schwindet.

Am Ende ist es wieder Ava, deren Haar und Hände ich loslasse. Die mit einem Seufzen vornübersinkt und erschöpft über der Rückenlehne hängt.

Erleichtert registriere ich die Entspannung, die sich in mir ausbreitet, und grinse. Versetze ihr einen ordentlichen Klaps auf den roten Arsch.

»War mal wieder ein geiler Ritt.« Ich umfasse das Kondom, ziehe mich zurück und streife es ab.

Sie richtet sich auf, dreht sich um und lehnt sich in aufreizender Pose rücklings an die Couchlehne. »Fand ich auch, Baby.«

Ich verknote das Kondom, reiche es ihr und wende mich meinen Klamotten zu.

»Bleibst du nicht für eine zweite Runde?«

»Nein, ich muss weiter.«

»Zum Rest deines Clubs?«

»Genau.«

»Wann seid ihr wieder in der Gegend?«

»Keine Ahnung.« Ich streife mir das Shirt über, schließe die Hose darüber und greife nach meiner Kutte.

Schlüpfe hinein und lächele sie an. »Man sieht sich.«

»Ja.« Mit einem bedauernden Seufzen verzieht sie das Gesicht.

Ein letztes Nicken, dann verlasse ich den Trailer und drücke die Tür leise hinter mir zu. Laufe zu meiner Harley, setze den Helm auf und starte den Motor. Dann rolle ich vom Platz, schwenke auf die State Route ein und gebe Gas.

Satt und zufrieden fahre ich zurück zu meinem Haus, die Gedanken auf ein normales Maß heruntergefahren.

Heute Nacht werde ich lange und gut schlafen.

Giulia

Kapitel 6

Mit einem Ruck wache ich auf und das Erste, was ich spüre, ist dieser furchtbare Durst.

Schultern und Rücken schmerzen, ich fühle mich ausgehungert, doch das Bedürfnis nach Wasser ist schlimmer. Außerdem ist mein Mund staubtrocken, vermutlich weil er wegen dieser komischen harten Kugel ständig offen ist und Luft hereinkommt, trotz des unnachgiebigen Stoffstreifens über meiner unteren Gesichtshälfte.

Ich öffne die Augen und blinzele gegen das Licht an, das durch das Kellerfenster direkt auf mein Gesicht fällt.

Mein zweiter Tag in Gefangenschaft.

Aber wo bin ich?

Wer hat mich entführt?

Und warum?

Den ganzen gestrigen Tag habe ich damit verbracht, darüber nachzudenken. Inzwischen kann ich mich auch wieder erinnern – das Mittagessen mit Laura, der Besuch bei meinem Vater und die Heimfahrt, bei der ich mit meinem Schicksal gehadert habe. Die Ankunft in der Tiefgarage meines Wohnhauses, die schallgedämpften Schüsse, mit denen mein Bodyguard und der Fahrer ausgeschaltet wurden. Dann der Stich, Kribbeln und Schwindel, die Schwärze.

Nein. Auch wenn ich immer und immer wieder darüber nachdenke, da ist nichts. Kein visueller Hinweis, kein Geräusch, keine Berührung. Nichts. Ich habe keinen blassen Schimmer, was hier vor sich geht.

Ich seufze und ziehe die Knie Richtung Brust, sodass ich mich unter Verrenkungen aufsetzen kann. Sogleich überkommt mich Schwindel und ich lehne mich eilig mit dem Rücken an die Betonwand, so gut es mit den gefesselten Handgelenken möglich ist. Stelle die Füße auf, atme tief durch und schaudere.

Scheiße, mir ist so kalt.

Um mich abzulenken, schließe ich die Augen und lausche.

Gestern konnte ich Schritte hören, irgendwo über mir. Später rhythmische, dumpfe Schläge, weiter weg. Und sogar das Starten und Knattern eines Motorrads, das sich entfernt.

Was dafür spricht, dass ich mich im Keller eines kleineren Hauses befinde.

Eines verdammt abgelegenen Gebäudes, so still, wie es ansonsten ist.

Also vermutlich außerhalb von New York. Aber wo?

Ich weiß, es ist müßig, darüber nachzudenken.

Allerdings ist mein Kopf auf diese Weise beschäftigt und versinkt seltener in Angst, Verzweiflung oder Selbstmitleid, so wie gestern.

Unvermittelt erklingen Schritte über mir, kommen näher.

Mein Herz rast los und ich reiße die Augen auf, starre zur Decke.

Nein, sie entfernen sich wieder, verstummen.

Wer, zum Teufel, ist da oben?

Ich bin zwar keine Fachfrau, doch die Schritte klingen immer gleich. Weswegen ich davon ausgehe, dass da oben nur eine Person ist.

Weiß sie von mir? Passt sie auf mich auf?

Ist es ein verfluchter Mafioso? Der Soldat eines anderen Clans?

Oder liege ich vollkommen falsch und man hat mich nicht wegen meiner Familie, sondern meiner selbst wegen entführt?

Vielleicht läuft da oben ein abartiger Kerl herum, der abscheuliche Dinge mit mir vor hat.

Mich schaudert es erneut und im nächsten Moment steigt Verzweiflung in mir auf. Schnürt mir die Kehle zu, treibt mir Tränen in die Augen.

Wie sehr ich diese Ungewissheit hasse.

Ob es einen Unterschied machen würde?

Ohne dass ich etwas dagegen ausrichten könnte, startet die Grübelei von Neuem und ich lasse sie wehrlos über mich ergehen.

Bis die Schritte sich wieder zurückbewegen und ich sie mit meinem Blick an der Decke verfolge. Nach einer kurzen Pause kommen sie näher, wandern nach rechts. Werden von anderen Geräuschen ersetzt, gleich hinter der Wand mir gegenüber.

Hektisch schaue ich mich um, doch der Kellerraum ist bis auf den Tisch mit Stuhl neben der Tür nackt. Und darauf liegen nur einige Plastikstreifen und Seile.

Dann klickt es an der Tür und sie schwingt auf.

Mit wild hämmerndem Herzen starre ich den großen Kerl an, der eintritt und die Tür hinter sich anlehnt. Sein Gesicht ist bis auf die Augen vermummt und er hat die Kapuze seiner roten Sweatjacke über den Kopf gezogen. Dazu trägt er Jeans – und in seiner Hand eine kleine Flasche Wasser.

Sofort verstärkt sich mein Durst, wird beinahe unerträglich.

Der Typ kommt näher und mein Blick zuckt zurück zu der schwarzen Stoffmaske.

Den klaren grauen Augen, die mich auf seltsame Art mustern. Irgendwie ... hasserfüllt und doch begehrlich.

Was hat er vor?

Mein Magen verkrampft sich und ich verfolge ängstlich jede seiner Bewegungen.

Neben mir hockt er sich mit einem Knie auf die Matte, stellt die Flasche ab und streckt die Hände nach mir aus.

Ich weiche automatisch zurück.

Woraufhin er mich an den Haaren wieder in die Aufrechte zieht und meinen Knebel löst.

Erleichtert seufze ich auf, atme tief ein.

Und verziehe ihm nächsten Moment angewidert das Gesicht.

Der Geruch von meinen eigenen Ausscheidungen in dem Nachttopf ist ekelhaft.

Wortlos nimmt er die Flasche, schraubt sie auf und halt sie mir an den Mund.

Ich starre ihn an. »Wer sind Sie? Was wollen Sie von mir?«

Statt einer Antwort drückt er die Plastiköffnung gegen meine Lippen, hebt die Flasche an.

Sobald ich das Wasser spüre, öffne ich den Mund und trinke gierig.

Schon nach wenigen Schlucken zieht er die Flasche zurück, weg von meinem Mund.

Und ich beuge mich vor, will mehr.

Da packt er meine Schulter, stößt mich gegen die Wand und hält mich dort fest. Seine Wärme dringt durch den Stoff, sickert in meine Haut und ein angenehmer Duft steigt mir in die Nase.

Ich schlucke, versuche es erneut. »Bitte! Was wollen Sie von mir?«

Doch er schweigt noch immer. Setzt mir erneut die Flasche an den Mund, gönnt mir wenige Schlucke und nimmt sie wieder fort. Stellt sie auf den Boden, greift sich hinten an die Hose und taucht mit einem länglichen Gegenstand darin wieder auf. Dann drückt er auf einen kleinen Knopf und eine Messerklinge springt heraus.

In mir explodiert Panik, ich schreie auf und werfe mich zur anderen Seite. Drehe mich, trete nach ihm. Treffe die Wasserflasche, sein Bein.

Er stößt ein wütendes Knurren aus, wirft sich auf mich, versetzt mir eine Ohrfeige.

Schockiert schnappe ich nach Luft, halte kurz inne.

Was er ausnutzt, um mich in eine sitzende Position zu zerren und mir den Knebel wieder anzulegen.

Leider erwache ich zu spät aus der Starre und kann mich ihm nicht mehr entziehen. Stattdessen sehe ich ihn wütend an, doch er ignoriert es.

Mit einer Hand packt er eine meiner Locken, die Hand mit dem Messer schnellt vor und schneidet sie ab. Dann erhebt er sich und steckt Messer sowie Haarsträhne ein. Geht zur Wasserflasche und hebt sie auf. Schraubt sie zu, stellt sie auf den Tisch und verlässt den Raum.

Die Tür fällt zu, das Klicken ertönt, die leisen Schritte entfernen sich nach oben.

Einen Moment warte ich ab.

Stemme mich hoch, gehe Richtung Tisch.

Doch natürlich ist die Kette, die mich an die Wand fesselt, nicht lang genug.

Und nicht einmal, wenn ich mich vorbeuge, komme ich mit dem Mund in die Nähe der Wasserflasche.

Wut und Verzweiflung schießen in mir hoch und ich schreie alles gegen den Knebel.

Weiche auf die Matte zurück, sinke auf die Knie und hocke mich auf die Fersen.

Mein Blick wandert zu der Plastikflasche, die nur noch zur Hälfte mit der kühlen klaren Flüssigkeit gefüllt ist und saugt sich daran fest. Der Durst wird wieder stärker und ich fühle mich wie ein Junkie beim Anblick der erlösenden Droge.

Dieses miese Arschloch!

Und über die Zeit wird es intensiver.

Weshalb ich den Kerl innerlich verfluche, ihm Rache androhe.

Zu guter Letzt zweifle ich sogar an meinem Verstand, der mir einreden will, ich würde mir das Wasser und den Maskierten nur einbilden.

Nein, das war echt. Seine Berührung, die Ohrfeige.

Und vor allem diese hervorstechenden Augen, die mir bekannt vorkommen.

Mit denen ich ein merkwürdiges Gefühl verbinde, nicht unangenehm.

Sogleich stürzt sich mein Hirn auf diese Aufgabe. Durchforstet meine Erinnerungen. Versucht, ein Gesicht dazu heraufzubeschwören.

Vergeblich.

Ich sacke in mich zusammen und mentale Erschöpfung überwältigt mich.

Folglich verrenke ich mich erneut, um mich vorsichtig auf die Seite zu legen. Rolle mich zusammen, schließe die Augen und stoße einen Seufzer aus.

Schon nähert sich der Schlaf und bevor ich hinübergleite, erfüllt eine kleine Hoffnung meinen Kopf.

Vielleicht träume ich das ja nur und alles ist wieder gut, wenn ich das nächste Mal aufwache.

Romano

Kapitel 7

»Wie läuft es da draußen?«

Ich lache leise. »Wie geplant. Ich beobachte sie über die Kamera, habe ihr vorhin Wasser gegeben. Oh, und die Locke abgeschnitten. Ich habe sie in eine Plastiktüte gesteckt und den Umschlag an dich adressiert, muss ihn später nur noch zur Post bringen. Schick sie Conti, sobald sie da ist.«

»Mache ich.«

»Und? Hast du Neuigkeiten?«

»Zumindest ein paar interessante Infos zu deiner Gefangenen.«

»Woher?«

»Ich habe mit ein paar Leuten gesprochen, die ihre Augen und Ohren überall in der Stadt haben. Und da kursiert so einiges.«

»Schieß los.«

»Also. Der alte Conti versucht wohl seit geraumer Zeit, seine kleine Prinzessin zu verheiraten, da war sie noch auf dem *Pratt Institute.* Wenn es stimmt, was die Gerüchte sagen, gab es Gespräche mit jedem einzelnen Clan in der Stadt. Allerdings haben ihn die Italiener abgewiesen.«

»Wundert mich nicht. Luca hat mal erwähnt, dass

arrangierte Ehen unter den Familien ein Auslaufmodell sind. In den Staaten lässt das kaum noch jemand mit sich machen, dafür ist unsere Generation einfach zu stark, auch die Frauen.«

»Genau. Und darauf hat Conti angeblich ebenfalls geschimpft. Von wegen sterbende Traditionen, schwache Mobster, die sich von Gefühlen leiten lassen und so weiter.«

Ich schnaube. »Was für ein Wichser! Klingt, als wäre er in den Achtzigern versackt.«

»Wie auch immer. Nach den ganzen Absagen hat er sogar versucht, sie der Yakuza und den Triaden schmackhaft zu machen.«

»Weiß er nicht, dass die Asiaten unter sich bleiben?«

»Keine Ahnung.«

»Okay. Klingt auf jeden Fall verzweifelt.«

»Aber warum?«

»Gute Frage.« Ich stehe auf und laufe mit dem Handy am Ohr durch mein Arbeitszimmer. »Und wer hat am Ende doch zugesagt?«

»Genau das ist der Punkt. Niemand weiß etwas.«

»Das gefällt mir nicht, du musst dranbleiben.«

»Sehe ich aus wie ein Anfänger?«

Ich grinse. »Manchmal ...«

»Von wegen! Ich würde sogar sagen, ich bin verdammt schlau.«

»Und wie äußerst sich das, deiner Meinung nach?«

»Ich habe Unterstützung von weiblicher Seite mobilisiert.«

»Was heißt das konkret?«

»Zum einen halten ein paar Ehefrauen die Ohren offen, versuchen es mit Klatsch und Tratsch. Und zum anderen habe ich unsere Pferdchen darauf angesetzt. Kunden belauschen, unauffällig ausfragen, wenn sie entsprechend stark auf anderes konzentriert sind.«

»Ich bin beeindruckt, Bro!«

»Sag ich doch.«

»Dann hoffe ich mal, dass wenigstens eine von ihnen erfolgreich ist.«

Wir schwenken zu geschäftlichen Themen und Nate bringt mich auf den neuesten Stand, was meine Clubs angeht. Details, die niemals schriftlich festgehalten werden. Wie interessante Hinweise, die von meinem Personal gesammelt und an ihn weitergeleitet werden. Daten, Fakten, Gerüchte. Wir filtern sie, speichern sie in unseren Köpfen und einigen davon wird er nachgehen, um den Wahrheitsgehalt zu bestimmen.

Danach verabschieden wir uns und ich vertiefe mich wieder in die Arbeit.

Doch in jeder winzigen Pause taucht eine Frage in meinem Kopf auf.

Warum weiß niemand, wen die kleine Conti heiraten wird?

Am Nachmittag logge ich mich aus den Servern und Sicherheitssystemen aus, gehe in die Küche und warte vor dem Vollautomaten auf einen Kaffee. Sehe zum Fenster hinaus ins trübe Licht und kaue erneut auf besagter Frage herum.

Mit der Tasse in der Hand drehe ich mich schließlich um, schaue gedankenverloren Richtung Esstisch und mein Blick fällt auf den Stoffbeutel, auf dem die Habseligkeiten meiner Gefangenen liegen.

Mittendrin reflektiert der Brillant des Verlobungsrings ein paar schwache Lichtstrahlen und bringt mich zu einer Entscheidung.

Ich streife Maske sowie Kapuzenjacke über, nehme den Ring und gehe in den Keller hinunter. Öffne die Tür, bleibe zwei Schritte weiter stehen.

Meine Geißel lehnt wie heute früh an der Wand, wendet den Blick vom Fenster zu mir und hebt den Kopf. Ihre Augen weiten sich, Angst funkelt auf.

Was mich zu einem zufriedenen Grinsen verleitet.

Ich deute mit dem Kinn zum Tisch. »Willst du Wasser?«

Sie schaut kurz auf die Flasche und nickt.

»Gut. Dafür musst du mir nur eine Frage beantworten.«

Diesmal runzelt sie die Stirn, bevor sie nickt.

»Und ich warne dich, keine Mätzchen!« Ich trete neben sie, löse den Knebel. Greife in die Tasche, hole den Ring heraus und halte ihn ihr hin. »Wer ist dein Verlobter?«

»Keine Ahnung.«

Mir entfährt ein Lachen. »Hör auf, mich zu verarschen!«

»Ja, klar, davon hätte ich auch so viel.«

»Immerhin hat er dir den Verlobungsring an den Finger gesteckt.«

Sie schnaubt. »Den hat mein Vater mir gegeben, mit lieben Grüßen.« Ihre Stimme trieft vor Hohn.

»Warum sollte ich dir das glauben?«

»Warum sollte ich dich belügen? Was hätte ich davon, dir seinen Namen zu verschweigen?«

»Das frage ich mich auch gerade.«

»Nichts.«

Verärgert schaue ich sie an, erforsche ihr Gesicht.

Entweder ist sie eine verdammt gerissene Lügnerin oder ... sie sagt die Wahrheit.

»Glaub mir, ich wüsste auch gern, mit wem ich den Rest meines Lebens zusammen sein muss.«

Unter der Maske verziehe ich den Mund zu einem höhnischen Grinsen. »Die letzten Tage deines Lebens verbringst du hier, mit mir.«

Ihr Kinn ruckt nach oben und ihren grüngrauen

Katzenaugen lodert Angst auf. »Warum willst du mich umbringen? Ich weiß nicht einmal, wer du bist.«

Ich überhöre ihre Worte, gehe zum Tisch und hole die Wasserflasche. Öffne sie, stelle mich neben Contis Tochter und führe sie zu ihren Lippen.

Eilig öffnet sie den Mund und ich gieße langsam Wasser hinein, gönne ihr aber nur zwei Schlucke. Ohne auf ihren Protest zu achten, bringe ich die Flasche weg, lege ihr den Mundknebel wieder an und laufe nach oben.

Jacke und Maske landen auf ihrem alten Platz, dann kehre ich mit dem Ring in mein Arbeitszimmer zurück. Schalte meine Schreibtischlampe an, halte ihn darunter und versuche, die Punzen in dem Goldreif zu lesen.

Eine davon kann ich erkennen, 18K, doch die anderen könnten auch aus Hieroglyphen bestehen.

Verdammt.

Einen Moment starre ich vor mich hin, spiele ungeduldig mit den Kiefermuskeln.

Springe schließlich auf, lege den Ring in eine weitere Plastiktüte und füge ihn dem Umschlag an Nate bei. Dann fahre ich schnellstmöglich zum Postamt in Phoenicia, gebe ihn kurz vor Dienstschluss per Express auf und schreibe Nate eine Nachricht, dass er den Ring zu unserem Schmuckexperten bringen soll.

Wenn jemand etwas darüber herausfinden kann, dann er.

*

Am nächsten Morgen gehe ich nach dem Frühstück wieder in den Keller, um ihr Wasser zu geben. Entriegele per Fingerabdruck die Tür, stoße sie auf.

Und werde von dem Geruch beinahe überwältigt, trotz Maske.

Warum ist mir das gestern nicht aufgefallen?

Fluchend laufe ich zum Nachttopf, trage ihn über den Flur in die beengte spartanisch eingerichtete Nasszelle und entleere ihn in die Toilette. Spüle ihn aus und kippe es hinterher. Stelle ihn umgedreht in die Duschtasse und gehe zurück in den Kellerraum.

Ich öffne das Fenster, schiebe die Kapuze nach hinten und zerre mir die Maske vom Kopf. Halte das Gesicht in die hereinströmende Luft und atme mehrmals tief durch.

Dann laufe ich zum Tisch zurück, hole die Flasche und hocke mich neben ihr auf ein Knie. Nehme ihren Knebel ab und helfe ihr, das restliche Wasser zu trinken.

Dabei fixiert sie mich aus zusammengekniffenen Augen und neigt den Kopf, sobald ich die Flasche wegnehme.

»Ich kenne dich.«

Ich hebe eine Braue, verziehe einen Mundwinkel. »Schön für dich.«

»Du bist ...« Nun huscht Angst über ihr Gesicht. »Ein Mancuso. Romano.«

»*Bravissimo*! Die Kandidatin hat 100 Punkte.«

»Was willst du von mir?«

»Mal sehen, worauf ich Lust habe.«

»Lösegeld?«

»Nein.«

»Was dann?«

Ich grinse, betrachte ihren Körper.

»Nein, bitte, ich ...« In ihren Augen lodert Panik auf, sie öffnet den Mund.

Und im nächsten Moment schreit sie um Hilfe.

So laut, dass mir die Trommelfelle zu platzen drohen.

Ich versetze ihr eine Ohrfeige. »Halt die Fresse, dich kann hier eh niemand hören.«

In ihren Augen schimmern Tränen. »Bitte, lass mich gehen.«

Ich lache laut auf. Greife nach dem Mundknebel, will ihn ihr anlegen.

Allerdings zieht sie den Kopf zurück, prallt mit dem Schädel vor die Wand und verzieht kurz das Gesicht. »Bringst du mir den Nachttopf zurück?«

»Nein.«

»Aber ich ... muss pinkeln.«

»Jetzt?«

Ihre Wangen färben sich rot. »Ja.«

Einen Moment überlege ich, was ich am besten machen soll.

So sehr der Nachttopf für sie eine Strafe ist – ich habe keinen Bock, ebenfalls darunter zu leiden.

Folglich gibt es nur eine Alternative.

Ich lege den Knebel neben ihr auf die Isoliermatte, ziehe den Schlüssel aus meiner Hosentasche und öffne ihre Fußfessel. Dann ergreife ich ihren Oberarm, zerre sie auf die Füße und zur Tür. Halte sie aufrecht, wie sie mit steifen Beinen und barfuß über den kalten Boden stolpert.

Wirsch schiebe ich sie in die Nasszelle, schalte das Licht an und bleibe im Türrahmen stehen.

Über die Schulter hinweg schaut sie mich an, hebt ihre auf dem Rücken gefesselten Handgelenke ein Stück an. »Was ist mit meinen Händen?«

»Es wird ohne gehen.«

Verärgert dreht sie sich in dem engen Raum zu mir um. »Den Slip hast du mir ja schon weggenommen, ziehst du mir jetzt auch das Kleid hoch, damit ich nicht darauf pinkele?«

Einen Moment starren wir uns an.

Dann packe ich den Saum ihres Kleides, ziehe es von ihrem Körper weg und schlitze es von unten nach oben auf.

Sie stößt einen schockierten Laut aus, weicht bis zur

Toilettenschlüssel zurück, zu der es nicht einmal einen Deckel gibt.

Angefeuert von ihrer Angst beuge ich mich vor. »Hinsetzen!«

Ihre Unterlippe zittert, doch als ich kurz das Messer aus meiner Hosentasche ziehe und es ihr zeige, sinkt sie endlich auf den Sitz.

Ich schiebe es wieder hinein, trete einen halben Schritt zurück und betrachte sie. Ihre helle Haut, die festen apfelgroßen Titten im schwarzen Spitzen-BH.

Sie senkt den Blick, ihre Wangen rot gefärbt. »Ich ... ich kann nicht, wenn mir jemand dabei zusieht.«

»Oh, die *principessa* braucht Privatsphäre.«

»Bitte, könntest du ... dich wenigstens umdrehen?«

Mir entfährt ein abfälliges Schnauben, aber ich wende mich ab. Gerade so weit, dass ich sie aus dem Augenwinkel beobachten kann.

Es dauert eine ganze Weile, bis ich sie endlich pissen höre und es schließlich aufhört.

Sie räuspert sich. »Ich bin fertig.«

Ich packe sie am Oberarm, ziehe sie hoch und betätige die Spülung.

Zerre sie zurück in den Kellerraum.

Da schreit die kleine Conti auf, dreht sich um und reißt das Knie hoch, zielt zwischen meine Beine.

Ich kann ihr gerade noch ausweichen, auch dem anderen Knie. Wirbele sie herum und versetze ihr einen heftigen Stoß, sodass sie vorwärts stolpert, gegen die Wand prallt und auf die Knie fällt.

»Du mieses Weibsstück!« Schnell gehe ich zum Tisch, stecke mir Kabelbinder sowie Seil ein. Schnappe mir den Stuhl, stelle ihn neben die Iso-Matte und befördere sie auf die Sitzfläche. Dann zwinge ich ihre Arme über die Lehne, schnüre ihren Oberkörper daran fest und fessele ihre

Knöchel mit den Plastikstreifen an die Stuhlbeine.

Unvermittelt fällt mein Blick zwischen ihre Schenkel, die roten Löckchen über ihrer Muschi.

Sie versucht, ihre Beine zusammenzupressen, was in ihrer Situation unmöglich ist, und ich schaue mit einem hämischen Lächeln zu ihr auf.

Wieder errötet sie, dreht das Gesicht zur Seite.

Oh ja, es wird mir ein Vergnügen sein, sie zu demütigen und zu foltern, bevor ich sie aufschlitze.

Lässig stehe ich auf, gehe zur Tür. Schlage auf den Lichtschalter und verlasse den Raum.

Aber jetzt darf sie erst einmal schmoren.

Giulia

Kapitel 8

Gott, bitte, hilf mir hier raus!

Ich will noch nicht sterben. Oder vergewaltigt werden.

Verzweifelt presse ich die Lider zusammen, stoße die Luft aus.

Meine Kehle ist trocken, fühlt sich rau an und schmerzt. Genauso wie meine gefesselten Handgelenke, die Schultern.

Außerdem ist mir kalt, ich fühle mich elend.

Und entwürdigt.

Die Erinnerung an meinen Toilettengang schießt mir durch den Kopf, wirbelt die Scham wieder auf.

Kennt dieser Kerl gar keinen Respekt?

Und dann starrt er mir auch noch zwischen die Beine.

Ich sehe sein boshaftes Lächeln in aller Deutlichkeit vor mir.

Ein Ausdruck, der seinem attraktiven Aussehen etwas Teuflisches verleiht.

Ja, ich weiß, ich sollte ihn nicht sexy finden.

Aber er und seine Brüder sehen wirklich verdammt gut aus.

Ich kenne sie seit Jahren von Bildern, schließlich sind sie die Todfeinde der Contis und ich musste mir regelmäßig ihre Gesichter einprägen.

Im Gegensatz zu seinen Brüdern trägt Romano das blauschwarze Haar nun ein wenig länger und die dicken, vermutlich gewollt zerzausten Wellen fallen ihm bis über die dichten, geschwungenen Brauen. Lange Wimpern umrahmen seine klaren grauen Augen, die schon auf Fotos ungewöhnlich ausdrucksstark sind. Aber in natura ...

Mich schaudert es bei dem Gedanken, mit wie viel Hass er mich ansieht.

Außerdem ist er ein ranghoher Mafioso, zu allem fähig, und das senkt sich wie ein bleiernes Gewicht auf meine Brust, erschwert mir das Atmen.

Nein, ich darf auf keinen Fall darüber nachdenken, sonst drehe ich noch durch.

Stattdessen sollte ich lieber überlegen, was ich tun kann, um ihn zu überrumpeln.

Keine Ahnung, ob ich gegen ihn eine Chance habe, aber ich muss es versuchen. Schon allein deshalb, weil vermutlich niemand weiß, wo ich bin. Woher auch?

Mancuso wird entsprechende Vorkehrungen getroffen haben, nachdem er meinen Bodyguard und den Fahrer erschossen hat.

Ich darf also nicht darauf warten und hoffen, dass mein Vater mich rettet.

Oder mein Verlobter, wer auch immer das ist.

Würde er das tun?

Wie wichtig ist das Bündnis mit meinem Vater für ihn?

Oder ... wie sehr will er mich als seine Frau?

Braucht er womöglich ein Weibchen, das es nicht wagt, sich zu widersetzen?

So eine wie mich, die ihr Schicksal akzeptiert, weil sie nicht stark genug ist, ihren eigenen Weg zu gehen?

Mein Magen verkrampft sich, aufsteigende Tränen schnüren mir die Kehle zu.

Und die Ausweglosigkeit, die ich nach dem Besuch bei meinem Vater empfunden habe, kehrt ebenfalls zurück.

Daraufhin versinke ich zum hundertsten Mal in Verzweiflung, heule und jammere vor mich hin. Bete um ein Wunder oder dass sich alles als Albtraum entpuppt.

Keine Ahnung, wie lange ich mich dermaßen in Selbstmitleid suhle, bis Tränen und Klagen versiegen, aber mein Durst wird dadurch schlimmer und erhöht meine persönliche Qual noch zusätzlich.

Was vermutlich einer der Punkte ist, die Mancuso erreichen will, oder?

Bevor er mich umbringt?

Ich stoße einen unglücklichen Seufzer aus, lasse den Kopf hängen.

Macht es überhaupt Sinn, sich zu wehren?

Neulich, auf dem Weg nach Hause, habe ich mir noch gewünscht, tot zu sein, statt einen Unbekannten heiraten zu müssen.

Und jetzt?

Jetzt ist mir der Tod so nah, dass mir mein vorgeschriebenes Leben lieber wäre.

Ironie des Schicksals.

Unvermittelt erklingen Schritte und ich schaue auf. Kämpfe mit mir, ob ich nach meinem gescheiterten Widerstand wirklich nach ihm rufen soll.

Ach, verdammt, ich war noch nie gut darin, unangenehme Situationen auszuhalten.

Weshalb ich mir schließlich einen Ruck gebe und nach ihm rufe.

Mehrfach.

Nichts.

Keine Reaktion, keine Schritte.

Ist er abgehauen?

Lässt er mich hier allein verrotten?

Nach einer Weile gebe ich auf, lausche stattdessen in die Stille.

Und die Schritte kehren zurück.

Nein, sie sind leiser, weiter weg, verstummen.

Kommen nach geraumer Zeit wieder näher.

Dann höre ich ein leises Klappen, das Rauschen in einer Leitung.

Wasser!

Mit einem Mal ist meine Kehle schon wieder staubtrocken und mein Körper reagiert mit überwältigendem Verlangen nach der kühlen, klaren Flüssigkeit.

Ich kapituliere, hebe das Kinn Richtung Decke. »Romano? Bitte! Ich habe solchen Durst.«

Scheiße, ich klinge wie ein kleines Mädchen. Wehleidig, kurz vor dem Heulen.

Aber es ist mir egal. Weil ich alles für ein Glas Wasser tun würde.

Wirklich alles?

Die höhnische Stimme meines Verstands lacht mich aus, weshalb ich einen Moment ernsthaft darüber nachdenke.

Was bin ich bereit, zu ertragen?

Psychospielchen?

Körperliche Folter?

Vergewaltigung?

Schritte unterbrechen meine Überlegungen und sie kommen näher.

Mit hämmerndem Herzen richte ich mich auf, starre zur Tür.

Das Klicken ertönt, er kommt herein und bleibt vor mir stehen, mustert mich stumm.

Verlegen und ängstlich beobachte ich sein grimmiges Gesicht. Nehme erst jetzt den dunklen Bartschatten wahr, der seine runden, vollen Lippen unterstreicht. Sehe tiefer und bemerke im V-Ausschnitt seines langärmeligen Shirts, dass seine Brust tätowiert ist. Die Brust, die breit und genauso muskulös ist wie der Rest seines Oberkörpers.

»Was starrst du mich so an?«

Ertappt senke ich den Blick, beiße mir auf die Lippe. »Tut mir leid.«

Romano beugt sich vor, stützt sich mit den Händen auf den Knien ab. »Habe ich das richtig gehört? Du bettelst um Wasser?«

Sein Gesicht ist nur noch ein kleines Stück von meinem entfernt und ein Hauch seines Duftes steigt mir in die Nase. Vor allem etwas Holzig-Würziges.

Mein Körper reagiert mit einem seltsamen Prickeln, das sich schwer in meinen Bauch senkt.

Ich schiebe das eilig beiseite. Nicke und schaue vorsichtig auf.

»Okay.« Mit einer übertriebenen Geste richtet er sich auf. »Du willst Wasser, du bekommst es.«

Der Unterton in seiner Stimme irritiert mich, doch die Aussicht auf etwas zu trinken versetzt mich in eine Art Hochgefühl.

Er geht zur Tür, bückt sich, dreht sich um und macht zwei Schritte auf mich zu.

Ich registriere das große schwarze Ding in seinen Händen, erkenne noch den Eimer. Im nächsten Moment trifft mich ein gewaltiger Schwall eiskalten Wassers, inklusive Eiswürfeln.

Vor Schreck reiße ich den Mund auf und einiges davon schwappt hinein.

Ich schnappe nach Luft, wegen der Kälte am ganzen Körper und dem Wasser in meinem Hals. Huste, pruste und quieke.

Und er brüllt vor Lachen.

Ich bemerke das Aufblitzen in seinem Mund, vermutlich ein Zungenpiercing. Doch zeitgleich schießt heiße Scham in mir hoch und gegen die Tränen kann ich genauso wenig ausrichten.

Ich presse die Lider zusammen und senke den Kopf.

Wasser tropft aus meinem Haar, landet auf meinen nackten Schenkeln, vermischt mit der warmen Flüssigkeit aus meinen Augen. Woraufhin eine Gänsehaut meinen Körper überzieht und ein heftiges Zittern in mir aufsteigt.

»Oh, du Arme! Frierst du etwa?«

Als wäre der Hohn in seiner Stimme nicht schon schlimm genug, kneift er in meine linke Brustwarze und lacht weiter.

Ich zucke zurück, reiße mit einem Schrei den Kopf hoch.

Verwirrt von dem seltsamen Blitz, der von meinem Nippel bis zwischen meine Beine schießt.

Im nächsten Augenblick überwältigt mich Zorn.

Auf ihn, mich und diese beschissene Situation.

»Du Arschloch!«

»Erzähl mir was Neues, *principessa*!« Er schüttelt den Kopf, wischt sich die Lachtränen aus den Augen.

»Was, zum Teufel, habe ich dir getan?«

Da wird er schlagartig ernst und starrt mich hasserfüllt an. »Du? Nichts. Aber es ist deine Familie und du wirst für sie büßen.«

Damit wirbelt er herum, stürmt hinaus und knallt die Tür hinter sich zu.

*

»Aufwachen!«

Mit einem Schrei reiße ich die Augen auf und den Kopf hoch, was einen scharfen Schmerz in meinem Nacken auslöst. Werde von hellem Licht geblendet und kneife die Lider stöhnend wieder zusammen.

»Oh, sorry. Not sorry.« Er lacht leise, stellt eine kleine Flasche Wasser auf dem Tisch ab.

In mir wallt Wut auf und ich blinzele einige Male, bis ich ihn ansehen kann.

Grinsend tritt er näher, einen kleinen Smoothie-Behälter mit Trinkaufsatz in der Hand.

Beim Anblick des unappetitlichen grünen Inhalts läuft mir das Wasser im Mund zusammen, ohne dass ich etwas dagegen ausrichten könnte.

»Ich habe ein Fläschchen für dich, *principessa.*« Er hält es mir vor den Mund, knapp außerhalb meiner Reichweite.

Gierig beuge ich mich vor, natürlich erfolglos.

»Hast du etwa Hunger? Hier, nimm.«

Das Mundstück kommt ein Stückchen näher, doch dann schnalzt er mit der Zunge und seufzt übertrieben. »Zu dumm, du kannst ja gar nicht allein trinken.«

Ich schließe die Augen, richte mich auf und versuche, ruhig und tief zu atmen.

Lass dich nicht provozieren.

»Soll ich dich füttern?«

Was, zur Hölle, erwartet er von mir?

Und was will er damit bezwecken?

»Hm? Nein? Gut, dann gehe ich wieder.«

Entsetzt sehe ich ihn an, wie er die Flasche zurückzieht, sich aufrichtet. »Nein, bitte.«

»Bitte, was?«

»Bitte ... füttere mich.«

»Und was bekomme ich dafür, dass ich dich nicht sofort verhungern lasse?«

Sein herausfordernder, kalter Blick jagt mir einen Schauder über den Rücken, aber ich ringe mich zu einer Antwort durch.

»Was du willst.«

»Ah, da hat wohl jemand über ihr Verhalten nachgedacht. Was hast du mir denn anzubieten?«

Aus meinem Bauch steigt Angst auf. »Ich weiß nicht. Meinen ... Körper?«

Romano betrachtet mich. »Hm. Den könnte ich mir auch einfach nehmen. Nein, da schwebt mir etwas Besseres vor.«

»Und was?«

»Das erzähle ich dir morgen. Und jetzt trink.« Er tritt dicht an mich heran und drückt mir die Flasche zwischen die Lippen.

Schon füllt ein schleimiger, bitterer Brei meinen Mund.

Was ist da drin? Pflanzen, die eigentlich nicht für den Verzehr geeignet sind?

Maden? Spinnen?

In mir steigt Ekel auf, doch ich unterdrücke den Würgereiz. Sauge und schlucke das Zeug herunter, so schnell ich kann. Den Blick auf die Flasche gerichtet, um ihn nicht ansehen zu müssen.

Kurz darauf ist sie leer und er entfernt sie. Geht zum Tisch und stellt sie darauf ab. Dann kehrt er zurück, hockt sich hin und schneidet die Fußfesseln durch. Löst das Seil um meinen Oberkörper, packt meinen Arm und zerrt mich hoch.

Mir rutscht das Herz in die nicht vorhandene Hose. »Was hast du vor?«

»Du darfst pissen.«

Wie am Morgen bugsiert er mich über den Flur, wo ein köstlicher Duft mir in die Nase steigt, und in den Raum, drückt mich auf die Kloschüssel. Wendet sich direkt ab und lehnt sich in den Türrahmen. »Beeil dich, mein Abendessen ist gleich fertig.«

Sofort erscheint das Bild einer Pizza vor meinen

Augen. Heiß und saftig, mit knusprigem Rand, Parmaschinken, Rucola und gehobeltem Parmesan.

Umgehend flutet Speichel meinen Mund, und zwar so stark, dass ich befürchte, jeden Moment zu sabbern. Außerdem wallt heftige Übelkeit in mir auf.

Scheiße.

Eilig schiebe ich das beiseite, schließe die Augen und denke stattdessen an einen rauschenden Wasserfall.

Zum Glück hilft es, genauso wie heute früh. Und der Rest läuft ähnlich ab.

Doch sobald wir in den Flur hinaustreten, wird mir kotzübel. Ich bleibe stehen, stöhne auf und versuche, ruhig und gleichmäßig zu atmen.

»Geh weiter.« Romano zerrt an meinem Arm.

»Kann nicht.« Verzweifelt kämpfe ich gegen den Brechreiz an und mir bricht der Schweiß aus.

»Warum nicht?«

»Ich ...« Die nächste Welle bezwingt mich, ich beuge mich vor und übergebe mich.

Mit einem angeekelten Laut springt er zurück, trotzdem sehe ich grüne Spritzer auf seiner Hose, genauso wie auf meinen Beinen.

»Fuck! Spinnst du?«

Zur Antwort bringe ich nur ein Ächzen hervor, spucke ihm auch den Rest vor die Füße und würge noch einige Male trocken.

Am Ende steigt er darüber, zerrt mich in den Kellerraum und verfrachtet mich auf den Stuhl. Schnürt mich fest, geht zum Tisch und holt die Flasche.

Dankbar trinke ich das Wasser, das er mir zugesteht, spüle mit einem Schluck schnell meinen Mund durch.

Danach stellt er die Plastikflasche zurück, tritt hinter mich und beugt sich von hinten zu meinem Ohr. »Schlaf gut, *principessa*.«

Sein heißer Atem streift meinen Hals, jagt mir unerklärlicherweise einen angenehmen Schauer über die Haut, doch gleich darauf ist die Angst wieder da.

»Ich werde den Abend nutzen und mir überlegen, was ich als Erstes mit dir anstelle. Vielleicht solltest du das auch tun. Als eine Art Vorbereitung. Denn eines kann ich dir jetzt schon sagen – ich hasse Tränen. Damit machst du es nur noch schlimmer. Und glaub mir, das ist das Letzte, was du willst.«

Verzweifelt presse ich die Lider zusammen, atme stoßweise und horche auf seine Schritte.

Es wird dunkel, die Tür fällt ins Schloss, das Klicken ertönt, seine Schritte entfernen sich.

Ich hole zittrig Luft.

Und halte sie erneut an, denn er kommt zurück.

Dann höre ich diverse Geräusche vor der Tür

Ob er mein Erbrochenes aufwischt?

Kurz darauf scheint er fertig zu sein, die Geräusche verklingen, weiter oben wird eine Tür geschlossen, seine Schritte entfernen sich weiter.

Ich atme auf, doch der nächste Dämpfer folgt auf dem Fuß.

Scheiße, dafür wird er mich garantiert zusätzlich büßen lassen.

Ich sacke in mich zusammen und möchte schon wieder heulen.

Mein Körper ist so ausgelaugt, dass ich mich nur noch hinlegen will. Egal, wie hart der Untergrund ist Ich habe nicht einmal mehr Kraft, über einen Fluchtversuch nachzudenken.

Und Mancuso hat wirklich an alles gedacht, um das zu verhindern.

Reiß dich zusammen, denk nach. Nur du kannst dich retten.

Diese aufsässige Stimme in meinem Hinterkopf höre

ich nicht zum ersten Mal, seit ich hier bin. Außerdem kommt sie mir bekannt vor. Und nervt.

Wie, bitte, soll ich mich retten?

Dieser Arsch ist ein gutes Stück größer als ich und wiegt vermutlich das Doppelte. Von seiner körperlichen Stärke und der Überlegenheit ganz zu schweigen.

Oder der Tatsache, dass ich ständig gefesselt bin.

Das kannst du beeinflussen.

Was? Wie soll das funktionieren?

Ein Schaudern schüttelt meinen Körper und beschwört die Erinnerungen an unsere Begegnungen herauf.

Ich stutze, richte mich auf. Starre vor mich hin und denke eingehend darüber nach.

Ja, er ... wenn ich laut war, geschrien habe, ist er ausgeflippt. Leisere Töne und Respekt, eine gewisse Unterwürfigkeit, haben ihn näherkommen lassen.

Siehst du? Lock' ihn an, wickele ihn ein, trickse ihn aus.

Einen gestandenen Mafioso austricksen? Ich?

In meinem Kopf ploppen Bilder auf. Szenen aus Thrillern und Actionfilmen. Von entführten, gefangenen Frauen, die es schaffen, zu entkommen.

Himmel, nein, ich bin kein solcher Mensch, so viel Stärke besitze ich nicht.

Wer sagt das?

Bist du blind?

Im nächsten Moment wird mir bewusst, was ich da tue, und ich schließe entnervt die Augen.

Mit welchem Teil meiner Persönlichkeit unterhalte ich mich eigentlich?

Drehe ich jetzt völlig durch?

Jeder Mensch will überleben und das verleiht ungeahnte Kräfte.

In Filmen. Und ja, manchmal hört man auch im Fernsehen von Überlebenden und ihrem jeweiligen Kampf.

Aber ich ...

Stell dir nur vor, es gelingt dir, Mancuso zu entkommen. Du wärst frei, von Vater, deinem Verlobten und der Familie. Für immer.

Schon sehe ich mich durch Wälder und über Felder laufen. In Scheunen übernachten, in einsame Häuser eindringen, um mir Kleidung und Essen zu stehlen. Und am Ende finde ich Unterschlupf in einem abgelegenen kanadischen Nest. Kann ein glückliches Künstlerleben genießen, mit Mann und Familie. Happy End.

In meinem Kopf höre ich das altmodische Geräusch von einer Plattenspielernadel, die über den Tonträger schlittert, quietscht und am Schluss in völliger Stille von der Automatik angehoben wird. Das Synonym für ein abruptes Ende, das Erwachen aus einem schönen Traum mit schmerzvoller Rückkehr in die Realität.

Nein, für mich hält das Leben kein Happy End bereit.

Du wirst es niemals herausfinden, wenn du es nicht versuchst.

Ich schnaube verächtlich und erschrecke, wie laut das Geräusch in meinem Kellergefängnis klingt.

Außerdem bist du eine Frau und er ist für deine Reize empfänglich.

Pah! Er wird mich höchstens vergewaltigen.

Dann halt still, warte den richtigen Moment ab und verpass ihm eine.

Fassungslos schüttele ich den Kopf.

Erinnere mich an eine Szene mit meinen Eltern.

Meine Mutter wollte, dass ich mich im Zweifel selbst verteidigen kann, schon als Kind. Doch mein Vater hat es verboten. Das gehöre sich nicht für Frauen und schon gar nicht für die zukünftige Ehefrau eines angesehenen Mafioso.

Demnach wurde meine Erziehung in eine andere Richtung gelenkt.

Und nach dem Tod meiner Mutter wurde ich zur folgsamen Tochter, meinen Vater immer im Kopf.

Es ist Zeit, ihm in den Arsch zu treten. Genauso wie Mancuso.

Gott, ich wünschte, ich könnte das.

Wieder höre ich seine letzten Worte, steigt Angst in mir auf.

Die Stimme in meinem Hinterkopf schnaubt.

Brauchst du noch einen Tritt in den Hintern oder reicht das?

Ich zögere.

Denke erneut an diese Fantasie von einem freien Leben.

Sehe das liebevolle, auffordernde Lächeln meiner *mamma* vor mir.

Durch meinen Körper geht ein Ruck.

Nein, diese nervige Stimme hat recht. Genug geheult.

Ich muss es schaffen, ihm zu entkommen.

Irgendwie.

So bald wie möglich.

Und es ist mir tatsächlich egal, was ich dafür tun muss.

Romano

Kapitel 9

»Ja?« Nates Stimme klingt gedämpft und benommen.

»Sag mir nicht, du liegst noch im Bett.«

»Alter, es ist Sonntag! Und die letzte Nacht war kurz.«

Grinsend schüttele ich den Kopf. »Wie heißt sie?«

»Keine Ahnung. Warte eine Moment.« Kurz klingt seine Stimme angestrengt, dann höre ich so etwas wie ein Flattern, dumpfe rhythmische Töne, das Schließen einer Tür, wieder die Töne, noch eine Tür. »Okay, jetzt sind wir allein.« Seine Stimme hallt nach.

Ich runzele die Stirn. »Wo bist du?«

»Im Bad.«

»Dann reden wir später.«

»Besser morgen.«

»Hast du noch keine Informationen?«

»Nein.«

»Fuck. Ist der Umschlag angekommen?«

»Ja. Die Locke wird Conti heute zugespielt, den Ring habe ich gestern zu unserem Experten gebracht.«

»Was hat er gesagt?«

»Dass er selbst erst Nachforschungen anstellen muss. Er hat zwar eine Vermutung, aber er will uns nur gesicherte Fakten liefern.«

»Gut.«

»Und bei dir?«

»Ihr Widerstand lässt bereits nach, aber es gibt eine Planänderung.«

Mit dem Smartphone am Ohr trete ich an die Fensterfront im Wohnzimmer und schaue hinaus in den trüben Sonntagmorgen. Die Spitzen der hochgewachsenen Bäume verschwinden in tiefhängenden Wolken.

»Welche?«

»Ich werde ihren Tod noch ein wenig hinauszögern. Sie gefügig machen, bevor sie stirbt. Und vielleicht schicke ich Conti ein Video davon, wie sie vor mir kniet und meinen Schwanz lutscht.«

Nate lacht. »Das wird ihm gar nicht gefallen.«

»Nein. Und es lässt sich steigern.«

»Hast du schon Ideen?«

»Ooh, jaaa.« Ich grinse.

Allerdings kann ich mich noch nicht entscheiden, welche meiner Fantasien die *principessa* und ihren Vater mehr demütigt. Wenn sie mich anbettelt, sie zu bestrafen und hart zu ficken, oder wie ich ihr ins lustverzerrte Gesicht wichse.

Immerhin haben mich diese Visionen gestern Abend erneut aufgegeilt und ich war stark versucht, eine davon direkt umzusetzen. Da dies aber kontraproduktiv gewesen wäre, habe ich mir stattdessen einen runtergeholt.

»Schieß los.«

»Fick dich, Alter, von mir bekommst du keine Anregungen.«

»Schade. Und die Videos?«

»Die bekommt ihr alle noch früh genug zu sehen.«

»Darauf freue ich mich jetzt schon.«

»Meinen nackten Arsch?«

Er gibt ein würgendes Geräusch von sich.

Woraufhin ich auflache.

»Wie läuft es in den Clubs? Irgendwelche besonderen Vorkommnisse?«

»Nein.«

»Alles klar. Ich höre von dir.«

»Jepp, bis dann.«

Ich tippe auf den roten Hörer, schiebe das Telefon in meine Gesäßtasche und verschränke die Arme vor der Brust.

Wie ich es hasse, auf Informationen zu warten.

Automatisch rufe ich mir Nates Worte zu Contis Brautverkauf ins Gedächtnis.

Alle Clans haben abgesagt, genauso wie die Yakuza und die Triaden.

Wer bleibt dann noch übrig?

Nur kleinere Gruppierungen oder Clans jeglicher Nationalität.

Oder hat er außerhalb der Organisierten Kriminalität nach einem Bündnis gesucht, das er mit der Verheiratung seiner Tochter besiegeln kann?

Ist er womöglich politisch motiviert?

Egal, welchen Pakt Conti mit der Hochzeit bezweckt, mit der Entführung habe ich ihn gleich zweimal gefickt.

Womit ich kein Problem habe. Je härter ich ihn treffe, desto besser.

Auf meinem Gesicht breitet sich ein Grinsen aus.

Wer weiß, womöglich habe ich der *principessa* sogar einen Gefallen getan.

Das ist ein wenig Dankbarkeit wert, oder?

Scheiße, ich liebe es, mehrere Trümpfe in Händen zu halten.

Biep-biep. Biep-biep. Biep-biep.

Ich fahre zusammen, wirbele herum und laufe ins Arbeitszimmer.

Erfasse mit einem Blick die Lage.

Die Kamera am Automatiktor, das etwa eine Meile von hier die Zufahrt zu meinem Grundstück versperrt, zeigt einen weißen SUV auf dem asphaltierten Weg, über dessen Kühlergrill das Wort *Sheriff* prangt.

Mein Puls zieht das Tempo an, angefeuert von einem ordentlichen Schuss Adrenalin.

Der Wagen bleibt vor der eckigen Edelstahlsäule stehen, das Fahrerfenster gleitet hinunter und ein uniformierter Arm streckt sich hindurch, bis der Finger auf dem Klingelknopf landet.

In meinem Büro ertönt das entsprechende Signal, auf dem Hauptbildschirm öffnet sich ein Fenster mit dem Bild der Frontalkamera. Das Gesicht liegt im Halbdunkel, doch aufgrund der Größe schließe ich auf einen Mann. Und er ist allein.

Ich beuge mich vor und betätige die Gegensprechanlage. »Guten Morgen, Officer. Wie kann ich Ihnen helfen?«

»Guten Morgen, Sir. Executive Officer Simon Trainor. Darf ich Sie kurz persönlich sprechen?«

Eine ungewöhnliche Bitte, aber sie abzulehnen wäre zu auffällig.

»Natürlich.« Per Tastendruck entriegele ich das Tor aus massiven Stahlrohren und es setzt sich langsam in Bewegung.

Jetzt bleiben mir etwa 30 Sekunden.

Mir wird heiß und kalt.

Ich habe der kleinen Conti gestern keinen Knebel mehr angelegt und war auch heute noch nicht unten.

Fuck!

Leider reicht die Zeit nicht, das nachzuholen und dem Polizisten anschließend entspannt entgegenzutreten.

Also laufe ich eilig ins Wohnzimmer, schalte die

Surround-Anlage ein und starte eine Playlist mit Hard Rock, erhöhe die Lautstärke. Dann nehme ich meine Tasse vom Couchtisch und marschiere zum Eingang, der sich am Kopfende des Anbaus befindet.

Ich trete auf die Veranda, als der Wagen vor meinem Haus vorfährt, und ziehe die Tür hinter mir zu. Schlendere die drei Stufen hinunter und nippe am lauwarmen Kaffee. Lausche auf die Musik, richte einen Teil meiner Aufmerksamkeit Richtung Keller aus und versetze mich in die Rolle meines Alias.

James Milano, Musik-Management.

Nach außen hin gebe ich mich lässig, doch ich registriere jedes Detail, sobald die Wagentür geöffnet wird.

Schwarze Sicherheitsschuhe und Stoffhose. Militärischer Kurzhaarschnitt, ovales rasiertes Gesicht und wachsame Augen, die das Haus und mich abchecken. Lederjacke mit Polizei-Abzeichen, darunter eine Pistole im Gürtelholster, Ersatzmagazine, Funkgerät.

Der mir fremde Officer schlägt die Tür zu und kommt auf mich zu. »Sie sind der Eigentümer dieses Grundstücks? Mr. Milano?«

Ich hebe einen Mundwinkel. »Der bin ich. Ich hoffe, Sie haben kein unschmeichelhaftes Foto von mir in der Presse gefunden, auf dem man mich nicht erkennt.«

»Reine Vorsichtsmaßnahme.« Wenige Schritte vor mir bleibt er stehen und für einen Augenblick wird sein Blick unangenehm stechend, dann sieht er sich um. »Sind Sie übers Wochenende hier?«

»Nein.«

»Urlaub?«

»Nein.«

»Sondern?« Er mustert mich aus schmalen Augen. »Sie sind nicht hier gemeldet.«

Sieh an, da hat sich jemand gut informiert.

»Ich arbeite.«

»Sind Sie Schriftsteller?«

In mir steigt Ärger hoch, doch ich verstecke das hinter einem Schluck Kaffee und hebe schließlich die Braue. »Da Sie mich überprüft haben, gehe ich davon aus, dass Sie bestens informiert sind. Warum also fragen Sie mich das, Officer?«

»Sie sind selten hier. Und wenn, dann nur kurz.«

»Erstaunlich, wie viel Sie zu wissen glauben. Dabei sind wir uns noch nie begegnet.«

»Nein, ich bin erst seit knapp fünf Monaten in diesem County tätig.«

»Wo waren Sie vorher?«

»Chenango. Etwa 100 Meilen nordwestlich von hier.«

Ich nicke. »Was hat Sie hierher verschlagen?«

Er presst die Lippen zusammen, deutet mit dem Kinn zum Haus. »Und bei dem Krach können Sie arbeiten?«

»Sogar am besten.«

»Hm.« Trainor wendet sich nach rechts, geht ein paar Schritte, lässt den Blick schweifen.

So langsam werde ich sauer.

»Suchen Sie etwas?« Ich folge ihm, manövriere mich zwischen ihn und das Haus.

»Ich will lediglich nach dem rechten sehen.«

»Warum? Kursieren mal wieder Gerüchte, dass sich ein Rockstar in der Gegend aufhält? Fallen Horden von Groupies in die Catskill Mountains ein?«

»Nicht, dass ich wüsste.«

»Dann gibt es auch keinen Grund zur Sorge. Hier ist alles in Ordnung, glauben Sie mir.«

»Ich habe die Technik bemerkt. Ist ja besser gesichert als Fort Knox.«

Unaufhaltsam läuft er weiter, nähert sich dem Kellerfenster.

Auch wenn es dahinter dunkel ist und er meine Gefangene auf keinen Fall sehen kann – sie bemerkt vermutlich unsere Schatten. Hört uns eventuell, trotz der lauten Musik.

Der Song im Haus endet und in der kurzen Pause zum nächsten Lied vernehme ich tatsächlich ihre Stimme. In mir brodelt Wut hoch.

Diese verfickte Schlampe.

Eilig strecke ich den Arm aus, um ihn aufzuhalten, und erhebe leicht die Stimme. »Officer Trainor!«

Abrupt hält er an, wendet sich mir zu »Ja?«

Ich schiebe mich nach vorn, versperre ihm den Weg. »Liegt etwas gegen mich vor?«

Er runzelt die Stirn, spielt mit den Kiefermuskeln. »Nein.«

»Gut.« Ich breite noch einmal den rechten Arm aus und deute mit der Kaffeetasse in der Linken zu seinem Wagen. »Dann möchte ich Sie bitten, sich an die Gesetze zu halten und mein Hausrecht beziehungsweise meine Privatsphäre nicht weiter zu verletzen.«

»Ich habe nicht –«

Wieder höre ich das stark gedämpfte Heulen, nur halb verborgen unter Gitarren, Bass und Schlagzeug, und rede lauter. »Doch, das haben Sie.«

Ich mache einen Schritt auf ihn zu und er weicht zurück, reckt das Kinn.

»Entschuldigen Sie, das lag nicht in meiner Absicht.«

Der unterdrückte Ärger in seiner Stimme klingt deutlich durch.

»In Ordnung. Trotzdem möchte ich Sie bitten, meinen Grund und Boden jetzt zu verlassen. Ich habe zu tun.« Ich dränge ihn weiter zurück, bis er sich schließlich umdreht und zu seinem Wagen geht.

In der geöffneten Tür sieht er mich an. »Ich habe

gelesen, im letzten Winter gab es eine Serie von Einbrüchen in diesem County. Nun wird es bald Herbst und Ihr Haus liegt ziemlich abgelegen ...«

»Vielen Dank für Ihren Hinweis, Officer.«

Noch ein Nicken, dann steigt er ein, legt den Sicherheitsgurt an und startet den Motor. Setzt den Wagen in einem Viertelkreis zurück und steuert ihn Richtung Zufahrt.

Ich starre ihm nach, bis der Streifenwagen aus meinem Blickfeld verschwindet. Kehre ins Haus zurück und verriegele die Tür wie gewohnt mit meinem Fingerabdruck.

Im Büro stelle ich die Tasse so hart auf den Schreibtisch, dass ein paar Tropfen Kaffee auf meine Hand schwappen. Energisch wische ich sie an meiner Hose ab, wende mich den Monitoren zu und verfolge, wie Officer Trainor mein Grundstück verlässt. Am Ende schließe ich per Knopfdruck das Tor hinter ihm, warte auf die letzte Rückmeldung des Sicherheitssystems und marschiere in den Keller.

Fuchsteufelswild öffne ich die Verriegelung, reiße die Tür auf und stürme hinein.

Die kleine Conti-Schlampe schaut mich an und für einen Moment blitzen Angst und Verzweiflung in ihren Augen auf.

Was mir eine gewisse Befriedigung bereitet.

Doch als die Tür mit einem lauten Knall wieder ins Schloss fällt, hebt sie das Kinn und meine Wut lodert höher.

Ich trete vor sie, hole aus und schlage ihr mit dem Handrücken ins Gesicht.

Ihr Kopf fliegt zur Seite, begleitet von einem schockierten Aufjapsen.

»Du dumme kleine Hure.«

Ich spucke die Worte förmlich aus, beuge mich vor und stütze mich mit den Händen auf den Knien ab. »Meinst du wirklich, dich hört hier jemand? Außer mir?«

Da sie nicht reagiert, richte ich mich auf, packe ihr Haar und reiße ihren Kopf zurück. »Sieh mich gefälligst an, wenn ich mit dir rede.«

Ihre rechte Wange ist stark gerötet, schwillt bereits an. Der Rest ihres Gesichts ist bleich, wodurch die vereinzelten Sommersprossen noch deutlicher zur Geltung kommen.

Sie presst die Lippen aufeinander, weitet die Nasenflügel und erwidert endlich meinen Blick.

Für einen kurzen Moment bin ich erstaunt, was hinter der Angst in ihren grüngrauen Katzenaugen auflodert. Auch wenn die in Tränen schwimmen.

Sieh an, da ist ja doch ein Funken Widerstand in dieser verwöhnten Prinzessin.

Und das törnt mich unerwartet an.

Meine Mundwinkel heben sich. »Passt dir was nicht, *principessa*?«

Ihre Brauen mit dem Knick im äußeren Schwung zucken, sie holt tief Luft.

Und spuckt mir ins Gesicht.

In mir schießt Wut hoch, doch ich beiße die Zähne zusammen und wische es mit dem Ärmel weg. Gebe mit einem Ruck ihr langes Haar frei, greife in die Hosentasche, ziehe mein Messer hervor und lasse die Klinge herausspringen.

Sie zuckt zurück, saugt zischend die Luft ein.

Ich ignoriere es und beuge mich vor.

Setze die Spitze unter den schmalen Mittelsteg ihres BHs und schneide ihn durch.

Da die Körbchen sich kaum bewegen, stecke ich das Messer wieder ein, packe den feinen Spitzenstoff und zerre ihn zur Seite.

Ihre rosa Nippel sind sichtlich hart und mein Verlangen nach ihr, das mit jedem Tag wächst, kocht erneut hoch.

Fuck, dieser Anblick ist viel zu heiß, um ihm zu widerstehen.

Ich umfasse ihre festen Titten, quetsche sie, kneife ihre Nippel.

Der Laut, den sie daraufhin ausstößt, rangiert irgendwo zwischen schmerzvollem Wimmern und lustvollem Stöhnen.

In meinem Körper breitet sich ein heißes Prickeln aus, weshalb ich die Hände auf ihre Knie lege.

Ihre Schenkel zucken und sie versucht, sie zu schließen, aber natürlich ist das unmöglich.

Stattdessen zwinge ich ihre Beine auseinander, soweit ihre Fesseln das zulassen. Streiche langsam ihre Schenkel hinauf, die Daumen fest in das empfindliche Fleisch der Innenseiten gedrückt, und schaue sie an.

Sie erwidert meinen Blick, presst die Lippen fest aufeinander, und in ihren Augen zeigt sich erneut Widerstand. Trotzdem beschleunigt sich ihr Atem und die Muskeln unter meinen Fingern zittern schwach.

Ich erreiche ihre Muschi, streiche mit den Daumen einmal durch die drahtigen Löckchen.

Woraufhin sie erschauert, sich mit einem Ruck aufrichtet.

»Was zierst du dich so? Bist du noch Jungfrau?« Grinsend drehe ich die rechte Hand um, schiebe sie unter ihren Schoß und reibe dabei mit einem Finger bis zu ihrer Muschi.

Fuck, sie ist so heiß!

Auf ihrem Gesicht flackert Panik auf, doch sie schüttelt den Kopf, wendet den Blick ab.

Wütend packe ich mit der anderen Hand ihr Kinn und

zwinge sie, mich anzusehen. »Sprich gefälligst mit mir. Schreien konntest du auch.«

Sie schluckt sichtlich. »Nein.«

Ich stehe auf, schiebe den Finger in sie. Presse den Handballen gegen ihre Klit und massiere sie. Beobachte ihr überraschtes, erregtes Mienenspiel. Spüre das vielfältige Zucken in ihrem Schoß.

»Wie viele Männer hattest du?«

Innerhalb von zwei Sekunden ist ihr wunderschönes Gesicht knallrot. »Zwei.«

Mit einem lauten Lachen lasse ich sie los, richte mich auf. »Scheiße, das ist *nichts*!«

»Das kann dir doch egal sein.«

»Oh, da irrst du dich, *principessa*. Und weißt du auch, warum?«

Wieder schüttelt sie nur den Kopf.

»Weil ich deinen verfickten Vater umso härter damit treffe, wenn ich dich zureite. Vor der Kamera.«

Ihre Augen weiten sich, die Angst darin wird deutlicher.

»Tja, und wenn ich die Lust an dir verliere ... schicke ich dich Stück für Stück zurück.«

Sie reißt den Mund auf. »Nein, bitte! Ich tue alles, was du willst.«

Lachend schüttele ich den Kopf, gehe zur Tür. »Das wirst du ohnehin.«

Damit verlasse ich den Keller und laufe die Treppe hinauf.

Es ist Zeit, andere Vorbereitungen zu treffen.

Giulia

Kapitel 10

Die Kellertür fällt ins Schloss, er verriegelt sie und seine Schritte entfernen sich.

Dann höre ich nur noch die laute Rockmusik, die durch Wände und Decke wummert.

Vollkommen aufgewühlt presse ich die Lider zusammen, stoße die Luft aus.

Was meint er damit, dass er mich zureiten will?

Sofort ploppen ekelhafte Bilder in mir auf, wie sie in Pornos vorkommen.

Frauen, die brutal von drei oder vier Männern durchgenommen werden.

Oder die an monströsen Geräten festgeschnallt werden, in erniedrigenden, schutzlosen Posen. Um dann von Männern oder Maschinen gefickt zu werden.

Ich schüttele mich, atme gegen die aufkommende Beklemmung an. Trotzdem überwältigen mich die Tränen und ich lasse ihnen freien Lauf.

Bis die Stimme in meinem Hinterkopf sich meldet.

Herrgott, reiß dich endlich zusammen. Das ist die Gelegenheit!

Was?

Ich schniefe, ziehe die Schultern hoch und versuche, mir an dem Stoff meines Kleides die Nässe aus den

Augenwinkeln zu wischen. Wenig erfolgreich.

Folglich blinzele ich kräftig und atme mehrmals tief durch, um mich zu beruhigen.

Wenn er mich vergewaltigt und wie eine billige Nutte missbraucht – was soll daran *die* Gelegenheit sein? Und vor allem, wofür?

Benutz dein Hirn, denk nach!

Ich stutze.

Irgendetwas an diesem Tonfall kommt mir bekannt vor, das habe ich gestern schon einmal empfunden.

Mit gerunzelter Stirn richte ich den Blick nach innen, wälze Gedanken und Erinnerungen, suche nach einer Verbindung.

Und schlagartig wird es mir klar.

Diese Stimme – sie klingt wie mein altes Ich!

Frische Tränen schnüren mir die Kehle zu, begleitet von einer Art Melancholie, und ich schließe überwältigt die Augen.

Verdammt, wo warst du nur so lange?

Frag nicht so blöd. Du hast es selbst zugelassen, dass Vater seinen Willen in deinen Kopf pflanzt.

Im ersten Moment will ich widersprechen, doch dann wird mir bewusst, dass mein altes, starkes, rebellisches Ich recht hat.

Die Trauer um mamma *hat dich umgehauen, verletzlich gemacht. Und schwach. Doch das ist nun vorbei.*

Wie kann das vorbei sein?

Mancuso hat dich aus deinem Leben gerissen, aber genauso aus deinem mentalen Gefängnis.

Dafür sitze ich in einem anderen Loch fest, ganz toll. Nur wegen meines Vaters.

Gott, wie sehr ich ihn dafür hasse.

Das ist deine Chance, Giulia. Tu, was er verlangt. Lass es über dich ergehen, schalte deine Gefühle aus und im richtigen Moment haust du ab.

Als wenn das so einfach wäre!

Nach dem Sex wird er für einige Zeit tiefenentspannt sein. Gelöst, unkonzentriert, nicht mehr wachsam.

Er wird meine Fesseln nicht abnehmen.

Die an den Beinen schon. Den Rest schaffst du.

Und wenn er mich anbindet?

Sag, du musst dringend zur Toilette.

Ich werde nackt sein.

Scheiß drauf! Ist dir dein Leben nichts wert?

Ich runzele die Stirn.

Die Rebellin in meinem Kopf hat recht.

Warum suche ich nach Ausreden?

Aus Angst?

Vermutlich.

Aber was ist die Alternative?

Der Tod.

Will ich das?

Scheiße, nein!

Wieder entfaltet sich diese Fantasie in meinem Kopf.

Ein freies Leben, irgendwo in einem abgelegenen Dorf. Unauffindbar für meinen Vater und meinen Verlobten.

Im nächsten Moment sehe ich Romano vor mir. Erinnere mich an das, was vor wenigen Minuten passiert ist.

Seine heißen Hände auf meinen Brüsten, wie er meine harten Spitzen gekniffen hat. Der Blitz, der von da aus zwischen meine Beine geschossen ist. Und das Kribbeln, das seine Hände auf meinen Schenkel ausgelöst haben.

Mein Körper reagiert erneut mit diesem Kribbeln, Hitze, einem Pochen in meinem Schoß.

Nein, nicht nur in meinem Schoß. Seine Daumen an meinen empfindlichen Hautfalten habe ich bis in meine Klit gespürt.

Eine fast verzweifelte Sehnsucht, er möge mich genau dort berühren.

Und dann hat er es getan und ich wollte mehr, viel mehr.

Fassungslos schließe ich die Augen.

Wie ist das möglich?

Er erregt dich. Punkt. Und das solltest du ausnutzen

Aber wie?

In meinem Hinterkopf ertönt ein genervtes Stöhnen.

Ja, ich weiß. Hirn benutzen, nachdenken.

Nur blöd, dass ich nicht damit klarkomme, wie mein Körper auf den verfeindeten Mafioso reagiert.

Vielleicht erkennt deine Pussy ja deine Überlebenschancen besser als du.

Sehr witzig!

Wieder sehe ich ihn vor mir. Wie er mir gestern das Kleid aufgeschlitzt hat. Sein Blick zwischen meine Beine.

Wie er gerade meinen BH zerstört, ihn fortgerissen und mich berührt hat.

Die Gier in seinen Augen.

Ein Schauer rieselt über meine Haut, mein Schoß zieht sich vor Sehnsucht zusammen.

Nie im Leben hatte ich Entführungsfantasien.

Aber welche von dominanten Männern, die sich nehmen, was sie wollen.

Ertappt zucke ich zusammen, schüttele den Kopf.

Das ist etwas völlig anderes.

Von wegen.

Halt deine bescheuerte Klappe!

Die Stimme schweigt, doch ich könnte schwören, mein Teenager-Ich vor mir zu sehen. Die Arme vor der Brust verschränkt und ein wissendes Grinsen auf dem Gesicht.

Mit einem Seufzer lehne ich mich auf dem Stuhl zurück und versuche, meine Arme und Schultern zu entspannen.

Lege den Kopf in den Nacken, drücke den Rücken durch und schließe die Augen.

Eine ganze Weile denke ich darauf herum, spinne ihre Ideen weiter, baue sie aus oder verwerfe sie. Setze mich mit mir selbst auseinander.

Und am Ende steigt neue Hoffnung in mir auf.

Romano

Kapitel 11

Fuck, jetzt brauche ich erst einmal einen Drink.

Ich schließe die obere Tür zum Keller, gehe ins Wohnzimmer und drehe die Lautstärke der Musik herunter. Laufe weiter zum Barschrank, genehmige mir einen doppelten Whisky und stürze ihn in einem Zug hinunter.

Der Alkohol brennt sich meine Speiseröhre hinab, erreicht meinen Magen und breitet sich dort warm aus, angenehm beruhigend.

Mit einem zweiten Drink trete ich ans Fenster, nippe daran, spiele mit meinem Zungenpiercing.

Eigentlich herrscht da draußen das perfekte Wetter für einen langen Spaziergang.

Nicht nur, weil ich den Duft des Waldes liebe.

Nein, es hilft mir auch, die Kontrolle zu behalten. Über meine Impulsivität, den Jähzorn, die Ungeduld. Auch deshalb bin ich regelmäßig hier draußen in den Catskill Mountains.

Aber leider muss ich das jetzt verschieben, es steht Wichtigeres auf dem Plan.

Ich wechsele ins Arbeitszimmer, stelle mein Glas auf dem Schreibtisch ab und nehme auf dem Bürostuhl Platz.

Klappe den Laptop auf, starte ihn und logge mich über einen extra gesicherten VPN-Tunnel ins Familiensystem ein.

Von da aus gelange ich über einen weiteren Zugang zu meinem eigenen Server, auf dem mein Unternehmen arbeitet. Rufe die aktuellen Wochenberichte auf, lese und analysiere sie.

Am Ende gebe ich die Auswertungen des vergangenen Monats für Luca frei, schließe sämtliche Anwendungen und ziehe mich Schritt für Schritt aus dem System zurück. Dann klappe ich zufrieden den Laptop zu, trinke den letzten Schluck Whisky und werfe einen Blick auf meine Armbanduhr. Ein Unikat aus Platin mit rotem Zifferblatt unter dem Saphirglas.

Fast zwei Stunden sind vergangen und ich bemerke das leichte Grummeln in meinem Magen. Doch ich ignoriere es, öffne den Technikschrank, überfliege die Böden mit Videotechnik und sammele zusammen, was ich brauche.

Gehe ins Gästezimmer, schalte das Licht ein und ziehe die blickdichten Vorhänge zu.

Das Stativ mit der hochauflösenden Videokamera baue ich gleich neben dem Fenster auf, mit bestem, seitlichem Blick aufs Bett. Auf der anderen Seite des Zimmers, ein Stück vom Fußende entfernt, positioniere ich einen kleineren Camcorder und auf dem Nachttisch eine Actioncam.

Danach stelle ich an allen Geräten die Verbindung zum Netzwerk her und starte die Aufnahmen. Knie mich kurz aufs Bett und schaue in jede Kamera, kontrolliere die Qualität und nicke zufrieden.

Als Nächstes kümmere ich mich um das Zubehör. Viel brauche ich dafür nicht, nur Handschellen, Seile, meinen Gürtel und das Messer. Ein Handtuch und ein paar Kondome.

Sobald alles an Ort und Stelle liegt, Bettdecken und Kissen zur Seite geräumt sind, schalte ich die Geräte ein, schiebe die bereitgelegten Handschellen in die Hosentasche und laufe hinunter in den Keller.

Sie blinzelt gegen das helle Deckenlicht an, behält mich jedoch im Blick, als ich hinter sie trete.

Mit einem schnellen Schnitt durchtrenne ich die Fesseln um ihre Handgelenke und löse die Verbindung zum Seil um ihren Oberkörper.

Ihre Arme schwingen seitlich nach vorn und sie stößt ein erleichtertes Stöhnen aus. Hebt die Hände und massiert sich die Handgelenke. »Scheiße, tut das gut.«

»Gewöhn dich nicht dran.« Ich ziehe die Handschellen hervor und lasse sie um ihr rechtes Handgelenk schnappen. Trete vor sie, packe ihren anderen Arm und schließe den zweiten Ring darum. Löse das Seil, schneide die Kabelbinder an ihren Fußgelenken durch und zerre sie in die Höhe.

Sie schwankt, fällt gegen mich und ihre Knie geben nach.

Weswegen ich sie einen Moment stütze, sie dann forschend ansehe. »Kannst du stehen?«

Sie presst die Lippen zusammen, nickt.

Mit wenigen Schnitten befreie ich sie von den restlichen Stofffetzen, worauf sie mit einem überraschten Laut und einem Aufbäumen reagiert, also verstärke ich den Druck auf ihren Oberarm.

Dann steht sie in ihrer ganzen nackten Pracht vor mir und der Anblick ihrer zierlichen Sanduhr-Figur treibt mein Blut südwärts.

Fuck, sie ist wirklich wunderschön. Und absolut heiß.

Hör auf, so von ihr zu denken!

Sie erschauert und auf ihrer cremeweißen, makellosen Haut richten sich sämtliche Härchen auf.

Trotzdem hebt sie das Kinn, starrt mich herausfordernd an.

Mein Mund verzieht sich zu einem Grinsen.

Mal sehen, wie frech sie schaut, wenn ich mit ihr fertig bin.

»Musst du aufs Klo?«

Ihre Wangen verfärben sich rot. »Ja.«

Folglich dirigiere ich sie aus dem Keller und zur Toilette.

Warte, bis sie fertig ist, und bugsiere sie die Treppe hinauf. Um die Ecke und ins Gästezimmer.

Abrupt bremst sie ab und stolpert, weil ich sie weiterschiebe.

Entreißt mir ihren Arm und funkelt mich an. »Wie hübsch.«

»Was hast du erwartet? Ein Himmelbett?« Grinsend werfe ich die Tür zu.

Sie zögert. »Nein. Aber das erinnert mich eher an ein Porno-Set.«

»Glaub mir, das hier ist noch gemütlich.«

»Anscheinend kennst du dich aus.«

»Wie man es nimmt. Und jetzt leg dich hin.«

Doch sie rührt sich nicht.

Ich hebe eine Braue. »Mach mich nicht wütend.«

»Was sonst? Willst du mich wieder schlagen?«

Wortlos ziehe ich das Messer aus meiner Tasche, drücke auf den Knopf und halte ihr die Klingenspitze an die Kehle. Ritze mit einer schnellen Bewegung ihre Haut.

Sie saugt zischend die Luft ein, zuckt zurück und hebt die Hände. Streicht über den Cut, schaut auf ihre blutbefleckten Finger und reißt die Augen auf. Starrt mich voller Panik an.

Ich deute mit dem Messer kurz Richtung Bett.

Woraufhin sie die Lippen zusammenpresst und hinüber

geht. Sich auf die lakenbespannte Matratze setzt und mittig darauflegt.

»Arme über den Kopf.«

Sie folgt meiner Aufforderung und beobachtet, wie ich das Messer ablege. Ein bereitliegendes Seil um die kurze Kette zwischen ihren Handgelenken schlinge und es am gitterähnlichen Kopfteil des Bettes befestige.

Ob sie sich bereits ausmalt, was ich mit ihr anstellen könnte?

Wie weit reicht ihre Fantasie?

Mein Blick wandert über ihren Körper und mir fällt noch etwas ein. Weswegen ich eine Schüssel aus der Küche hole, im Gästebad warmes Wasser hineinlaufen lasse und eine Spritzer Duschgel dazugebe, das für Gäste bereitsteht. Dann werfe ich einen Waschlappen hinein, stelle die Schüssel auf die Kommode neben dem Bett und laufe zum Sessel, um mich auszuziehen.

Und sobald ich nackt zu ihr trete, richtet sich ihre volle Aufmerksamkeit auf mich.

Ihr Blick gleitet meine Beine hinauf, über die tätowierten Muskeln meines Oberkörpers und bleibt an meinem halbsteifen Schwanz hängen. In ihren Katzenaugen glimmt etwas auf, das ich nicht benennen kann, und sie beißt sich auf die Lippe.

»Spar dir jegliche Schauspielerei, *principessa*. Das wird dir nichts nützen.« Ich nehme das viereckige Stück Frottee aus dem Wasser, wringe es aus und wische nacheinander über ihre Arme und Seiten. Säubere ihren Bauch und die Titten, wobei ihre Nippel hart werden.

Im zweiten Gang, mit durchgespültem Lappen, fahre ich über ihre Beine. Spreize ihre Knie und säubere ihren Schoß. Fahre durch ihre Löckchen, die Spalte und bis zwischen ihre Arschbacken.

Sie atmet zittrig ein und als ich aufsehe, presst sie

Lider und Lippen zusammen.

Ich werfe den Waschlappen zurück in die Schüssel, nehme das Messer vom Nachttisch. Knie mich neben ihrer Taille auf die Matratze und schwinge das rechte Bein über sie. Setze mich auf ihre Hüften sowie Schenkel und mein Schwanz landet auf ihrem Bauch.

Natürlich schaut sie hin. Und genauso schnell wieder in mein Gesicht, sobald ich das Messer auf ihre Nase richte.

Mit der Spitze fahre ich federleicht über ihre unverletzte Wange, woraufhin ihr Kopf zurückzuckt.

Ich grinse. »Hast du Angst um deine Schönheit?«

Sie schweigt.

»Dabei solltest du dich um ganz andere Dinge sorgen.«

Das Metall streicht über ihr Kinn und zur Kehle, wo ich den Druck erhöhe und tiefer wandere. Dabei hinterlässt die Schneide eine rote Linie auf ihrem Hals, die sich deutlich von ihrer hellen Haut abhebt, und ihr Atem beschleunigt sich.

»Und was?« Ihre Stimme klingt gepresst.

»Zum Beispiel darüber, dass ich dich am Ende töten werde.« Das Messer verharrt in ihrer Kehlgrube und ich sehe ihr in die Augen. »Oder wird es deinen Vater mehr erschüttern, was ich bis dahin mit dir mache?«

Sie stößt einen bitteren Laut aus. »Heirate mich, damit triffst du ihn tiefer, als mein Tod es je könnte.«

Eine Sekunde starre ich sie verblüfft an, dann lache ich laut auf. »Eher friert die Hölle zu.«

Ihre gebogenen Lippen verziehen sich zu einem beinahe schmerzlichen Lächeln. »Da hast du deine Antwort. Also bitte, tu‘ dir keinen Zwang an. Für ihn bin ich eh nichts wert.«

Ihre Worte versetzen mir einen merkwürdigen Stich, mitten in die Brust, doch ich schiebe das beiseite. »Oh, das glaube ich kaum. Schließlich wird er dich nicht ohne Hintergedanken verheiraten.«

»Davon weiß ich nichts.«

»Gib dir keine Mühe. Ich brauche keine Informationen von dir.« Ich fahre mit dem Messer fest über ihr Brustbein, zur linken Titte und umkreise den rosigen Nippel.

Der zieht sich weiter zusammen, richtet sich auf.

Ihr Atem beschleunigt sich.

Mit dem anderen verfahre ich genauso.

Kratze tiefer und ritze die Haut, bis ein Blutstropfen austritt.

Zischend saugt sie die Luft ein.

Interessiert sehe ich in ihr Gesicht, entdecke eine Mischung aus Überraschung und Schmerz.

Ernsthaft? Jetzt schon?

Tja, da muss ich ihr wohl zeigen, welche Stufen noch auf sie warten.

Ich lenke die Klinge zu ihrem Oberbauch, füge ihr den nächsten Kratzer zu. »Ich könnte dich markieren, meine Initialen in deine Haut schneiden. Oder noch besser, unser Wappentier. Aber dazu fehlt mir die Geduld.«

Ohne Vorwarnung strecke ich die freie Hand nach ihren Titten aus, quetsche eine und kneife ihren Nippel, bis sie keucht.

Mein Schwanz zuckt begeistert.

Also stemme ich mich hoch, schiebe mich zwischen ihre Knie und spreize ihre Schenkel, bis sie flach auf der Matratze liegen.

Der Duft ihrer Muschi steigt mir in die Nase, triggert etwas in mir und ich werde umgehend steinhart. Setze die Klinge flach von oben an ihr Schamhaar und schabe bis zum Venushügel darüber. Einige der drahtigen Löckchen rieseln auf die Matratze.

»Vielleicht sollte ich dich komplett rasieren. Damit auf dem Video alles gut zu erkennen ist.«

Erneut schaue ich sie an.

Sie presst nur die Lippen aufeinander, zeigt aber keinerlei weitere Reaktion.

»Oder ich schneide dir die Schamlippen ab. Was sagst du dazu?«

Endlich lodert Angst in ihren Augen auf und mein Mund verzieht sich zu einem Grinsen.

»Naa, das hebe ich mir für später auf.« Schon fahre ich mit der Messerspitze in Schlangenlinien über die empfindliche Innenseite ihres Schenkels. Erhöhe bei jedem zweiten Bogen den Druck und ritze sie, bis zu ihrem roten Haar. Wiederhole es an ihrem anderen Bein und bemerke an ihrem Bauch, wie schnell sie inzwischen atmet.

Von da aus gleitet mein Blick automatisch zu ihrer Muschi und der Drang, sie zu ficken, wird beinahe übermächtig.

Aber nein, wir haben noch ein paar Stunden vor uns, heute und in den nächsten Tagen. Ich werde ihre Qualen langsam steigern, genauso wie die ihres Vaters.

Und ich weiß auch schon, womit wir anfangen.

Giulia

Kapitel 12

»Hattest du schon mal einen Schwanz im Mund?«

Romano kniet zwischen meinen geöffneten Beinen, in der einen Hand das Messer, in der anderen sein hartes Prachtexemplar.

Automatisch schaue ich auf seinen enthaarten Intimbereich, wie er sich reibt, und mein Schoß antwortet mit einem sehnsuchtsvollen Pochen.

Nein, verdammt, ich darf das genauso wenig empfinden wie diese seltsam erregenden Blitze. Ausgelöst von dem feinen, scharfen Schmerz seines Messers in meiner Haut.

»Ich habe dich etwas gefragt.«

Unter seiner durchdringenden Stimme zucke ich zusammen, Hitze schießt mir ins Gesicht und ich schüttele beschämt den Kopf.

»Bist du dir zu fein dazu?«

Sein hämisches Grinsen steigert meine Verlegenheit, und das ärgert mich.

»Ich habe nur noch keine Erfahrung, okay?«

Er schnalzt mit der Zunge. »Dabei träumt doch jeder Mann davon.«

»Trotzdem hatte ich noch keinen ... Oralverkehr.«

In der nächsten Sekunde möchte ich vor Scham im Boden versinken.

Verdammt, warum erzähle ich ihm das überhaupt? Meine ich wirklich, dass er deswegen Rücksicht auf mich nimmt?

Wieder lacht er auf. »Sieh an, die *principessa* ist ungeleckt.«

Unvermittelt legt er das Messer zur Seite, schiebt einen Finger in meine Pussy, krümmt ihn und reibt mich von innen.

Eine Welle von Verlangen schwappt durch meinen Schoß, noch heftiger als vorhin. Sämtliche Muskeln spannen sich an und mir entschlüpft ein erregter Laut.

Schon zieht er den Finger wieder heraus, leckt ihn demonstrativ ab, und zum ersten Mal kann ich deutlich sein Zungenpiercing sehen.

Scheiße, ist das etwa ein Totenschädel?

Romano grinst. »Welch Schande, du schmeckst gut.« Noch einmal streckt er die Hand zu meinem Schoß aus, schiebt diesmal zwei Finger in mich und drückt den Daumen auf meine Klit.

Ein lustvoller Blitz schießt in meinen Körper, ich wimmere auf.

»Und wie empfindlich du bist. Jetzt schon heiß und feucht.« Er hebt seinen Schwanz ein wenig an, sodass ich beobachten kann, wie er meinen Saft auf seiner Eichel verteilt. »Wie gemacht für dreckige Spiele.«

Seine Worte verstärken das sehnsüchtige Pochen in meinem Schoß und ich bin fassungslos über das, was in mir passiert.

Ja, verdammt, ich will genau das.

Ich will, dass er mich fickt, hart und tief.

So, wie ich es mir schon mit gesichtslosen Männern erträumt habe.

»Allerdings musst du dafür noch einiges lernen, deshalb fangen wir direkt mit der ersten Lektion an.«

Einen Augenblick lang erwarte – nein, *hoffe* ich fast, dass er mich jetzt nimmt.

Stattdessen richtet er sich auf und klettert über meine Hüften. Rutscht auf Knien höher, bis zu meinem Brustkorb, und umfasst von unten mein Kinn, mit eisernem Griff.

»Mund auf.«

Ach, du Scheiße!

Anscheinend reagiere ich nicht schnell genug, denn er drückt fester zu und meinen Unterkiefer nach unten.

»Mach. Den. Mund. Auf.«

Mir bleibt nichts anderes übrig, als seiner Anweisung zu folgen, und schon schiebt er seinen Schwanz zwischen meine Lippen. Gleich darauf füllt er meinen Mund aus und ich drücke automatisch die Zunge dagegen, um ihn aufzuhalten.

Voller Panik, dass ich würgen muss, hebe ich den Blick und schaue ihm in die klaren grauen Augen.

Sie sind voller Gier, doch da ist noch etwas anderes.

»Saug.« Seine Stimme ist rau. »Und gib dir gefälligst Mühe.«

Mir wird heiß.

Ich könnte zubeißen, so fest wie nur möglich, ihn von mir werfen und –

Blitzschnell greift er zum Nachttisch, drückt die Messerspitze schmerzhaft in meine Kehlgrube. »Denk nicht mal dran!«

Daraufhin sauge ich vorsichtig an ihm, schmecke meine Lust, seine Haut, und atme seinen leicht würzigen Duft ein.

Romano zieht sich ein Stück zurück, gibt mir mehr Spielraum.

»Und jetzt zeig mir, was deine Zunge so drauf hat.«

Ja, ich lege mich ins Zeug. Lecke seinen harten, geäderten Schaft. Lutsche an seiner prallen Eichel und reize die Kerbe darunter.

Nicht nur, weil er zuckt und leise stöhnt, was mir ein mächtiges Gefühl verleiht.

Nein, es erregt mich, ihm diese Lust zu bereiten.

Keine Ahnung, was hier mit mir passiert. Oder ob ich etwas dagegen ausrichten kann.

Aber möglicherweise will ich das auch gar nicht.

Deshalb folge ich meinem Instinkt, stülpe die Lippen über meine Zähne und schließe sie sanft um seinen Schwanz. Hebe den Kopf und nehme ihn tiefer in den Mund, lasse ihn wieder hinausgleiten und massiere ihn damit.

Und weil mich das immer mehr antörnt, presse ich die Schenkel zusammen, spanne rhythmisch die Muskeln in meinem Unterleib an und möchte mich am liebsten selbst berühren.

»Du lernst schnell.« Langsam bewegt er sich kontra meinen Rhythmus.

Woraufhin ich die Zunge gegen seinen Schaft drücke und gleichzeitig an ihm sauge.

»Fuck, ja. Das ist gut.«

Ich sehe die Lust in seinem Gesicht und spanne meinen Schoß noch fester an.

Steigere meine Bemühungen.

Da stößt er ein kehliges Knurren aus, packt mein Haar und fickt meinen Mund.

Immer schneller, immer tiefer.

Und ohne Vorwarnung überkommt mich ein heftiger Würgereiz.

Ich bäume mich auf, jammere und versuche, ihm zu entkommen.

Fluchend zieht er sich zurück, packt seinen Schwanz und sinkt auf meinen Bauch, seine Fersen. Starrt mich an und reibt sich, während ich um Atem ringe.

Wenige Sekunden später schießt ein Strahl hervor und sein heißes Sperma spritzt mir ins Gesicht, begleitet von seinem lauten Stöhnen.

Verblüfft reiße ich den Mund auf und die nächste Ladung triff genau hinein.

Igitt!

Ich spucke aus und das salzige Glibberzeug landet auf meinem Dekolleté, genauso wie der Rest seines Spermas.

Romano keucht, seine Bewegungen werden langsamer, sein Schwanz kleiner. Trotzdem lässt er mich nicht aus den Augen und am Ende grinst er.

»Gar nicht schlecht fürs erste Mal.« Damit steigt er von mir und kniet sich neben mich. »Mach die Beine breit.«

Verlegen tue ich, was er sagt.

Er schiebt einen Finger zwischen meine Lippen, bis in meine Pussy. »Ah, wusste ich es doch. Das hat dich geil gemacht.«

Sein Finger gleitet hinaus und er nimmt einen weiteren dazu. Massiert mich in großen, kräftigen Kreisen.

In meinem Schoß explodiert Erregung, alles schwillt an und ich stöhne auf vor Begierde.

Im nächsten Moment hält er abrupt inne, drückt die beiden Finger in meine Spalte. »Los, bring es zu Ende.«

Ich keuche. »Was?«

»Beweg dich, mach es dir selbst.«

»Aber ich ...«

Scheiße, das ist so peinlich. Was soll ich denn jetzt machen?

»Muss ich dich erst dazu zwingen?« Er streckt die Hand mit dem Messer aus, hält es mir an die Kehle.

Da mir keine andere Wahl bleibt, bewege ich vorsichtig

die Hüften. Vor und zurück.

»Schneller, *principessa*. Du willst es doch schon die ganze Zeit.«

Ich beiße die Zähne zusammen und tue es.

Starre ihn an.

»Oh ja, genau so, kleine Conti-Prinzessin. Fick diese Mancuso-Finger, bis du auf ihnen explodierst.«

Immer schneller bewege ich das Becken.

Unfähig, der Lust zu widerstehen, die sich in mir ausbreitet.

Ich brauche Erlösung. Egal, wie.

Und Romano törnt mich noch weiter an, indem er einen Finger fest gegen mich drückt, mit den angrenzenden Fingern meine inneren Schamlippen stimuliert.

Oh, verdammt, warum fühlt sich das nur so heiß an?

Mein Unterleib verselbstständigt sich, reibt sich immer schneller an seinen Fingern. Kurz darauf breitet sich ein süßes Ziehen aus, schwillt alles an.

Mein Atem stockt, ich erstarre und explodiere mit einem Schrei.

Der Orgasmus rauscht durch meinen Körper und ich presse die Schenkel aneinander, ziehe die Knie an.

»Braves Mädchen.« Mit einem Grinsen zieht er die Hand aus meinem Schoß, saugt die glänzende Nässe von seinem Fingern. »Ich freue mich schon aufs nächste Mal.«

Diesmal steigt er vom Bett und geht ins angrenzende Bad, wo schließlich die Toilettenspülung und das Wasser rauschen.

Ich lausche durch die geöffnete Tür und strecke die Beine aus, mein Körper entspannt sich.

Dann kehrt er zurück, läuft zum Sessel und steigt in seine Klamotten. Geht zur Kommode, nimmt die Schüssel und wirft mir einen Blick zu. »Ich werde jetzt etwas essen.

Du kannst dich so lange ausruhen, du wirst deine gesamte Energie brauchen.«

Damit verlässt er das Zimmer, schaltet das Licht aus.

Und mein Magen knurrt ihm verärgert hinterher.

Dieser blöde Wichser!

Ich schließe die Augen und sofort sehe ich mein Lieblingsessen vor mir. Spaghetti mit Knoblauchgarnelen, frischen Tomaten und Mozzarella.

Oh, und mit grobem Parmesan.

Und Rucola.

Mir läuft das Wasser im Mund zusammen, das Knurren wird lauter.

Verdammt, ich habe seit mehreren Tagen nichts mehr gegessen und sogar diesen grünen Schleim ausgekotzt.

Aber vermutlich gehört es zu seinem Plan, mich auszuhungern.

Oder beim nächsten Mal belohnt er mich mit Essen, wenn ich mir besonders viel Mühe gebe ihn zu befriedigen.

Meine Teenie-Rebellin lacht.

So lange er dich nicht tötet oder wirklich verletzt, erscheint mir das Leben als Sexsklavin wie eine gute Alternative zu dem Psychoterror, den du bisher erlebt hast.

Seufzend schließe ich die Augen. Sehe die Bilder der letzten Minuten vor mir und mich überrollt eine Welle von Verlegenheit.

Seinen Schwanz zu lutschen, ist das eine.

Aber mich an ihm zu reiben, bis zum Höhepunkt, das ...

Das ist nur dein Körper, dein Trieb.

Sehr beruhigend.

Akzeptiere es und nutze es für dich. Für eine Flucht.

Wie auch immer ich die anstellen soll.

Sei wachsam, es wird sich schon eine Gelegenheit ergeben.

Nicht weit entfernt klappert es. Klingt nach Geschirr und Besteck, Schranktüren, einem Kühlschrank.

Und wieder knurrt mein Magen, begleitet von demselben Schwächegefühl wie vorhin im Keller. Vermutlich mein Kreislauf.

Was für eine verfickte Scheiße.

Ich öffne die Augen, starre an die Decke und versuche, mir eine Flucht vorzustellen. Was mir im jetzigen Zustand kaum gelingen will, nackt und geschwächt.

Davon abgesehen weiß ich nicht einmal, wo genau ich bin.

Wenn ich meine bisherigen Gedanken und Wahrnehmungen zusammennehme, kann ich wohl davon ausgehen, dass ich mich in einem alleinstehenden Haus befinde. In einer ruhigen Gegend außerhalb von New York und gewiss keinem Vorort.

Bleiben nur noch die ländlichen Gegenden rundherum, von den Hamptons bis zum Ontariosee. Und da ich bei der Fahrt hierher bewusstlos war, kann ich nicht einmal sagen, wie lange sie gedauert hat.

Versetz' dich in seine Lage. Was erscheint logisch?

Ich kaue auf meiner Lippe.

Okay ... wenn ich die Umstände sowie einige Details berücksichtige, wäre es denkbar, dass wir uns irgendwo in den Wäldern befinden. Und da kommt von Pennsylvania über New York bis nach Connecticut oder sogar Massachusetts einiges infrage.

Wohin also rennen, wenn ich es schaffe, aus dem Haus zu kommen?

Weg. So schnell, wie du kannst.

Haha. Aber auf keinen Fall Richtung Straße, das wäre schlüssig und damit der schnellste Weg, mich wieder einzufangen.

Nein, ich muss praktisch in die entgegengesetzte

Richtung. In den Wald und immer geradeaus. Irgendwann werde ich schon auf ein Haus, eine Stadt oder eine andere Form von Zivilisation treffen. Kann mir Klamotten und etwas zu essen klauen.

Eine Weile wälze ich Ideen, komme aber nicht mehr weiter, weil zu viele unbekannte Faktoren hineinspielen.

Schließlich atme ich tief durch, strecke mich und gähne.

Das trockene Sperma auf meinem Gesicht spannt und juckt leicht, also drehe ich den Kopf und reibe mich an meinem Oberarm, um es zu entfernen. Bin aber nur zum Teil erfolgreich damit.

Gott, das ist ekelhaft.

Ich wünschte ...

Laute Schritte reißen mich aus meinen Gedanken, dann fliegt die Tür auf und Romano starrt mich an. Auf seinem Gesicht eine Mischung aus Wut und Fassungslosigkeit.

»Hast du Hunger?«

Romano

Kapitel 13

Angewidert verzieht sie das Gesicht. »Mann, bist du ein mieses Arschloch.«

»Das war eine ernst gemeinte Frage.«

»Willst du mich verarschen? Was glaubst du wohl, nach der ganzen Zeit? Als ob deine sonstige Masche nicht schon schlimm genug wäre! Musst du mir auch noch eine lange Nase zeigen?«

»Herrgott, krieg dich wieder ein.« Ich gehe zum Fenster und öffne die Vorhänge. Dann zum Bett, löse das Seil und ziehe sie an der kurzen Kette zwischen ihren Handgelenken in eine sitzende Position. Zerre sie hoch und hinter mir her.

Sauer auf mich selbst.

Keine Ahnung, was mich dazu gebracht hat, Mitgefühl zu empfinden.

Mal ehrlich! Mitleid für eine Conti?

Wie auch immer.

Ich habe versucht, das zu unterdrücken, aber aus irgendeinem verfickten Grund bin ich machtlos dagegen.

Der Gedanke daran, ein Sandwich zu essen, während sie hungert, bringt mein Gewissen in Not.

Eine untypische Gefühlsregung für mich.

Und dann diese Bitterkeit in ihren Worten.

Dass sie für ihren Vater nichts wert ist.

Der kurze Wortwechsel, ihre ungefilterten Emotionen und meine Reaktion darauf … all das wirbelt in Dauerschleife durch mein Hirn, seitdem ich das Gästezimmer verlassen habe.

Deshalb muss ich dem nachgehen. Damit es aufhört.

»Wohin bringst du mich?«

»Erst einmal unter die Dusche, ich will beim Essen nicht auf mein Sperma in deinem Gesicht starren.«

»Aber nackt darf ich sein, oder was?«

Vor der Tür zu meinem Schlafzimmer bleibe ich abrupt stehen, mustere sie von oben bis unten. Schiebe sie hinein und zu einer der Kommoden.

Sie schaut sich um. »Geschmackvoll, hätte ich dir gar nicht zugetraut.«

Mit einem unwilligen Grummeln nehme ich eine schwarze Jogginghose und ein rotes Shirt aus den Schubladen, drücke sie ihr in die Arme und dränge sie weiter, ins Bad.

Auch diesen Raum betrachtet sie mit anerkennendem Blick. Statt eines Kommentars legt sie meine Klamotten auf die freie Seite des Waschtisches und streckt mir die gefesselten Hände entgegen.

Ich schüttele den Kopf, schließe die Tür hinter mir. »Die bleiben dran.«

»Wie soll das gehen?«

»Dein Problem.«

Sie verdreht die Augen, geht um die gläserne Trennscheibe herum und betritt die ebenerdige Dusche. Mustert die Regler, stellt die Temperatur ein und dreht das Wasser auf.

Da ich heute früh, wie üblich, zum Abschluss einige Sekunden kalt geduscht habe, ist das Wasser in der Leitung entsprechend niedrig temperiert und sie weicht mit einem scharfen Einatmen zurück.

Grinsend setze ich mich auf die gepolsterte Sitzbank, gleich neben der Tür. Lehne mich gegen die geflieste Wand, verschränke die Arme vor der Brust, strecke die Beine aus und kreuze sie an den Knöcheln.

Kurz darauf steigen die ersten Dunstschwaden auf, sie korrigiert die Temperatur und stellt sich rücklings unter das Wasser. Schließt die Augen und stößt ein genussvolles Stöhnen aus.

In meinem Unterleib explodiert das heiße Kribbeln, meine Mundwinkel sacken nach unten und ich schüttele verstört den Kopf.

Was ist das für eine seltsame Chemie zwischen uns?

Okay, ja, ich hatte schon lange keinen richtigen, ausgiebigen Sex mehr. Keine dreckigen Spiele oder Ausleben von Fantasien. Nichts, was über bloße Triebbefriedigung hinausging. Und die wenigen kurzen Beziehungen davor waren nicht von Belang.

Ich seufze stumm, lehne den Kopf an die Fliesen.

Wirklich gute Frauen sind selten, vor allem innerhalb unserer Mafia-Familie.

Oder bereits vom Markt, wie meine drei Schwägerinnen.

Außerdem sind meine Brüder der festen Überzeugung, dass es auch für mich die passende Frau gibt. Die einzig Richtige, irgendwo da draußen.

Was ich bezweifele, immerhin bin ich schon über dreißig.

Aber gut, ich habe meinen Spaß. Entweder mit bedeutungslosen Clubbekanntschaften oder einer unserer Nutten. Um wenigstens meine Bedürfnisse zu befriedigen.

Wobei ich zugeben muss, dass die *principessa* eine verdammt geile Abwechslung ist. Sie hat etwas an sich, das mich reizt. Nicht nur an der Oberfläche oder wegen ihrer Herkunft, das steht auf anderem Blatt Papier.

Und wäre sie keine Conti, hätte ich sie möglicherweise trotzdem in meine Wohnung verschleppt, um tagelang mit ihr zu vögeln.

Mit einem Blinzeln kehre ich in die Realität zurück und beobachte, wie sie sich mein Duschgel abspült. Das Gesicht unter den heißen Regen hält.

»Das reicht.« Ich stehe auf und gehe zum Durchgang. Schnappe mir ein Duschtuch von der Heizung und werfe es ihr zu, sobald das Wasser verstummt.

»Hast du noch ein kleineres?«

Herrgott, auch noch Extrawünsche.

Aber ich gebe ihr eines und laufe wieder zur Bank.

Das schlingt sie sich ums Haar, mit dem anderen trocknet sie sich ab.

Und ich schwöre bei Gott – als sie sich vorbeugt, um ihre Beine abzureiben, streckt sie mir ihren kleinen runden Arsch so entgegen, dass ich ihre Muschi sehen kann. Wobei ich mich stark zusammenreißen muss, um mich nicht sofort in sie zu rammen.

Fuck, es war so geil, wie sie mir einen geblasen hat.

Oder wie hart sie auf meinen Fingern gekommen ist.

Das werde ich später noch einmal erleben, mit meinem Schwanz ganz tief in ihr drin. Am besten mehrfach.

Sie verlässt die Dusche, faltet das Handtuch der Länge nach und hängt es ordentlich über den dafür vorgesehenen Heizkörper. Tappt zum Waschtisch, hält mir wortlos die Arme hin.

Folglich gehe ich zu ihr und schließe eine der Handschellen auf. Warte, bis sie sich das Shirt über den Kopf gezogen hat, und fessele ihre Handgelenke wieder aneinander. Dann trete ich zurück, sie steigt in die Jogginghose und ich mustere sie.

Natürlich ist ihr beides zu groß, sie versinkt beinahe darin.

Doch sie in meinen Klamotten zu sehen, wie heiß sich ihre Titten und Nippel unter dem Stoff abzeichnen, löst ein seltsames Gefühlschaos in mir aus.

Wildes Verlangen, Besitzanspruch, Interesse.

Und Wut auf mich, dass ich schon wieder in so unpassenden Bahnen denke.

Ich strecke den Arm nach ihr aus. »Los, beweg dich.«

Sobald sie in Reichweite ist, packe ich ihren Oberarm. Öffne die Tür, schiebe sie ins Schlafzimmer und lösche das Licht. Weiter in den Flur, die Küche, zum Tisch.

Dort drücke ich sie auf einen Stuhl, hole zwei Gläser sowie eine Flasche Wasser und stelle sie mittig auf den Tisch. Genauso wie den Teller mit Sandwiches und ein paar Papierservietten.

Ich setze mich ihr gegenüber, fülle die Gläser, schiebe ihr eines hin und sehe auf. In ihren Augen erkenne ich Misstrauen und Verwirrung.

»Keine Angst, es ist nicht vergiftet. So einfach mache ich es dir nicht.«

Sie schnaubt, streckt jedoch die Hände aus. Ergreift das Glas und nippt vorsichtig an dem Wasser.

Ich nehme mir eines der dreieckigen Sandwiches, beiße hinein und kaue. Beobachte sie, wie sie still dasitzt, den Blick gesenkt. Schon kocht neuer Ärger in mir hoch.

»Iss endlich!«

Erst zögert sie, greift aber schließlich zu und knabbert an einer Ecke. Isst, schluckt, beißt ein etwas größeres Stück ab. Beim dritten Mal sacken ihre Schultern nach unten, sie schließt die Augen und Genuss zeigt sich auf ihrem Make-up-freien Gesicht.

Also widme ich mich wieder meinem eigenen Snack und wir essen schweigend, bis der Teller leer ist.

Sie angelt sich eine Serviette, putzt sich den Mund ab und legt sie gefaltet auf den Tisch. Räuspert sich. »Das mit eurem Vater tut mir übrigens sehr leid.«

Hitze und Wut schießen durch meinen Körper, ich setze mich aufrecht hin. »Spar dir deine Heucheleien. Das verschafft dir keine Vorteile.«

»Ist mir bewusst. Trotzdem tut es mir leid.«

»Ich glaube dir kein Wort.«

»Wie sagtest du vorhin so schön? Dein Problem.«

»Pah! Wieso sollte ausgerechnet dir leidtun, was dein Vater veranlasst hat? Unsere Familien sind seit Ewigkeiten verfeindet.«

»Wobei ich nicht einmal weiß, warum. Ich kenne dich und deine Familie lediglich von Fotos, aber ihr habt darauf immer sehr verbunden gewirkt. So wie ich es mir oft gewünscht habe, ein ruhiges, liebevolles Leben. Na ja, und da du mich entführt hast, um mich für alles zu bestrafen, das andere verbrochen haben, gehe ich davon aus, dass euch der Tod eures Vaters sehr getroffen hat.«

»Keine Angst, wir haben die Mörder meines *papàs* zur Strecke gebracht. Jeden einzelnen.«

»Verständlich.«

»Weißt du darüber Bescheid, was in eurem Clan abgeht?« Ich wische mir ebenfalls den Mund ab, knülle die Serviette zusammen und werfe sie auf den Tisch.

»Kein bisschen. Ich halte nur meine Ohren offen, wenn sich die Gelegenheit dazu ergibt.«

»Trotzdem hast du deinen Verlobten noch nie gesehen und nicht mal seinen Namen aufgeschnappt?«

»Nein.«

»In welchem Bereich könnte ein Bündnis ihm Vorteile verschaffen?«

»Keine Ahnung, mein Vater hat seine Finger in vielen Angelegenheiten.«

»Das wissen wir.«

»Außerdem redet er kaum darüber. Und niemals über Probleme.«

»Nenn mir einen einzigen Grund, warum ich dir all das glauben soll.«

»Warum sollte ich dich anlügen?«

»Um uns in eine Falle zu locken? Aus Prinzip? Weil du uns hasst, wie der Rest deiner Sippe?«

»Du meinst, so wie du mich hasst? Für die Taten meines Clans und weil du es nicht anders kennst?«

Wir starren uns an und, ja, ich entdecke Zorn in ihren Augen.

Aber nicht den Hass, den ich sehen *will*.

Den Fanatismus, auf den ich mich konzentrieren und weswegen ich sie leiden lassen kann.

»Wieso sollte ich?«

»Hör auf, mich zu verarschen.«

»Nein, ehrlich. Meine beiden Brüder wurden früh in Clan-Angelegenheiten einbezogen. Freunde und Feinde der Contis, Geschäftspraktiken, Menschenführung.« Mit einem freudlosen Lächeln hebt sie die Hände, malt Anführungszeichen in die Luft. »Was das angeht, hat mein Vater mir kaum Aufmerksamkeit geschenkt. Auch nicht, wenn ich ebenfalls im Raum war. Ich war eher ein lästiges Anhängsel, für das er meine Mutter genauso emotional bestraft hat. Vermutlich, weil er keine Tochter wollte. Anders kann ich mir sein Verhalten nicht erklären. Nach ihrem Tod habe ich seine Kälte in vollem Ausmaß zu spüren bekommen, obwohl ich versucht habe, ihm alles recht zu machen, eine gute Tochter zu sein. Doch inzwischen bezweifle ich, dass er mich je geliebt hat.«

»Du meinst, wegen der arrangierten Ehe.«

»Unter anderem.«

Ich hebe auffordernd die Brauen, doch sie schweigt.

»Du willst mir also weismachen, du seist kein Teil der *famiglia*.«
»Es ist so.«
»Auch das glaube ich dir nicht.«
»Macht das einen Unterschied?«
»Womit verdienst du dann dein Geld?«
Röte schießt in ihre Wangen, sie senkt den Blick. »Ich bin Künstlerin. Leider wenig erfolgreich.«
Sieh an, ich lag also goldrichtig mit meinen Vermutungen.
»Demnach hält dein Vater dich aus.«
»Ja.« Nun erinnert mich ihr Gesicht an einen Feuerhydranten. »Worauf ich nicht wirklich stolz bin.«
Tja, das kann ich nachvollziehen. Immerhin kann man als Tochter eines Dons nicht abhauen und sein eigenes Leben leben, wenn der nicht damit einverstanden ist.
»Hast du eine Schwester?«
Ich blinzele. »Nein, da sind nur meine Brüder und ich.«
»Mussten sie auch arrangierte Ehen eingehen?«
»Nein. Genauso wenig wie meine Schwägerinnen. Was alle sich niemals hätten gefallen lassen.«
»Hm. Und ich habe immer gedacht, es ginge allen Mafia-Töchtern ähnlich. Schön blöd.«
Traurigkeit huscht über ihr Gesicht, doch sie überspielt es und löst den Handtuchturban um ihren Kopf.
Aus verengten Augen beobachte ich, wie sie sich mit den Fingern durchs Haar kämmt.
Einiges an ihrem Verhalten wirkt echt. Oder wie sie über bestimmte Dinge spricht.
Was auch erklären würde, warum sie nur wenig Widerstand oder eigenen Willen zeigt.
Allerdings sagt mir mein Bauchgefühl, dass da etwas unter der Oberfläche brodelt.
Nur, was?

Unvermittelt hält sie einen Handrücken vor ihren Mund und versucht, ein Gähnen zu unterdrücken.

Folglich setze ich mich auf und leere mein Glas. »Räum' den Tisch ab, dann bringe ich dich zurück.«

»Okay.« Sie steht auf, ergreift den Teller und läuft in die Küche. Betrachtet einen Moment den unteren Bereich und tritt am Ende zielsicher auf die Spülmaschine zu.

Nachdem sie den Teller darin verstaut hat, holt sie die Wassergläser, räumt sie in den oberen Korb und schließt die Tür wieder. Die Flasche stellt sie unterhalb der Fenster auf die Arbeitsfläche, die benutzten Servietten wirft sie in den Mülleimer.

Danach kehrt sie zum Tisch zurück, ich stehe auf und führe sie am Oberarm hinaus.

Auf dem Flur wendet sie sich Richtung Kellertreppe, doch ich dirigiere sie zum Gästezimmer.

»Vorerst bleibst du hier, das macht es für mich einfacher, sobald deine nächste Lektion ansteht.«

Ohne, dass ich etwas sagen muss, läuft sie zum Bett und legt sich in dieselbe Position. Streckt sogar die Arme über den Kopf, damit ich sie am Kopfteil anbinde.

Was mich irritiert.

Tut sie es, um mich in Sicherheit zu wiegen?

Oder weil ihr Vater sie zu einer folgsamen Tochter und Ehefrau geformt hat?

Giulia

Kapitel 14

Ich stehe in meinem Brautkleid mitten in einem riesigen, pompös geschmückten Saal, auf dunklem Holz und umgeben von festlich gestalteten Bankettischen. Am Rand der Tanzfläche scharen sich Menschen in Abendgarderobe, lächeln mir zu und einer von ihnen löst sich aus der Menge, kommt auf mich zu.

Ein großer Typ im Smoking und mit dunkelblondem Haar. Gut gebaut, attraktiv und mit einem so liebevollen Lächeln auf dem glattrasierten Gesicht, dass mir verdammt warm ums Herz wird.

Er streckt mir die Arme entgegen, wir finden in Tanzhaltung zusammen und schweben in einem Walzer über das Parkett.

»Du bist meine Frau, für immer und ewig.«

Seine blauen Augen sind voller Glück und ich möchte das gleiche empfinden, doch in meinem Innern sträubt sich etwas.

Und ohne Vorwarnung zerfließt seine Mimik, setzt sich neu zusammen. Zu einer Teufelsfratze.

Heftiger Schock fährt mir in die Glieder und ich will ihn loslassen, zurückweichen.

Allerdings bohren sich seine Klauen in meine Hand

und meinen Rücken, dann öffnet er den Mund und kreischt: »Du gehörst miiiiirrrrr!«

Im nächsten Moment stehe ich mit Romano unter der Dusche. Sinke vor ihm auf die Knie, bearbeite hingebungsvoll seinen Schwanz. Er gräbt die Hand in mein Haar, fickt meinen Mund, und wir werden beide immer schneller. Bis er sich mit einem heiseren Schrei in mir ergießt und ich mit Genuss alles schlucke, was er in mich pumpt.

Plötzlich zerrt mein Vater mich an den Haaren in den Keller, fesselt mich an den Stuhl und brüllt: »Du Schlampe hast es nicht anders verdient.«

Und wieder tauchte Romano auf, diesmal in der Küche. Er wedelt mit einer Pizza zur Belohnung, damit ich sein Haus putze. Und die darf ich essen, während ich, nur mit einer Spitzenlatzschürze bekleidet, bäuchlings auf seinem Küchentisch liege und er mich von hinten fickt.

Allerdings stehe ich am Ende als Beobachterin daneben und die Szene verwandelt sich vor meinen Augen in ein bewegtes, surrealistisches Gemälde.

Ich erwache mit einem Ruck und wild klopfendem Herzen. Starre zur Decke hoch und spüre dem verräterischen Pochen in meinem Schoß nach.

Scheiße, mein Körper ist ein mieser Verräter.

Meine bisherigen Erfahrungen beschränken sich auf unbefriedigenden Sex, denn weder waren die Männer sonderlich geschickt, noch sind sie auf meine Wünsche eingegangen. Die ich ihnen natürlich nicht wörtlich mitgeteilt habe, dafür bin ich zu schüchtern.

Aber ausgerechnet bei Romano und seiner rauen, übergriffigen Behandlung zeigt sich jede erogene Zone sensibel. Selbst bei Worten.

Warum, zur Hölle, kann ich das nicht unterdrücken?

Ich fühle mich machtlos, bin dem förmlich ausgeliefert.

Und er nutzt es eiskalt aus, um mich zu demütigen.

Ist es eine Demütigung, wenn es dir gefällt? Aber Vater wird toben, sobald er das Video sieht.

Die Stimme meiner Rebellin klingt amüsiert, gehässig.

Doch aus meinem Bauch steigt Ärger auf.

Wenn ich das alles mit mir machen lasse, es womöglich genieße, setze ich lediglich fort, was mein Vater begonnen hat. Und das will ich auf gar keinen Fall mehr.

Deswegen muss ich schlicht allen entkommen und irgendwo in der Versenkung verschwinden. Was es auch kostet.

Und es wird dir gelingen. Denk daran, was Mancuso zugelassen hat.

Sogleich wallen die Erinnerungen in mir auf. An die Dusche, die Kleidung, das Essen.

Er hat Mitgefühl gezeigt.

Wenn auch widerwillig, das konnte ich ihm ansehen.

Irgendetwas an meiner Geschichte hat ihn anscheinend berührt.

Den Rest seiner Menschlichkeit oder sein Herz, falls er eines besitzen sollte. Oder es nicht tiefschwarz und eiskalt ist.

Automatisch denke ich an Laura und ihren Mann, von dem sie behauptet, dass er zwei Seelen besitzt. Die mit dem leidenschaftlichen Herzen, voller Liebe, Bewunderung und absoluter Hingabe für seine Ehefrau. Und der gnadenlose Killer, mit dem Paolo ein ansehnliches Einkommen anhäuft und sich Respekt sowie einen guten Ruf erarbeitet hat.

Vielleicht hättest du dir von ihm ein paar Tricks beibringen lassen sollen.

Mir entschlüpft ein freudloses Lachen.

Dafür bedarf es einer gewissen Stärke.

Mamma wollte genau dafür sorgen, glaube ich, doch nach ihrem Tod ...

Enttäuscht schüttele ich den Kopf.

Ja, ich bin mir meiner Schwächen bewusst, aber ich will mich unter keinen Umständen da hineinsteigern. Sonst kusche ich nur noch vor Romano und bedanke mich im Vorfeld wie ein braves Hündchen dafür, dass er mich in den Tod schickt.

Wag es ja nicht! Wir hatten uns auf einen Fluchtversuch geeinigt.

Stimmt, und dafür bekomme ich vermutlich nur eine einzige Chance.

Deswegen habe ich mir alles rundherum gemerkt, so schnell und unauffällig ich konnte. Und versorge ihn ungehemmt mit Informationen.

Seitdem ich hier festsitze, hatte ich viel Zeit, über alles nachzudenken.

Mich nach jeder Begegnung mit Romano neu auszurichten und meine Möglichkeiten zu bewerten, gegeneinander abzuwägen.

Und auch wenn ich eher ungewollt zugegeben habe, dass ich für meinen Vater nicht sonderlich viel wert bin – für mich hatte es einen positiven Effekt.

Folglich will ich Romano mehr davon erzählen, wie schlecht ich seit Jahren behandelt werde und wie viel ich weiß. Von einem Großteil der Fakten wird er hoffentlich profitieren und entsprechend nachsichtig mit mir sein.

Du verrätst deinen Vater, deine Brüder, deinen Clan.

In mir kocht Wut hoch, denn da klingt das durch, was mein Vater mir ins Hirn gepflanzt hat.

Nein, ihm liegt nichts an mir, daran ändern weder meine Brüder noch der Clan etwas. Falls überhaupt jemand davon weiß. Oder es sie interessiert, schließlich ist er das Oberhaupt und über alles erhaben.

Genau das wollte ich hören!

Trotzdem würde ich gern wissen, warum das so ist. Was ich ihm getan habe, um diese Behandlung zu verdienen.

Ach was, niemand hat so etwas verdient. Eltern sollten ihre Kinder lieben.

Mamma hat es getan und mich durch ihre Liebe stark gemacht.

Aber leider hat sie mich viel zu früh verlassen

Bevor ich meinen Selbstwert wirklich erkannt habe.

Die Möglichkeit bekam, ihn zu festigen und auszubauen.

Oder lernen konnte, dafür einzustehen, ihn zu verteidigen.

Du kannst es nachholen.

Ich weiß. Allerdings muss mir dafür erst einmal die Flucht gelingen.

Jeder Gedanke und jede Handlung führen durch dieses Nadelöhr, dahinter ist vieles denkbar.

Schon drifte ich in meine Traumvorstellungen ab, schiebe es jedoch gleich wieder rigoros beiseite.

Ich muss mich konzentrieren, mein Entkommen vorbereiten.

Deshalb lausche ich einen Moment auf die Geräusche im Haus, eine Sportsendung, der Charakteristik nach zu urteilen.

Ansonsten ist es ruhig, also schließe ich die Augen und rufe mir alles in Erinnerung.

Mein Weg vom Keller hierher, durchs Schlafzimmer ins Bad. Von da aus in die Küche und zurück in dieses Zimmer. Daraus visualisiere ich eine Art dreidimensionalen Grundriss. Füge die Haustür mit ihren sichtbaren Sicherheitsvorkehrungen hinzu und den Durchgang zum Wohnzimmer, in das leider kein genauer Blick möglich war.

Ach ja, und das, was ich in der Küche und vom dortigen Fenster aus sehen konnte.

Meine Überlegungen waren richtig, das Haus steht mitten in dichtem Wald. Und seinen Wagen versteckt er vermutlich in der Scheune.

Die kann mir als Schutz dienen, dorthin sollte ich zuerst laufen.

Aber was dann? Weiter in den Wald?

Oder soll ich versuchen, seinen Wagen zu stehlen?

Nein, das ist totaler Blödsinn!

Romano wird keinen Oldtimer fahren, der einen physischen Schlüssel benötigt und diesen auch noch in der Zündung stecken lassen. Ganz im Gegenteil.

Okay, also kann ich diese Idee getrost verwerfen und direkt ins Gehölz laufen. Im Schutz der Scheune.

Ob ich bis dahin ein Paar Schuhe von ihm bekomme? Oder erbetteln kann?

Meine Rebellin lacht. *Träum weiter!*

Woraufhin sich ein gewisses Unbehagen in mir ausbreitet.

Angst vor blutigen Füßen, gebrochenen Zehen, wilden Tieren.

Vielleicht ein paar Socken?

Reiß dich zusammen! Bis dahin hast du ganz andere Probleme.

Stimmt.

Romano selbst.

Er wird mich nicht einfach aus der Tür spazieren lassen.

Ich muss etwas in die Finger bekommen, das ich ihm über den Schädel ziehen kann. Oder mich losreißen und ihm zwischen die Beine treten.

Die Erinnerung an seine Größe und den muskulösen Körper steigt vor meinem inneren Auge auf. Er ist ein kräftiger, skrupelloser Mafioso.

Ich bin ihm definitiv unterlegen, vor allem mit den gefesselten Händen.

Hör auf mit den Ausflüchten, du rennst trotzdem davon. Und zwar so schnell wie du kannst.

Himmel, mein altes Ich ist verdammt anstrengend.

Weil ich will, dass wir überleben. Egal, wie.

Ist ja schon gut.

Ich seufze und rutsche umher, bis ich eine gute Position gefunden habe. Versuche, meine Arme und Schultern zu entspannen.

Schon schwappt die nächste Erschöpfungswelle heran und ich lasse mich in den Schlaf davontreiben.

Immerhin brauche ich jede Dosis Energie, die ich bekommen kann.

Romano

Kapitel 15

Das Heimspiel der *New York City Skyliners* ist dermaßen schlecht, dass es keinerlei Ablenkung bietet.

Im Gegenteil. Das Gewusel zwischen Defense und Offense wird von Drive zu Drive unübersichtlicher, weshalb ich den Football überwiegend aus den Augen verliere, sobald der jeweilige Quarterback ihn ins Spiel bringt.

Und damit auch das Interesse.

Stattdessen schwirrt mir unser Gespräch in Dauerschleife durch den Kopf.

Sagt sie die Wahrheit über ihren Status im Conti-Clan?

Und das Verhältnis zu ihrem Vater?

Seine Leute fürchten ihn und es kursieren die wildesten Gerüchte. Allerdings hätte ich nie erwartet, dass er sich seinen Kindern gegenüber ähnlich mies verhält. Immerhin geht der Mafia *la famiglia* über alles, auch wenn sich gewisse Traditionen verändert haben.

Nein, da steckt garantiert mehr dahinter.

Und ich will wissen, was.

Zum x-ten Mal greife ich nach meinem Smartphone und mein Ärger steigt, weil es noch immer nichts Neues von Nate gibt.

Obwohl wir das nächste Telefonat für morgen vereinbart haben.

Am besten lenke ich mich bis dahin anderweitig ab. Falls er vorher etwas Wichtiges erfährt, wird er es mir mitteilen.

Also stemme ich mich hoch, schalte den Fernseher aus und gehe in die Küche.

Mache mir einen Kaffee, deaktiviere das Sicherheitssystem und verlasse das Haus, um mir die Beine zu vertreten.

Ich drehe eine gemütliche Runde über das Grundstück, genieße den Kaffee. Im Shirt ist es zwar verdammt kühl, aber das macht mir nichts aus. Im Gegenteil, es pustet mir den Kopf frei und sorgt für Entspannung.

Neben der Scheune bleibe ich stehen, leere meine Tasse.

Da vernehme ich einen seltsamen Ton, lausche.

Und erkenne den Klingelton, den ich am Smartphone für meinen ältesten Bruder eingestellt habe.

Automatisch lege ich die Hand an meine Gesäßtasche, die natürlich leer ist.

Schaue zur gläsernen Front des Wohnzimmers, wo das einzige kleine Fenster einen Spalt offen steht und mir dadurch die Ortung meines Telefons ermöglicht.

Fuck!

Wenn Luca anruft, muss es etwas Wichtiges sein.

Ich renne los und ins Haus, werfe die Tür hinter mir zu und stürme ins Wohnzimmer.

Das Handy liegt auf dem Couchtisch und ich haste hinüber, greife danach und tippe auf den grünen Hörer. »Ja?«

»Was bist du denn so außer Atem?« Die Stimme meines Bruders klingt beinahe belustigt.

»War kurz draußen und das Telefon hier drin.«

Ich atme tief durch. »Ist etwas passiert?«

»Nichts Dramatisches, keine Angst, aber deine Nichte hat Sehnsucht nach dir und fragt, wann du wieder da bist.«

»Gib mir das Telefon, *papà*«, ertönt Cosimas Stimme aus dem Hintergrund. »Ich will mit Onkel Romano sprechen.«

»Ist ja schon gut, *tesoro mio*! Hier hast du ihn.«

Den Geräuschen nach zu urteilen übergibt er seiner neunjährigen Tochter das Telefon.

»Aber stör deinen Onkel nicht zu lange, ja? Er ist im Urlaub.«

»Okay.«

»Sehr gut.«

Ich höre einen leisen schmatzenden Laut und habe bildlich vor Augen, wie Luca ihr einen Kuss auf die Stirn drückt, sie anschließend verliebt anlächelt.

Sogleich breitet sich in meiner Brust das warme Glücksgefühl aus, das ich beim Anblick der beiden jedes Mal empfinde.

»Onkel Romano?«

»*Ciao*, *dolcezza*! Wie geht es dir?«

»Gut, und dir?«

»Bestens, ich bin doch im Urlaub.«

»Wo denn? In deinem Haus im Wald?«

»Ganz genau.«

»Wann nimmst du mich mal wieder mit da hin?«

»Ganz bald, versprochen.«

»Okay. Und wann kommst du mich mal wieder besuchen?«

»Sobald ich zurück in New York bin.«

»Versprochen?«

»Versprochen ist versprochen und wird nicht gebrochen.«

»*Mitico*!« Ihre Begeisterung ist deutlich hörbar.

»Trinkst du dann mit mir und meinen Puppen Tee?«

Ich seufze. »Na klar.«

»Cosima? Hände waschen, Abendessen ist gleich fertig«, ruft da meine Schwägerin von hinten.

»Ja, *mamma*, ich komme. Ciao, Onkel Romano.«

Erneut erklingen diese Geräusche, dann schnelle Schritte und schon ist mein Bruder wieder am Apparat.

»Alles in Ordnung bei dir?«

»Sicher.«

»Wie läuft es?«

»Ich arbeite an ein paar Videos für Conti.«

»Ich habe gehört, er tobt und scheucht die gesamte Stadt auf.«

»Wegen der Locke?«

»Ja.«

Ich lache leise. »Dann werde ich morgen das Material sichten und einen netten kleinen Film zusammenschneiden.«

»Und sonst?«

»Nichts Besonderes.« Ich erzähle ihm von dem unbekannten Verlobten, auf den ich Nate angesetzt habe. Dann verabschieden wir uns und beenden das Gespräch.

Ich schiebe das Smartphone in meine Gesäßtasche, schaue auf die Holzterrasse hinaus und atme tief durch.

Sehe erneut Luca und Cosima vor mir, lächele.

Das ist *famiglia*, wie sie sein sollte. Ein liebevoller, stolzer und beschützender Vater.

Kein tyrannischer Don, der seine Tochter verschachert wie Vieh.

Ich blinzele verwirrt.

Schiebe die seltsame Anwandlung beiseite, laufe in die Küche und mache mir noch einen Kaffee. Damit begebe ich mich ins Arbeitszimmer, drehe den Bürostuhl zum Überwachungssystem. Setze mich vor meine

Technikzentrale, stelle die Tasse weit neben der Tastatur ab und ergreife die Maus.

Es ist Zeit für einen weiteren Videodreh. Und um mich in Stimmung zu bringen, werde ich mir den Mitschnitt von der ersten Lektion ansehen.

Der Computer erwacht, ich gebe mein Passwort ein und öffne die entsprechende Anwendung. Schon erscheinen die Fenster mit den Live-Bildern aus meinem Gästezimmer und ich mustere kurz die schlafende Prinzessin. Unterbreche die Aufnahme, speichere die Datei der letzten Stunden und starte das Videoschnittprogramm.

Untermalt von Kaffee schaue ich es mir genau an, Minute für Minute.

Wie wir reden, wie ich sie reize, mit ihr spiele.

Und bei dem Anblick des Blowjobs werde ich direkt wieder hart.

Fuck, sie mag zwar unerfahren sein, aber sie hat meinen Schwanz mit Hingabe gelutscht.

Oh, und ich könnte darauf wetten, dass es ihr ebenfalls Spaß gemacht hat. Immerhin war sie vorher schon angetörnt und danach umso feuchter.

Ich sehe dabei zu, wie sie meine Finger reitet, auf ihnen zum Höhepunkt kommt.

Presse die linke Hand auf die Beule in meiner Hose und stöhne.

Verdammt, es wird höchste Zeit, dass ich sie ficke.

Schnell schneide ich Anfang und Ende des Videos weg, speichere es und schalte die Bildschirmsperre ein. Dann verlasse ich mein Arbeitszimmer, taste nach dem Kondom in meiner Hosentasche und platze ins Gästezimmer.

»Aufwachen, *principessa*! Es geht weiter.«

Sie fährt mit einem Schrei hoch, wird aber von ihren ans Kopfende gefesselten Armen gebremst und fällt zurück auf die Matratze. »Großer Gott!«

Lachend ziehe ich mir das Shirt über den Kopf. »Der hilft dir nicht.«

Es landet auf dem Sessel und ich öffne meinen Gürtel, schaue irritiert auf.

Zusammengekrümmt liegt sie auf der Seite, ihr Atem klingt seltsam.

»Was ist los?«

»Mir ist schwindelig«, stößt sie zwischen ihren Oberarmen hervor. »Und übel.«

»Kotz mir ja nicht aufs Bett.«

»Ich glaube, das ist mein Kreislauf.«

Na toll.

Mit einem Seufzer gehe ich zu ihr, löse das Seil am Kopfteil und helfe ihr, sich aufzusetzen. »Hast du öfter Probleme damit?«

»Manchmal. Wenn ich zu wenig esse. Oder mir Dinge auf den Magen schlagen.«

»Ich hole dir ein Glas Wasser.«

Scheu sieht sie zu mir auf. »Kann ich vielleicht einen Kaffee haben? Der hilft immer am besten.«

»Wie Sie wünschen.« Mit höhnischem Lächeln deute ich eine Verbeugung an. »Was darf es sein? Schwarz? Ein Cappuccino?«

Ihre Wangen färben sich rosa. »Ein Espresso reicht schon.«

Ich wende mich ab, doch sie fasst nach meiner Hand, hält mich auf.

Verwirrt von dem Prickeln, das meinen Arm hinaufschießt, sehe ich sie an. »Was?«

Sie wirkt ähnlich überrascht, schüttelt das aber sichtlich ab. »Danke, das ... weiß ich sehr zu schätzen.«

Meine linke Braue wandert nach oben. »Bild dir bloß nichts ein.«

Damit drehe ich meine Hand aus ihrem Griff,

marschiere hinaus und in die Küche. Schalte den Kaffeevollautomaten ein und hole eine Espressotasse aus dem Schrank.

Aus Gewohnheit fülle ich sie mit heißem Leitungswasser und warte, bis die Maschine einsatzbereit ist. Kippe das Wasser weg, stelle das kleine Gefäß unter den Auslauf und wähle Espresso.

Mit lautem Reiben nimmt das Mahlwerk seine Arbeit auf, dann herrscht einen Augenblick Ruhe und schließlich läuft das aromatische Heißgetränk in die Porzellantasse. Der vollmundige, herbe Duft füllt meine Nase und ich schließe kurz die Augen, um ihn zu genießen. Dann verkündet das Gerät das Ende der Zubereitung, ich umfasse den grazilen Henkel und trage den Espresso hinüber.

Auf dem Weg zum Bett strecke ich ihr die Tasse entgegen, hebe den Blick. »Hier.«

Im nächsten Augenblick setzt mein Herz aus und ich bleibe wie angewurzelt stehen.

Das Bett ist leer.

Genauso wie das Zimmer.

Eilig stelle ich die Tasse auf dem Nachttisch ab, stoße die Tür zum Badezimmer auf und schalte das Licht ein.

Nichts.

Da trifft ein kühler Luftzug meinen nackten Oberkörper.

Mein Blick wandert zur offenstehenden Zimmertür.

Und ich verstehe.

»Diese verfluchte Schlampe!«

Giulia

Kapitel 16

Mit dem Mahlen der Kaffeemaschine schlüpfe ich aus dem Haus, schaue von einer Seite zur anderen und entdecke geradeaus die Zufahrt zum Grundstück.

Okay, nach rechts!

Ich wirbele herum und renne auf der Rückseite des Hauses entlang, weg von Scheune und Küchenfenster. Schlage mich Richtung Dämmerung in den Wald. Augenblicklich umgibt mich dunkelgraues Licht, in dem ich nur die schwarzen Baumstämme ausmache, zwischen denen ich mich hindurch bewege.

Das Herz hämmert in meiner Brust und ich merke kaum, auf welchem Untergrund ich laufe. Was genau mir ins Gesicht schlägt oder welche Temperatur hier draußen herrscht.

Sekunden später flammt Beleuchtung hinter mir auf und ich höre Romanos Gebrüll, verstehe allerdings kein Wort davon und hoffe, dass ich schon zu weit weg bin, um entdeckt zu werden.

Das Blut rauscht in meinen Ohren und mein Keuchen wird auch immer lauter.

Egal, ich laufe. Den Blick nach vorn gerichtet.

Ästchen knacken unter meinen Füßen und um mich

herum erklingen noch andere Geräusche. Vermutlich von Tieren, die ich aufschrecke.

Aber davon darf ich mich nicht ablenken lassen.

Genauso wenig wie von meiner brennenden Lunge und den Seitenstichen.

Verdammt, nun rächt sich, dass ich Sport nicht besonders mag und deswegen nur wenig Zeit im Fitnessstudio verbringe.

Aber wer kann denn ahnen, dass ich eines Tages durch dichten Wald flüchten und um mein Leben rennen muss?

Trotzdem hetze ich vorwärts, mir bleibt keine andere Wahl.

Es ist meine einzige Chance, zu überleben.

Hektisch schaue ich mich um und meine, weiter vorn etwas mehr Helligkeit auszumachen.

Vielleicht eine Lichtung. Oder eine Straße.

Automatisch laufe ich schneller.

Und bemerke zu spät, dass der Boden nun abfällt.

Ich will bremsen.

Stolpere, stürze.

Schreie auf, gerate ins Rutschen.

Und sehe den Grund für mehr Licht vor mir.

Ein Hang, Fels, weniger Bäume.

Oh, Gott! Das ist mein Ende.

Panisch strecke ich die Arme aus, will mich am nächsten Baum festhalten.

Meine Fingernägel finden keinen Halt, brechen und ich rutsche weiter.

Keuche, schreie um Hilfe.

Unerwartet taucht ein Schatten neben mir auf, packt meinen Arm und ich komme mit einem Ruck zum Liegen.

»Du hinterhältiges Miststück!« Romanos wütende Worte klingen wie ein Knurren.

Ich erschaudere vor Angst und Tränen schnüren mir

die Kehle zu. »*Per favore, no*!«

Als wäre ich eine Puppe, zerrt er mich in die Höhe und hinter sich her, den Hügel hinauf und zurück in den Wald.

»Lass mich gehen, Romano, bitte.«

»Das hättest du wohl gern.«

»Ich habe dir doch nichts getan.«

»Von wegen. Aber dafür wirst du jetzt büßen, mein Mitleid hat ein Ende.«

»Nein, bitte!« In blinder Panik stemme ich die Füße in den Boden und versuche, ihm meinen Arm zu entwinden.

Fühle seine Hand nicht mehr, fahre herum und mache einen Schritt.

Werde im nächsten Moment herumgewirbelt, falle rückwärts.

Und er landet auf mir, drückt mich zu Boden.

Kopflos winde ich mich unter seinem kräftigen Körper, der mich gefühlt komplett bedeckt. Versuche, mich gegen seine Brust zu stemmen, nach ihm zu treten, ihm zu entkommen.

Stattdessen presst er meine Schenkel mit seinen zusammen und das Becken gegen meines. Klemmt mit einem Griff meine Hände zwischen uns ein, packt mein Haar und zieht daran.

Ich schreie auf, halte notgedrungen still und starre zu ihm auf.

Sein Gesicht schwebt direkt über mir, vor Wut verzerrt, und seine klaren grauen Augen scheinen im fahlen Licht zu funkeln.

Er atmet mit geöffnetem Mund und ich rieche den Kaffee in seinem Atem. Genauso wie seinen eigenen Duft aus Eau de Toilette, würzigem Schweiß und Männlichkeit.

Dazu wird mir der wachsende Druck an meinem Schoß bewusst und ich versuche erneut, mich zu bewegen.

Woraufhin er die Hüften erst zurück, dann wieder nach

vorn bewegt. Von unten gegen meinen Schoß und damit gegen meine Klit drückt.

Mit seinem harten Schwanz.

Mein Unterleib pocht sofort los und ich beiße mir auf die Lippe, spanne die Muskeln an.

Aus seiner Kehle erklingt ein Laut, den ich heute schon einmal gehört habe.

Doch im nächsten Moment presst er die Lippen aufeinander und hebt den Kopf. »Das war's, *principessa*. Ich mache dich fertig.«

Ohne Vorwarnung stemmt er sich hoch, zieht mich an den Handschellen mit und hinter sich her zurück zum Haus.

Je näher wir der hell erleuchteten Lichtung seines Grundstücks kommen, desto verzweifelter wehre ich mich gegen seinen Griff. Bettele und jammere.

Bis er meine Hände loslässt und stattdessen mein Haar packt.

Automatisch schreie ich auf und beuge mich zu ihm, um das scharfe Ziehen zu mildern. Es fühlt sich an, als ob er mir die Kopfhaut vom Schädel reißen will.

Ich schluchze auf. »Bitte, lass mich gehen.«

»Schnauze.«

»Ich werde mich irgendwie durchschlagen, mich für immer irgendwo verstecken. Weit weg von New York und meinem Vater.«

»Halt endlich deine dreckige Fresse oder ich stopfe sie dir.«

Unter seinen lauten Worten treten wir aus dem Wald, ins Flutlicht einiger Scheinwerfer, doch anstelle des Hauses steuert er auf die Scheune zu.

Scheiße, was hat er vor?

»Bitte, Romano.«

»Es. Reicht.«

Er geht zur Tür, öffnet sie und zerrt mich ein Stück in die Dunkelheit.

Hantiert darin, erzeugt ein metallisches Schaben.

Schiebt mich wieder hinaus und um den Schuppen herum.

Ich entdecke das gestapelte Feuerholz an der langen Wand, unter einem Schutzdach, und davor ein großes Stück Baumstamm, umgeben von hellen Holzsplittern.

»Hinknien.« Er stößt mich so heftig vorwärts, dass ich stolpere und vor dem Holzblock auf die Knie falle.

»Streck' die Finger aus.«

»Was?« Ich entdecke die Axt in seinen Händen, reiße Mund und Augen auf. »Scheiße, nein, bitte! Ich brauche meine Finger, ohne sie kann ich nicht malen.«

Er tritt neben mich. »Leg die Hände auf das Holz.«

»Nein.«

»Wenn ich dich nicht sofort köpfen soll, streck die Hände aus.«

»Nein, bitte!« Ich heule auf, presse die Hände an meine Brust und drehe mich weg. Versuche, auf Knien von ihm wegzurutschen.

Da brüllt er auf, krallt die Finger in die Längen meines Haars und zieht mich daran rücklings Richtung Baumstamm.

Ich falle auf den Hintern, kreische und will seitlich wegkriechen.

Doch mit einem kräftigen Ruck zerrt er mich zurück zum Holzblock.

Ich knalle dagegen, halb darüber, und aus dem Augenwinkel bemerke ich, dass er die Axt schwingt.

In Todesangst schreie ich auf, kneife die Augen zusammen.

Ein scharfes Ziehen an meiner Kopfhaut, sein Grollen und ein dumpfer Knall im Baumstamm, der durch meinen Körper vibriert.

Abrupt verschwindet der Zug an meinem Haar, ich kippe zur anderen Seite.

Lebe ich noch?

Irritiert reiße ich die Augen auf, hebe den Kopf und sehe ihn an.

Ein dickes Büschel meiner kupferfarbenen Locken hängt zwischen seinen Fingern, darin Dreck und Blätter.

Schockiert japse ich nach Luft, greife an meinem Hinterkopf und taste herum.

Allerdings bleibt mir keinerlei Zeit, über irgendetwas nachzudenken.

Weil er Axt und Haare fallenlässt.

Zu mir kommt, mein Handgelenk packt und mich auf die Füße zerrt.

Ich stolpere hinter ihm her, zur Rückseite der Scheune.

Dort sind diverse Gerätschaften befestigt und ein Teil davon nimmt er herunter, wirft es zur Seite. Dadurch ragt ein freier Metallhaken aus der Holzwand, etwas über seinem Kopf, und mit einem Ruck hebt er meine Arme dorthin, die Handschellenkette darüber. Sie kommt in der tieferhängenden Rundung zu liegen.

So hänge ich mit dem Gesicht zur Wand, kann die Fersen kaum auf den Boden senken. Und im nächsten Moment reißt er mir die Jogginghose bis zu den Knöcheln hinunter.

Entgeistert wende ich mich in seine Richtung, so weit es mir möglich ist. »Was hast du vor?«

Mit nacktem Oberkörper steht er da, der tätowierte Löwe auf seiner Brust glänzt und brüllt. Romanos Gesicht verzieht sich zu einem fast teuflischen Grinsen, während er den Gürtel aus seiner Jeans zerrt. »Du bekommst die Strafe, die du verdienst.«

Ich reiße die Augen auf, mein Herz überschlägt sich.

»Oh, Gott. Nein, bitte. Nicht schlagen!«

Statt einer Antwort wickelt er sich das Ende mit der Schnalle um die Hand, holt aus.

Voller Angst drehe ich mich nach vorn, ducke mich und kneife die Lider zusammen.

In der nächsten Sekunde trifft das Leder meinen Hintern, ein Laut wie ein Peitschenknall ertönt und mich durchzuckt ein scharfer Schmerz.

Ich schreie auf, hole Luft, rufe um Hilfe.

Doch er lacht nur. »Schrei' ruhig, niemand wird dich hören.«

Gleich darauf ertönt ein Zischen und sein Gürtel klatscht erneut auf meine Kehrseite.

Wieder schreie ich, obwohl der Schmerz diesmal geringer ist. Atme dagegen an, bis er zu einem heißen Kribbeln in meinen Backen wird.

Hieb Nummer drei erfolgt gleich danach, ein weiteres Mal mit weniger Wucht. Genauso wie Nummer vier und fünf.

Ich japse und wimmere, meine Haut brennt und prickelt.

Doch da ist noch mehr.

Dieses Gefühl breitet sich in meinem Schoß aus, stellt eine Verbindung zu meiner Pussy her und lässt meine Klit heftig pochen.

Mir wird heiß, ich schließe die Augen und spanne automatisch die Muskeln in meinem Becken an, den Schenkeln.

Der nächste Schlag dringt direkt bis in mein Lustzentrum und ich beiße mir auf die Lippe. Versuche, das lustvolle Stöhnen zu unterdrücken.

Vergeblich.

»Sieh einer an!« Romano tritt neben mich, streicht zärtlich über meinen malträtierten Hintern und seine

Finger gleiten zu meiner Pussy. »Du liebst es auf die harte Tour.«

Ohne Vorwarnung schlägt er mit der flachen Hand zu.

Ein spürbarer Unterschied zum Gürtel.

Weicher, warm und, oh, so viel besser.

Gleich darauf dringt er mit einem Finger in mich ein, gleitet dabei mit zwei anderen über meine geschwollenen Lippen, stößt gegen meine Klit.

Ich schließe die Augen und drücke mich gegen ihn. Stöhne erneut, spanne die Muskeln in meinem Schoß an. Wehrlos der Lust und Begierde ausgeliefert, die er in mir entfacht.

Da schiebt er die andere Hand unter mein Shirt, knetet meine Brust, kneift meinen Nippel. Beugt sich zu meinem Ohr und raunt: »Ich werde dich jetzt ficken, *principessa.* Ob du willst oder nicht.«

Oh, und wie ich es will.

Ich erschauere in Vorfreude.

Er tritt zurück, lässt mich los.

Verursacht Geräusche, die ich nicht einordnen kann.

Weshalb ich mich ein Stück verbiege und vorsichtig unter meinem linken Arm zu ihm schaue. Beobachte, wie er die offene Jeans und Pants unter seine Eier schiebt, ein Kondom über seinen Schwanz rollt. Dann postiert er sich hinter mir und zieht meinen Hintern ein Stück zu sich.

In nervöser Erwartung drehe ich mich wieder um, schließe die Augen und lecke mir über die Lippen.

Er fackelt nicht lang, gleitet einmal mit der Schwanzspitze durch meine Spalte, bis zur Klit und zurück. Setzt sie an meine Pussy, packt meine Hüften und dringt mit einem kräftigen Stoß in mich ein.

Überwältigt von seiner Größe und Härte japse ich nach Luft, weiche automatisch nach vorn aus.

»Oh, Fuck!« Stöhnend gräbt er die Finger in mein

Fleisch, presst die Hüften einen Moment gegen mich. Doch schon eine Sekunde später bewegt er sich, nimmt mich in tiefen, kräftigen Stößen. Variiert mit dem Tempo, versetzt mir den einen oder anderen Schlag auf den Hintern.

Ich bin hin und her gerissen zwischen meinem verwirrten Verstand und meinem vor Lust berauschten Körper. Will es unterdrücken, nichts empfinden, aber ...

Scheiße, ist das gut!

Automatisch dränge ich ihm entgegen, um ihn noch tiefer zu spüren.

Unvermittelt greift er in mein Haar und zieht daran, bis ich den Rücken wölbe. Schlägt mir auf den Hintern, verändert den Winkel und fickt mich tiefer.

Mit lautem Stöhnen genieße ich seine pralle Härte, das Reiben und Klatschen, das Prickeln des Schmerzes.

»Zeig es mir. Wie sehr willst du diesen Mancuso-Schwanz?«

Die Worte formen sich in meinem Kopf, doch ich bringe es nicht über mich, sie auszusprechen.

»Soll ich dich ficken?«

»Ja.«

»Sag es, *principessa*! Wie willst du es?«

»Fick mich, Mancuso. Schnell und hart.«

»Fuck, ja, du sollst es bekommen.« Er wird schneller, hämmert in mich wie eine Maschine.

Ich spanne meine Muskeln an, um alles von ihm zu spüren. Jedes Detail von seinem geilen Schwanz, jedes Stück seines Prachtexemplars. Gebe jeglichen Widerstand auf, genieße die Lust, das brennende Verlangen und wie alles in mir anschwillt.

Sein Stöhnen wird lauter, seine Finger krallen sich in meine Hüften.

Alle meine Nervenenden stehen unter Strom und er

verstärkt es mit einem zusätzlichen Hieb. Noch einem. Und noch einem.

Das süße Ziehen breitet sich wie ein Tsunami in meinem Unterleib aus, schießt von da aus bis in meine Finger und Zehen, mein Atem stockt.

Im nächsten Moment explodiere ich, zerspringe in tausend Sterne und schreie meinen Höhepunkt hinaus.

Mit einem animalischen Knurren kommt auch Romano zum Orgasmus. Presst das Becken gegen meines, ergießt sich und pulsiert in mir.

Dann fickt er mich weiter, schiebt die Hand zwischen meine Beine und reibt meine empfindlichste Stelle.

Woraufhin ich stöhnend eine zweite Welle reite.

Er lässt mein Haar los, knetet meinen Hintern, streicht meinen Rücken hinauf.

Ein wohliger Schauer rieselt über meine Haut und ich seufze, lasse den Kopf hängen. Schwäche flutet meinen Körper, meine Beine zittern.

Doch bevor sie unter mir nachgeben, schlingt Romano einen Arm um meine Taille, schiebt mich zwei Schritte nach vorn und richtet mich auf. Drückt mich an sich und seine Nase in mein Haar.

Wie erstarrt steht er da, sein heißer Atem streift meinen Nacken, und ich traue mich nicht, mich zu bewegen.

Stattdessen weicht sämtliche Anspannung aus meinen Muskeln und ich bemühe mich um eine ruhige Atmung. Wobei mein Verstand wieder zum Leben erwacht und ich mich unweigerlich frage, was nun passieren wird.

Tötet er mich?

Wirft er mich wieder in den Keller?

Oder wird er mich foltern?

Unvermittelt geht ein Ruck durch seinen Körper, er löst sich von mir und zieht seinen Schwanz heraus.

Ich gehe davon aus, dass er sich wieder anzieht, höre

aber nur unbestimmte Geräusche. Dann das Klappern seiner Gürtelschnalle und eine Art Stoßseufzer.

Zu gern würde ich mich umdrehen, ihn ansehen, doch ich traue mich nicht.

Will weder Hass noch Mitleid sehen.

Also warte ich ab.

Und werde davon überrascht, dass er mir die Hose hochzieht, meine Kleidung abklopft. Einen Arm um meine Mitte schlingt, mich anhebt und meine Handschellen vom Haken zieht.

Dann beugt er sich hinab, nimmt mich auf seine Arme und trägt mich schweigend zum Haus.

Verwirrt, geschockt und peinlich berührt vermeide ich es, ihn anzusehen. Starre vor mich hin und zeitweise auf seine muskulöse Brust.

Ich möchte ihn berühren, über seine schweißglänzende Haut lecken.

Gleichzeitig fühle ich mich in seinen Armen sicher und geborgen, möchte mich enger an ihn schmiegen.

Mit meinen Füßen voran bugsiert er mich durch die Eingangstür, bringt mich ins Gästezimmer und legt mich vorsichtig aufs Bett. Hebt meine Arme über meinen Kopf und fesselt mich wie gehabt ans Kopfteil des Bettes, lässt mir aber ein wenig Spielraum. Dann nimmt er den Espresso vom Nachttisch und sein Shirt vom Sessel. Geht hinaus, löscht das Licht und schließt die Tür.

Ich schaue zur Decke hinauf, auf die das einfallende Licht ein Rechteck zeichnet.

Versuche, mich zu sortieren. Scheitere kläglich daran.

Schließlich verlöschen die Scheinwerfer auf der anderen Seite des Hauses und ich liege in grauer Dunkelheit da.

Mit brennendem Hintern, den Nachwehen in meiner Pussy. Und allein mit meinen konfusen Gedanken und Gefühlen.

Romano

Kapitel 17

Gottverfickte Scheiße, ich habe den Verstand verloren!

Meinem Schwanz die Kontrolle übergeben, anstatt nachzudenken oder wenigstens bei meinem Plan zu bleiben.

Trotzdem erklärt das nicht, was ich getan habe.

Oder wie ich die neue Situation wieder in den Griff bekomme.

Wütend auf mich räume ich die Axt weg, sammele ihr Haar auf und marschiere zum Haus zurück. Schließe leise die Tür hinter mir, verriegele sie mit meinem Fingerabdruck und gehe ins Arbeitszimmer, um die Außenscheinwerfer auszuschalten, danach ins Wohnzimmer.

Ich werfe ihre Locken auf die Ledercouch, schenke mir am Barschrank einen doppelten Whisky ein. Stürze ihn hinunter, verziehe das Gesicht und halte einen Moment den Atem an.

Mit zusammengebissenen Zähnen ertrage ich das flüssige Feuer, das sich durch meine Kehle, die Brust und bis in den Magen brennt.

Schließe die Augen und werde in der Zeit zurückgerissen.

In Flashbacks durchlebe ich es erneut.

Wie ich ihr Bett leer finde, hinausstürme und brülle.

Den Geräuschen folge, die sie auf ihrer Flucht verursacht.

Da ich mein Grundstück in- und auswendig kenne und sie gehandicapt ist, hole ich schnell auf.

Und lege noch einen Zahn zu, als mir bewusst wird, dass sie auf den Hang an der Westgrenze zuhält.

Ihre Rettung und das Gerangel danach sind ein Wirbel aus Bildern.

Dann gehen wir zu Boden, ich lande auf ihr und mein Körper geht in Flammen auf.

Ich blinzele und schenke mir einen weiteren Drink ein, nippe daran.

Keine Ahnung, was in jenem Moment mit mir passiert ist oder der Auslöser war.

Ich weiß nur, dass eine höllische Begierde in mir explodiert ist, meine Sicherungen rausgeknallt hat und seitdem in meinen Adern lodert.

Nein, es ist mehr als das.

Ich will sie nicht mehr töten.

Oder nur vögeln, um ihren Vater zu demütigen oder Rachedurst und Trieb zu befriedigen.

Stattdessen will ich sie besitzen.

Sie soll das gleiche Verlangen spüren, meine Vorlieben teilen und nie genug von mir bekommen.

Mein Blick richtet sich nach innen.

Habe ich sie deswegen nicht ausgepeitscht, sondern mit dosierter Kraft zugeschlagen, um einen lustvollen Schmerz aus ihr herauszukitzeln?

Und sie damit auf meine dunkle Seite zu ziehen?

Che merda!

Auch wenn es besser gewesen wäre, für uns beide – ich bin unfähig, mich von ihr fernzuhalten.

Geschweige denn Distanz zu wahren.

Seitdem ich sie in meiner Gewalt habe.

Und jetzt das.

Wieder nehme ich einen Schluck, behalte ihn im Mund. Gehe zur Fensterfront und schaue in die Dunkelheit hinaus.

Ich bekomme einfach nicht in mein Hirn, was da gerade abgegangen ist. Aber mir ist klar, dass die Situation sich komplett geändert hat. Auch wenn ich die Konsequenzen kein bisschen abschätzen kann und ...

Fuck, es wird uns beide ins Verderben reißen.

Verärgert fahre ich mir mit den Fingern durchs Haar und stoße die Luft aus.

Wie, zur Hölle, soll ich diesen Bullshit jemals wieder hinbiegen?

Das Smartphone in meiner Hosentasche vibriert und ich ziehe es heraus.

Es ist Nate.

Ich nehme das Gespräch an und halte mir das Telefon ans Ohr. »Bro!«

»Kannst du reden?«

»Ja. Was gibt es?«

»Zwei Hinweise.«

»Raus damit.«

»Zum einen die Informationen zum Ring. Er stammt aus Russland.«

Mein Herz hämmert los, mein Magen verkrampft sich. »Und zum anderen?«

»Eine der Damen hat aufgeschnappt, dass Conti sich im Frühjahr mehrfach in einem Lokal aufgehalten hat, das der Bratva zugeschrieben wird.«

»Fuck!«

»Was seltsam genug ist, schließlich wollte er nie etwas mit denen zu tun haben. Er hat sie unter anderem als

Emporkömmlinge beschimpft, die in unserer ehrenwerten Gesellschaft unerwünscht sind.«

In mir kocht etwas hoch, das sich wie eine Mischung aus Eifersucht und Misstrauen anfühlt. »Hat jemand von seiner Suche nach einem Ehemann gehört und wollte sie haben?«

»Vermutlich.«

»Da steckt garantiert mehr dahinter.«

»Gut möglich.«

»Okay, bleib dran.«

»Mache ich.«

»Und sieh zu, ob du an ehemalige Angestellte von Conti herankommst, vornehmlich Hausangestellte. Vielleicht aus der Zeit, als seine Frau noch gelebt hat. Köchin, Nanny, Butler.«

»Hast du etwas Bestimmtes im Sinn?«

»Nur so eine Ahnung. Seine Tochter für ein Bündnis zu verheiraten, ist das eine. Sie derartig anzupreisen etwas völlig anderes.«

»Du meinst, er wollte sie loswerden?«

»Möglich, ja. Es würde dazu passen, was ihr heute Morgen rausgerutscht ist. Dass sie für ihren Vater nichts wert ist.«

»Ziemlich melodramatisch, findest du nicht? Sie spielt dir bestimmt etwas vor, um sich zu schützen.«

»Nein, das war definitiv spontan. Diese Bitterkeit, der Schmerz ... das war echt.«

»Klingt, als hätte sie unter ihrem Alten echt zu leiden. Aber warum? Was steckt dahinter?«

»Keine Ahnung, das müssen wir herausfinden. Melde dich, sobald du etwas weißt.«

»Mache ich, bis dann.«

Ich tippe auf den roten Hörer, schiebe das Telefon zurück in meine Gesäßtasche und kippe den Rest Whisky hinunter. Gehe zur Couch, stelle das leere Glas auf den Tisch und setze mich. Dann nehme ich das kupferfarbene Haarbüschel, das ich ihr abgehackt habe, und betrachte es nachdenklich.

Was verbirgt Giulia vor mir?

Was hat es mit Contis Aktionismus auf sich?

War er verzweifelt?

Hatte er Druck? Welcher Art auch immer?

Meine Gedanken nehmen an Fahrt auf, steigern meine Unruhe, doch etwas bleibt außerhalb meiner Reichweite.

Weshalb ich schließlich aufstehe und ins Arbeitszimmer gehe, um selbst nachzuforschen.

Ich fange mit dem Internet an, suche nach Bildern von Emilio Conti und seiner Familie. Da ich dort nicht fündig werde, wechsele ich ins Darknet, wo es einen Markt für beinahe alles gibt. Auch Informationen, die für jegliche Organisierte Kriminalität interessant sein könnten.

Wieder dauert es eine Weile, doch schließlich stoße ich auf Bilder von den Contis. Emilio und seiner Frau Claudia, den beiden kleinen Söhnen.

Ich konzentriere mich auf die Erwachsenen, schaue mir sämtliche verfügbaren Bilder an. Die von Claudia sind seltener, scheinen zwischendrin eine Lücke in der Chronologie aufzuweisen. Und als ich ein Bild von dem Baby sehe, verstehe ich, warum.

Danach gibt es nur noch wenige Fotos von Claudia und immer mit der kleinen Giulia, die wächst und älter wird.

Auf einem davon wirkt ihre Mutter auffallend traurig, gealtert.

Ich betrachte es eingehend, schaue auf das rothaarige Mädchen, das ich da auf etwa zehn Jahre schätze.

Unvermittelt erkenne ich es und reiße die Augen auf.

Die beiden sehen sich kaum ähnlich.

Eilig rufe ich ein Bild von Emilio dazu auf.

Ist das möglich?

Beide Eltern sind dunkelhaarig und haben einen hellbraunen Teint. Der Don hat dunkle Iriden, die von seiner Frau sind nur undeutlich erkennbar, vielleicht graublau.

Ich rufe mir Giulias Gesicht in Erinnerung, wie es heute ist.

Die Form und die Lippen hat sie definitiv von ihrer Mutter geerbt, genauso wie ihre Schönheit, aber die Augen und der Rest ...

Welcher Teil der Familie schlägt da von den Genen her durch?

Ein Wikinger aus grauer Vorzeit?

Ein Ire in einer der letzten Generationen?

Oder –

Ich halte die Luft an.

Heilige Scheiße.

Was ist, wenn diese Gene nicht alt sind, sondern die Hälfte der *principessa* ausmachen? Also nicht von Emilio stammen?

Meine Gedanken schießen umher, ich analysiere, erkenne, verstehe.

Fuck, das ist es!

Claudia muss fremdgegangen sein, das Kind stammt von jemand anderem. Deswegen ist Giulia ihrem Vater nicht mehr wert als die Hochzeit mit irgendeinem Kerl, der ihm hilft, mehr Macht in New York zu gewinnen. Vielleicht sogar einem abgefuckten Russen.

Ein Verhalten, das man von ihm allerdings nicht kennt. Ihm kein bisschen zutraut.

Die Contis sind ein relativ kleiner Clan, kontrollieren erheblich weniger Viertel und Bereiche. Der Anschlag auf meinen Vater war in diesem Zusammenhang ein verdammter Hammer.

Was wäre demzufolge, wenn der Schein trügt?

Möglicherweise wollen ja seine Söhne mehr Macht und beeinflussen ihren Vater dementsprechend.

Nein, in dieser Beziehung ist definitiv Emilio der Stärkere.

Aber, wie zur Hölle, passt dieser ominöse Verlobte ins Bild?

Ich verschränke die Arme vor der Brust, lehne mich zurück und starre ins Leere.

Wäge die Vorteile für beide Seiten ab, ergänze Gedanken und Erkenntnisse.

Unvermittelt prickelt es in meinem Nacken und die Härchen dort richten sich auf.

Fuck, das ist ...

Nein, unmöglich.

Und wenn doch?

Ruckartig richte ich mich auf.

Was ist, wenn der Verlobte tatsächlich ein Mitglied der Bratva und die treibende Kraft hinter alledem ist?

Wenn er seine Macht in der Stadt ausbauen will und das Bündnis mit Conti nur der erste Schritt ist?

Dass der seine Tochter regelrecht verkaufen wollte, könnte ihm in die Karten spielen. Vor allem hinsichtlich der Hinrichtung meines Vaters.

Conti ist zwar der offizielle Auftraggeber, aber auch die Bratva profitiert davon, dass unser Clan mutmaßlich geschwächt wird.

Was nicht der Fall ist, denn außer Luca gibt es noch uns drei, seine Brüder. Und zusammen sind wir zweifellos die stärkere und effektivere Clan-Führung.

Außerdem würde es erklären, warum es im Vorfeld keinerlei Anzeichen gab. Hinweise, Gerüchte oder auffällige Aktionen.

Wir behalten verfeindete Personen genaustens im Blick,

Verbündete ebenfalls.

Auf unsere Freundinnen und Freunde haben wir lediglich ein achtsames Auge.

Und auf die, mit denen wir keinerlei Berührungspunkte haben.

Wozu die Bratva zählt.

Fuck.

Fuck, Fuck, Fuck.

War das ein Fehler?

Papà hat in ihnen nie eine Gefahr gesehen. Weder für den Clan noch für unsere Geschäftsbereiche. Klar gab es ein paar Überschneidungen, aber sie haben nie in unseren Gewässern gefischt. Die bestehenden Machtverhältnisse und Strukturen stets respektiert.

Was, wenn sich das geändert hat?

Kurzentschlossen ziehe ich das Smartphone aus der Hosentasche, öffne eine sichere Verbindung und rufe Luca noch einmal an.

Nach mehrmaligem Klingeln meldet er sich endlich und ich höre die fröhlichen Stimmen seiner Kinder im Hintergrund. »Romano! Ist etwas passiert?«

»Nicht direkt. Störe ich?«

»Nein, Debbie bringt die Kinder ins Bett, ich habe ihnen gerade Gute Nacht gesagt.«

Ich höre das Klacken einer Tür, dann herrscht Ruhe auf der anderen Seite.

»Okay, schieß los.«

Ich berichte ihm von unseren Nachforschungen, meinen Informationen und Erkenntnissen. Zu welchen Schlussfolgerungen es mich geführt hat.

Ein paar Sekunden bleibt es still am anderen Ende.

»Klingt einleuchtend. Leider.«

»Vielleicht ist es nur falscher Alarm, aber wir sollten das dringend prüfen. Konkret nach einem Verlobten suchen.

Damit wir im Zweifel einen Gegenschlag vorbereiten können, mit dem niemand rechnet.«

»Ja, das war auch mein Gedanke. Ich kümmere mich darum. Wann kommst du zurück?«

»Keine Ahnung. Ich will mehr Informationen aus ihr herauskitzeln und noch ein paar Videos für Conti drehen.«

»Zögere es nicht unnötig hinaus. Leg sie um und komm nach Hause, womöglich brauchen wir bald alle Männer hier.«

»Ich werde rechtzeitig da sein.«

»Gut. Bis dann.«

»Gib Debbie einen Kuss von mir.«

»Träum weiter.«

Damit unterbricht er die Verbindung und ich stecke schmunzelnd das Telefon wieder ein.

Was seine Frau angeht, versteht er null Spaß.

Giulia

Kapitel 18

Die Tür wird geöffnet, das Licht flammt auf und reißt mich aus dem unruhigen Dämmerschlaf.

Stöhnend kneife ich die Augen zusammen, drehe den Kopf und versuche, das Gesicht unter meinen Armen zu verstecken.

»Kannst du kochen?«

Ich blinzele, bis ich mich halbwegs an die Helligkeit gewöhnt habe, und schaue ihn an. »Was?«

»Ob du kochen kannst, *principessa*.«

»Bis jetzt bin ich nicht verhungert.«

»Ein einfaches Ja hätte genügt.« Romano schüttelt den Kopf, tritt ans Fußende des Bettes.

Ich hebe den Kopf und beobachte ihn.

Wie er mir die Schlaufe eines Synthetikseils um den linken Knöchel legt, am anderen Ende eine weitere Schlaufe bindet und sie über meinen Fuß streift.

Ich runzele die Stirn. »Was soll das werden?«

»Eine Fußfessel. Reine Vorsichtsmaßnahme.« Er tritt neben das Bett, löst das Seil vom Kopfende. Zieht etwas aus seiner Hosentasche und im nächsten Moment klicken die Handschellen auf.

Überrascht und erleichtert reibe ich meine befreiten

Handgelenke, während er sich die Metallfesseln in die Hosentasche schiebt.

»Steh auf.« Er tritt zurück, winkt mich hoch.

Liebend gern folge ich seiner Anweisung, doch als ich mich aufsetze, verziehe ich gequält das Gesicht und stöhne auf. »Scheiße.«

»Tut dir irgendetwas weh?«

Verärgert von seinem spöttischen Ton schaue ich auf, bemerke das verräterische Zucken um seine Mundwinkel und mein Blick bleibt dort hängen.

An den sinnlich vollen Lippen, die ich auf meinem Mund und meinem Schoß spüren will. Umgeben von den schwarzen Bartstoppeln, die ihm eine verlockende Dunkelheit verleihen und gern an meinen Schenkeln kratzen dürfen.

Wenn er mich leckt.

Der kribbelnde Schmerz an meinem Hintern greift auf meinen Schoß über, erzeugt ein pulsierendes Glühen und ich presse kurz die Lippen aufeinander.

Scheiße, ich hatte echt zu viel Zeit für dreckige Fantasien.

Bevor das Pochen mich allerdings überwältigt, springe ich auf und recke das Kinn.

»Nein, alles okay.«

Einen Moment lang mustert er mich aus zusammengekniffenen Augen und auf seinem Mund breitet sich ein wissendes Lächeln aus. »Wunderbar.«

Er tritt zur Seite, zieht eine Pistole hinten aus seinem Hosenbund und deutet zur Tür. »Bitte, nach dir.«

Ich hebe eine Braue, sehe von der Waffe zu seinen Augen. »Dein Ernst? Glaubst du wirklich, ich versuche es direkt noch einmal?«

»Ich bin lieber auf alles vorbereitet.«

Schon wieder steigt Ärger in mir auf.

»So blöd bin ich bestimmt nicht.« Damit wende ich mich ab und gehe in kleinen Schritten hinaus. Überquere den Flur und betrete die Küche. »Was soll ich kochen?«

»Schau in den Kühlschrank und mach etwas daraus. Am besten Pasta.«

»Kein Fleisch, das du zartklopfen willst?«

»Darum kümmere ich mich später.«

Mir wird heiß, meine Klit pocht heftiger.

Starrt er mir gerade auf den Arsch und malt sich aus, ihn mir erneut zu versohlen?

Fuck, wenn er wüsste, wie sehr mich der Gedanke antörnt.

Oh, du gibst es endlich zu!

Leugnen ist reine Zeitverschwendung, das ist mir in den letzten Stunden bewusst geworden. Ich habe bisher nämlich nicht nur von dominanten Männern geträumt, sondern auch von Spanking. Obwohl es da aufgrund fehlender Erfahrungen eher sanft zur Sache gegangen ist.

Ich laufe zum Kühlschrank, mache eine Bestandsaufnahme und sammele diverse Lebensmittel zusammen. Trage sie zur Arbeitsfläche unter dem Fenster, schaue mich um und hole mir Schneidbrett sowie Messer.

Kurz schließen meine Finger sich fester um den Griff und ich stelle mir vor, wie ich herumwirbele und es ihm in den Bauch ramme.

Nein, so weit wird es nie kommen, schließlich hat er die Pistole.

Verdammt

Ich seufze. »Ich brauche noch Zwiebeln und Knoblauch. Kümmerst du dich um die Nudeln?«

»Wenn du meinst, du kannst mich herumkommandieren ...«

»Auf diese Weise geht es nur schneller. Aber wenn du lieber den Macho raushängen lässt ...« Ich zucke mit den

Schultern, reiße zwei Blätter Küchenpapier ab und befeuchte sie. Breite sie auf der Arbeitsfläche aus, lege das Schneidbrett darauf und prüfe die Rutschfestigkeit. Anschließend drehe ich mich zu ihm um, denn er hat sich kein Stück bewegt. »Zeigst du mir wenigstens, wo ich die Sachen finde?«

Wortlos deutet er mit dem Lauf zur Tür neben dem Kühlschrank.

Ich schleiche hinüber, hole die fehlenden Zutaten heraus und höre ein metallisches Klappern hinter mir. Als ich zurückkehre, steht ein Topf mit Wasser auf dem Herd und eine Packung mit Spaghetti liegt daneben. Romano selbst befindet sich wieder an derselben Stelle, lehnt seitlich mit der Hüfte an der Arbeitsplatte und hat die Arme vor der Brust verschränkt, die Waffe parat.

Zurück vor dem Schneidbrett schäle ich Zwiebel und Knoblauch, wische mir die Tränen aus den Augen und versuche, seine Präsenz zu ignorieren.

»Wann hast du erfahren, dass du heiraten sollst?«

Seine Worte kommen so überraschend, dass ich leicht zusammenzucke.

Ich stoße die Luft aus und fange an, die Zwiebel in feine Würfel zu schneiden. »Ähm, im Sommer. Muss kurz nach dem ... Tod deines Vaters gewesen sein.«

»Und du hast das einfach hingenommen.«

Mir schnürt sich die Kehle zu, ich schlucke. »Nein. Aber das hat meinen Vater nicht interessiert. Und jedes Mal, wenn es ihm zu viel wurde, hatte er ... schlagkräftige Argumente, mich eines Besseren zu belehren.«

»Das heißt, du wusstest von allen seinen Bemühungen, einen passenden Mann für dich zu finden?«

Ich stutze, sehe ihn an. »Was meinst du mit ... *allen* Bemühungen?«

»Er hat dich fast jedem Clan der Stadt angeboten.«

»Wie bitte?« Mir wird eiskalt, Schwäche steigt in meinen Beinen hoch und weitere Tränen schießen mir in die Augen.

Romanos ernste Miene jedoch wirkt wie die Ernüchterung, die ich gebraucht habe.

So ein mieses Arschloch!

Wütend wische ich die Tränen fort, starre auf das Brett hinab und schneide weiter. »Nein, davon habe ich nichts gewusst. Unsere Diskussionen haben sich nur um meinen Verlobten gedreht.«

Da er schweigt, kümmere ich mich um den Knoblauch. Lasse mir die Rückfahrt von meinem Vater durch den Kopf gehen und schnaube schließlich. »Wenn du mich nicht entführt hättest ... möglicherweise hätte ich in jener Nacht endlich den Mut gefunden, abzuhauen.«

»Dumm gelaufen.«

»Sehr witzig, echt. Aber vielleicht musst du ja Angst haben, dass mein Verlobter dich jagen wird. Immerhin bin ich sein Besitz und du hast es gewagt, Hand daran zu legen.«

»Ich habe vor niemandem Angst.«

»Schön für dich.«

»Du wirst ihm nie begegnen.«

»Weil du mich vorher tötest? Dann solltest du dich beeilen.«

»Warum?« Misstrauisch mustert er mich aus verengten Augen.

»Er und mein Vater werden garantiert nach mir suchen.«

»Hier findet dich niemand.«

»Meinem Vater traue ich so gut wie alles zu. Und wer weiß, welcher Typ Mensch mein Verlobter ist.« Ich wende mich wieder dem Kochen zu.

»Noch einmal: hier findet dich niemand.«

Soll mich das beruhigen?

Aus dem Augenwinkel sehe ich, wie er sich die Pistole in den Hosenbund schiebt. Dann geht er weg und ich höre, dass er etwas auf den Gasherd stellt, zwei Flammen zündet.

»Warum bist du eigentlich noch Single?«

»Wer sagt das?«

Ich schnaube. »Sonst würdest du wohl kaum diese Aktion durchziehen.«

Zur Antwort erhalte ich lediglich Schweigen, doch ich habe keine Lust mehr, den Mund zu halten. Ich weiß ja, was mir blüht.

»Aber okay, ich kann mir schon denken, woran es liegt.«

»Ach ja? Und was wäre das?«

Seine Stimme hat einen gereizten Unterton angenommen.

»Na, wenn du mit allen so umgehst wie mit mir, hält es keine bei dir aus.«

Ohne Vorwarnung packt er mich energisch im Nacken, dreht mich zu sich herum und hält mir die Waffe unters Kinn. Beugt sich zu mir und berührt mit der Nasenspitze beinahe meine.

»Du hast plötzlich eine verdammt große Klappe.«

Ich funkele ihn an, schließe meine Hand fester um das Küchenmesser und drücke die Spitze gegen seinen Bauch. »Erschieß mich doch, wenn dir das nicht passt.«

Er bläht verärgert die Nasenflügel, schürzt die Lippen. »Ich werde dir noch einmal den Arsch versohlen.«

»Das ist deine Masche, oder? Du bringst Frauen in deine Gewalt, um sie erst zu verprügeln und dann hart zu vögeln.«

»Du hast keine Ahnung, *principessa*. Weder von dem einen, noch von dem anderen.« Seine Stimme ist so voll unterdrücktem Zorn und Kälte, dass mir ein Schauder den Rücken hinab rieselt.

»Nenn mich nicht Principessa, du Wichser. Ich heiße Giulia.«

Romano lacht tonlos, dreht mich mit dem Rücken zur Arbeitsfläche und presst mich mit seinem Unterleib dagegen. Sein Schwanz ist schon wieder hart und meine empfindliche Perle reagiert mit einem sehnsuchtsvollen Pochen.

»Mach nur so weiter und wir gehen direkt vor die Kameras.«

»Ist mir egal.«

Kurz kneift er die Augen zusammen, dann breitet sich ein Grinsen auf seinem Gesicht aus. »Du kannst es kaum erwarten, dass ich dich wieder ficke.«

Hitze explodiert in meinem Schoß und ich presse die Lippen aufeinander, fühle mich ertappt.

Im nächsten Augenblick nimmt er die Hand von meinem Nacken, schiebt sie vorn in meine Jogginghose. Den Finger über meine Klit bis in meine Pussy.

Ich erschauere.

»Mmh, so glitschig.« Er zieht die Hand wieder hervor, lutscht seinen Finger ab.

Und ich stehe nur da, starre wie gebannt auf seinen Mund.

»Sorry, *principessa*. Du wirst dich bis nach dem Essen gedulden müssen.« Damit tritt er ein Stück zurück und deutet mit der Pistole auf das Schneidbrett. »Mach weiter, ich habe Hunger.«

Also drehe ich mich um, kümmere mich wieder um die Zutaten für die Soße und atme möglichst unauffällig tief durch.

Unfassbar, was dieser Kerl mit mir anstellt.

Und du mit ihm.

Von wegen! Ihn törnt nur an, dass er mit mir machen kann, was er will. Dass er mich dominieren und seine abgefuckten Fantasien an mir ausleben kann.

Bist du sicher?

Mein Hirn springt zurück zu der Szene vor der Scheune und ich halte automatisch inne.

»Was ist los? Träumst du schon von meinem Schwanz?«

Ich blinzele, schieße ihm einen wütenden Blick zu. »Das hättest du wohl gern.«

Er lacht nur.

Weshalb ich das Messer auf die Arbeitsfläche knalle, zum Herd hinübergehe und die Hand über die Pfanne halte, um deren Temperatur zu testen. Dann nehme ich die Flasche mit Olivenöl, die Romano bereitgestellt hat, und gebe etwas davon auf die Bratfläche. Konzentriere mich aufs Kochen, schiebe alles andere beiseite.

Keine Viertelstunde später gieße ich die Nudeln ab, richte einen Teller an und halte ihn Romano hin. Unschlüssig, ob ich ihm einen guten Appetit wünschen soll oder dass er daran erstickt.

Stirnrunzelnd sieht er von der leeren Arbeitsfläche zu mir. »Wo ist dein Teller?«

Ich schweige.

Daraufhin schüttelt er den Kopf. »Setz dich, ich nehme mir selbst.«

Er geht zum Schrank, nimmt einen weiteren Teller heraus.

Und ich schlurfe zum Tisch. Den Blick auf das Abendessen gerichtet, dessen köstlicher Duft schon seit ein paar Minuten meinen Magen knurren lässt. Stelle den Teller ab, sinke auf den Stuhl und sauge zischend die Luft ein.

Scheiße, mein Hintern brennt wie die Hölle.

Kurz darauf nimmt er mir gegenüber Platz, greift nach dem Besteck und vermischt die Nudeln mit der Soße.

Ich trinke einen Schluck Wasser und beobachte ihn.

Lässig fädelt er einige Spaghetti auf die Gabel, wickelt sie am Tellerrand auf, pustet kurz und schiebt sich den Bissen in den Mund. Kaut und hebt die Brauen, schaut mich überrascht an und schluckt. »Das ist verdammt lecker.«

»Hättest du mir wohl nicht zugetraut, was?«

»Eine Mafia-Prinzessin, die kochen kann? Nein.« Grinsend wickelt er die nächste Portion auf und isst.

Statt einer Antwort probiere auch ich und schlucke am Ende zufrieden.

Wir essen schweigend und ich habe gerade mal die Hälfte geschafft, als er aufsteht und sich einen Nachschlag holt.

»Übrigens habe ich Nate beauftragt, ein paar Informationen einzuholen.«

Er setzt sich, ich hebe den Kopf.

»Wer ist Nate?«

»Mein bester Freund. Und rechte Hand.«

»Aha. Und worüber sollte er sich erkundigen?«

»Deinen Vater und deinen Verlobten. Das Bündnis.«

Überrascht schaue ich ihn an. »Wozu?«

»Ich bin gern informiert. Über sämtliche Hintergründe. Vor allem, weil einige deiner Bemerkungen mich nachdenklich gemacht haben.«

»Und? Was hat er herausgefunden?«

»Dass dein Vater zuletzt regen Kontakt mit der Bratva hatte. Vermutlich gehört dein Verlobter dazu.«

Ich schnaube verächtlich. »Ganz toll, ich stehe total auf Russen.«

»Und wenn er attraktiv wäre?«

»Als ob das etwas an der Tatsache ändert, dass

ich verkauft wurde.«

»Stimmt allerdings.«

»Warum erzählst du mir das überhaupt?« Ich nehme den letzten Bissen, wische mir mit einer Papierserviette den Mund ab.

»Gute Frage.« Einen Moment lang starrt er mich an und ich meine, einen Anflug von Bedauern darauf zu sehen, nur für eine Sekunde. Dann verhärtet sich sein Gesicht wieder und er isst weiter.

»Warum interessierst du dich dann dafür?«

»Ich glaube, dass mehr dahintersteckt. Und habe ein mieses Bauchgefühl, aber es ist noch nichts bestätigt.«

Ich schaudere.

Dass er mir derartig ausweicht, kann nichts Gutes bedeuten.

Mein Magen verkrampft sich, Übelkeit steigt in mir auf. Für einen Moment befürchte ich, mich übergeben zu müssen, und mir wird eines bewusst.

Egal, was mein Entführer mit mir anstellt, bis er mich umbringt. Bald wird es vorbei sein.

Aber eine Ehe mit jemandem von der Bratva, die in unseren Kreisen für ihre Grausamkeiten, Brutalität und Gewissenlosigkeit bekannt sind ...

Sogleich malt mein Hirn sich das reinste Horrorszenario aus.

Eine gewaltsame Hochzeitsnacht.

Blutige Praktiken, Folterinstrumente und grässliche Schmerzen, an denen mein Verlobter sich aufgeilt.

Mein kugelrunder Bauch.

Ein Baby, das der Vater mir sofort wegnimmt, um sein Kind für sich zu haben und seine Neigungen ungestört an mir fortzusetzen.

Mit einem gequälten Laut schließe ich die Augen, presse eine Hand auf meinen Magen.

»Was ist los?«

Seine Stimme klingt tatsächlich besorgt, was es nur noch schlimmer macht.

Ich springe auf und eile aus der Küche, so schnell es meine Fußfessel zulässt. Hinüber in mein Zimmer, das angrenzende Bad.

Vor der Toilette falle ich auf die Knie, klappe den Deckel hoch und entleere meinen Magen. Gequält von Schweißausbrüchen und Schwindel.

Am Ende spucke ich nur noch Magensaft sowie bittere Galle und mein Körper beruhigt sich. Folglich betätige ich die Klospülung, klappe den Deckel wieder zu und stemme mich hoch.

Da mich Schwäche überkommt, muss ich mich am Waschtisch festhalten und vorsichtig zum Becken schieben.

Dort lehne ich mich schwer dagegen und drücke die Knie durch, drehe das Wasser auf und lasse es in meine hohlen Hände laufen. Damit spüle ich mir den Mund aus, wiederhole es mehrfach und trinke schließlich ein paar kleine Schlucke. Wasche mir das Gesicht, schließe den Hahn und greife nach dem Handtuch.

Ich trockne mir Gesicht und Hände, hebe den Blick und starre mich im Spiegel an.

Meine ohnehin blasse Haut ist aschfahl und die Sommersprossen stechen deutlich hervor. Dann registriere ich mein Haar, reiße die Augen auf und drehe langsam den Kopf, um es zu betrachten.

Bis auf zwei lange Locken, die mein Gesicht umrahmen, reicht es mir mit einer schrägen Kante nur noch bis über den Nacken.

In der nächsten Sekunde wird mir klar, wie knapp die Axt an meinem Körper vorbeigeflogen ist, und ich schaudere erneut.

Wenn er dich hätte töten wollen, hätte er es getan.

Scheiße, ich kann jetzt nicht darüber nachdenken.

Ich hänge das Handtuch auf, schlurfe hinaus und lösche das Licht.

Romano lehnt mit dem Hintern an der Kommode, die Arme verschränkt.

Erschöpft stoße ich die Luft aus. »Ich weiß, das ist dir egal. Aber ich bin gerade nicht in der Lage, dir einen zu blasen oder anderweitige Spiele über mich ergehen zu lassen.«

Auf wackeligen Beinen schleppe ich mich zum Bett, setze mich vorsichtig und strecke ihm die Arme entgegen, die Handgelenke nah beieinander.

Wortlos richtet er sich auf, zieht die Handschellen hervor und legt sie mir an.

Dann lasse ich mich seitlich aufs Bett sinken, drehe mich auf den Rücken und hebe die Arme über den Kopf.

Er bindet mich ans Kopfende, wieder mit mehr Spiel im Seil, und tritt zurück. »Dreh dich auf den Bauch.«

Ich schließe die Augen. »Romano, bitte.«

»Tu es einfach.« Seine Stimme klingt verändert, fast schon sanft.

Ach was, das bilde ich mir nur ein.

Da mir nichts anderes übrigbleibt, komme ich seiner Aufforderung nach und wende das Gesicht Richtung Fenster.

Nehme wahr, wie er meine Fußfesseln löst. Mir die Jogginghose vorsichtig über den Hintern und bis zu den Knöcheln zieht.

Erwarte Schläge, seine Finger in meiner Pussy, seinen Schwanz.

Was mich ausnahmsweise vollkommen kaltlässt.

Er steigt aufs Bett, der Gewichtsverlagerung nach anscheinend links und rechts von meinen Beinen.

Als Nächstes sinkt sein Gewicht auf meine Waden.

Kann er so überhaupt in mich eindringen?

Scheiß drauf, ich werde ihn einfach machen lassen.

Vielleicht hört er ja direkt auf, weil ihn diese Passivität nicht antörnt.

Etwas fällt neben mir aufs Bett, dann versetzt er die Matratze in schnelle, kurze Schwingungen. Und legt die Hände auf die Unterseiten meiner Arschbacken.

Im ersten Moment spüre ich etwas Kaltes und den Berührungsschmerz, weswegen ich zusammenzucke.

Im nächsten die Wärme seiner Hände.

Und er fängt an, meinen Hintern zu massieren.

Nein, er reibt ihn mit etwas ein.

Mir steigt ein Geruch in die Nase, der mich an Krankheit und Medizin erinnert.

Was ist das? Eine Salbe?

Ohne Vorwarnung breitet sich ein warmes Gefühl in mir aus, genauso wie Verwirrung.

Was –

Da verlagert er das Gewicht auf die linke Seite des Bettes, zieht meine Hose hoch und murmelt: »Das wird die Schmerzen lindern. Und jetzt schlaf.«

Damit steigt er vom Bett, löscht das Licht und zieht die Tür hinter sich zu.

Ich öffne die Augen und starre zum Fenster hinaus, wohinter sich schwach der Himmel abzeichnet. Lausche auf die Geräusche aus der Küche.

Das Chaos in mir wird stärker, die Wärme ebenfalls.

Weshalb ich die Stunden hier erneut betrachte, überdenke und sein Verhalten neu bewerte. Zumindest ab einem bestimmten Zeitpunkt an.

Keine Ahnung, was sich konkret geändert hat, nachdem er mich in dieses Zimmer gebracht hat, aber ...

Romano zeigt andere Emotionen als Hass.

Wut, Verlangen, klar. Aber auch Mitleid.

Mit meinem Zustand. Vielleicht sogar meiner Situation.

Mein Herz galoppiert los.

Ob ich das zu meinem Vorteil nutzen kann?

Um ihn weichzukochen, damit er mich nicht tötet?

Ja, verdammt, das liegt im Bereich des Möglichen.

Ich muss mehr von seinem Mitleid wecken.

Und mit den richtigen Argumenten kann ich ihn möglicherweise überreden, mich gehen zu lassen.

In meine eigene Freiheit.

Romano

Kapitel 19

Meine Morgenlatte ist so hart, dass ich mir unter der Dusche Erleichterung verschaffe.

Leider werde ich danach die heißen Bilder des gestrigen Tages nicht mehr los.

Allen voran das aus der Küche, wie ich den Finger in ihre Pussy getaucht und anschließend abgelutscht habe.

Mein Blut rauscht schon wieder südwärts und ich stütze mich mit einem Stöhnen auf dem Waschtisch ab, schaue mir in die Augen.

Fuck, ihr Geschmack macht mich extrem geil, das habe ich schon bei der ersten Kostprobe gemerkt. Und sie zu ficken, ist nur ein halber Ersatz.

Nein, ich will ... *muss* sie lecken. Sofort.

In meinem Kopf taucht die Erinnerung auf, wie Giulia mit gespreizten Schenkeln vor mir gelegen hat. Wie ich sie mit dem Messer gereizt und geritzt habe, bis zu ihrer Muschi mit den drahtigen roten Löckchen.

Mein Schwanz zuckt vor Begeisterung, also reiße ich kurz entschlossen die richtige Schranktür auf und nehme heraus, was ich brauche. Außerdem durchnässe ich zwei Waschlappen, schnappe mir zwei Handtücher und marschiere ins Gästezimmer hinüber.

Ich öffne die Tür und schaue zum Bett.

Sie liegt rücklings darauf, starrt zur Decke.

»Gut, du bist wach.«

Ihr Blick gleitet über meinen frischgeduschten Körper, bleibt an dem Handtuch um meine Hüften hängen. Vermutlich wegen der Beule darunter.

»Ich muss pinkeln.«

»Das muss warten.«

»Dringend.«

»Okay.« Seufzend lege ich alles auf der Kommode ab, trete ans Bett und löse das Seil von ihren Handschellen. »Beeil dich.«

Sie steht auf, bedenkt mich mit einem abschätzigen Blick. »Da hat aber einer Druck.«

»Für jede dumme Bemerkung gibt es einen Hieb auf deinen Arsch.«

»Oh, so human?« Sie wendet sich ab, geht ins Bad.

»Fünf«, rufe ich ihr nach, doch statt einer Antwort lehnt sie nur die Tür an.

Ich nutze die Zeit, um in der Küche eine Metallschüssel mit warmem Wasser zu füllen und hinüberzutragen. Dann schließe ich die Tür und starte die Kameras.

Da tritt sie aus dem Bad, mustert mich misstrauisch. »Ich hoffe, du verzichtest diesmal auf den Gürtel.«

Grinsend hebe ich die Hände auf Schulterhöhe. »Keine Angst, auch damit weiß ich umzugehen. Leg dich wieder auf den Rücken.«

Sie kommt meiner Aufforderung nach, ich fessele sie ans Kopfende und befreie sie anschließend von der Jogginghose, die auf dem Sessel landet. »Mach die Beine breit.«

Eilig trage ich die Utensilien zum Bett, knie mich vor ihrer kupferroten Muschi auf die Matratze.

»Arsch hoch.«

Ich breite ein Handtuch aus, sie senkt die Hüften wieder, und ich greife als Erstes zur Schere, um ihre Lockenpracht zu stutzen.

Sie hebt den Kopf. »Was, zur Hölle, tust du da?«

»Vorbereitungen treffen.«

»Wofür?«

»Wirst du gleich sehen.«

Im Anschluss wische ich mit einem Waschlappen über ihren Schoß. Tausche den gegen Rasiergel und sprühe etwas davon in meine Hand. Das verteile ich über ihrem Haar, nehme den Einwegrasierer und rasiere sie.

Sie zuckt zurück. »Was soll denn das?«

Zwischendurch schwenke ich den Rasierer in der Wasserschüssel und werfe ihr einen Blick zu. »Was glaubst du wohl?«

»Ich ... das ...«

Grinsend mache ich den letzten Strich, säubere Rasierer und ihre fast blanke Muschi. »Ah, so mag ich das.«

Am Ende des zweiten Durchgangs fahre ich mit dem Waschlappen über ihren Schoß und zwischen den nackten Schamlippen hindurch, fest über ihre Klit.

Woraufhin sie nach Luft schnappt und das Becken kippt.

»Perfekt.«

»Wofür?« Ihr Atem geht bereits schneller.

Folglich strecke ich die Zunge raus und wackele provozierend damit.

Ihre Augen weiten sich. »Du willst ...«

»Oh ja, *principessa*!« Ich räume alles zusammen und auf die Kommode, nehme stattdessen ein Kondom mit und werfe es neben ihrer Taille auf die Matratze. Mein Handtuch landet auf dem Sessel. Dann drehe ich mich um und gönne mir einen kurzen Moment.

Betrachte ihre blanke Muschi, umfasse meinen

Schwanz, reibe über die Eichel und den Schaft.

Nicht mehr lange, und ich werde mich in sie rammen. Nur noch ein klein wenig Geduld.

Voller Vorfreude knie ich mich auf das Fußende des Bettes, streiche mit den Händen über die Innenseiten ihrer Schenkel und presse sie auf die Matratze. Ziehe ihre Schamlippen beiseite und entblöße ihre Klit.

Beuge mich vor, necke sie mit der Zungenspitze. Umschließe sie mit den Zähnen, knabbere daran und beobachte sie.

Giulia liegt mit geschlossenen Augen da, das Gesicht verzerrt, und beißt sich auf die Lippe. Ihre Brust hebt und senkt sich in schnellem Rhythmus und ihre harten Nippel erhöhen das Shirt zu zwei winzigen Zelten.

Da ich nicht widerstehen kann, strecke ich die Hand aus und kneife einen von ihnen.

Sie reißt Augen und Mund auf, keucht.

»Sieh genau zu, *principessa*.«

»Wobei?«

»Wie diese Mancuso-Zunge dich fickt, bis du um Gnade bettelst.« Ohne sie aus den Augen zu lassen, drücke ich meinen Mund wieder auf sie.

Ich lecke, beiße und ficke sie. Sauge an ihr und setze schließlich meine gesamte Zunge ein, wodurch sie in den Genuss meines Totenkopfs kommt.

Zischend schnappt sie nach Luft, wimmert, und ihre Lider fallen erneut zu.

Weswegen ich ihr einen scharfen Klaps auf den Oberschenkel verpasse.

Sie zuckt zusammen, öffnet die Augen und schaut mich an.

Eilig fahre ich fort, lecke fester durch ihre Spalte. Schiebe die Zunge in ihre Muschi, nehme so viel wie möglich von ihr in den Mund und sauge an ihr.

Fuck, ihr Aroma ist einzigartig und ich kann nicht genug davon bekommen.

Demnach steigere ich meine Bemühungen und sie windet sich keuchend unter mir. Drängt mir gierig ihr Becken entgegen, doch ich zwinge ihre Schenkel nach unten.

»Sag es.«

Sie starrt mich an, heftig atmend. »Was? Was soll ich sagen?«

»Was soll ich mit dir tun?«

Einen Moment wirkt sie verwirrt, dann schluckt sie. »Leck mich. Fick mich.«

Ich hebe die Brauen, schiebe zwei Finger in sie und reibe sie von innen. »Das klingt noch nicht wirklich überzeugend.«

Ihr Stöhnen schallt durch den kleinen Raum. »Scheiße, bitte! Ich halte das nicht mehr aus.«

»Was zuerst?«

»Lecken. Bitte, das ...« Sie leckt sich über die Lippen. »Dein Piercing ist der Hammer.«

»Ach ja?« Ich beuge mich vor, fahre mit breiter Zunge fest über ihre empfindlichste Stelle.

Sie erschauert und stöhnt. »Fuck, ja!«

»Macht dich das an?«

»Ja.«

»Wusste ich es doch. *Principessa* Conti will von einem Mancuso flachgelegt werden.« Ich reibe fester und schneller über ihre innere Wand, den rauen oberen Bereich.

»Oh, Gott!«

Gierig nehme ich sie in den Mund, fingere sie. Schaue sie an und ihre Lust steigert meine Erregung, dass mein Schwanz beinahe vor Verlangen schmerzt.

Also bringe ich es schnell und hart zu Ende.

Warte auf die letzten Anzeichen, fühle ihr Beben, wie ihr Atem stockt.

Da lasse ich von ihr ab, schlage scharf und schnell auf ihre Klit.

Bis sie mit einem lauten Schrei kommt.

Dann nehme ich sie erneut in den Mund, sauge und lutsche ihre Lust auf. Den Blick fest auf Giulia geheftet, ihre sinnlichen Laute im Ohr und ihr Beben unter meinen Lippen.

Und, Fuck, diese Kombination macht mich wahnsinnig vor Begierde.

Ich kann keine Sekunde länger warten.

Folglich drehe ich sie auf den Bauch, umfasse ihre Oberschenkel und schiebe sie ein Stück vorwärts. Greife nach dem Kondom, streife es mir über und wende mich ihrem sexy Arsch zu.

Auf die Ellbogen gestützt streckt sie ihn mir entgegen, die Unterseite noch leicht gerötet von den gestrigen Hieben. Ihre Muschi ist geschwollen und nass, von ihrem Saft und meiner Spucke.

Scheiße, dieser Anblick ist einfach zu geil.

Ich versetze ihr einen Schlag auf die obere, noch blasse Seite des Hinterns, worauf hin sie aufstöhnt und nach vorn ausweicht.

Doch ich packe ihre Hüften und ziehe sie zurück. Setze in einer schnellen Bewegung die Schwanzspitze an ihren Eingang und versenke mich mit einem kräftigen Stoß in ihr.

Diesmal stöhnen wir gemeinsam und ich lecke mir genüsslich über die Lippen, die Augen geschlossen.

Ihre Muschi fühlt sich extrem gut an. Viel zu gut.

War das gestern auch schon so?

Ach, scheiß drauf, ich denke zu viel.

Deshalb bewege ich mich und schaue auf ihren Arsch

hinab. Wie mein Schwanz aus ihrer Muschi und wieder hinein gleitet, immer schneller. Dabei nutze ich meine gesamte Länge aus, spiele ein wenig mit dem Tempo.

Allerdings foltere ich damit nur mich selbst und die Geduld geht mir gerade vollkommen ab.

Ich schlage ihre rechte und linke Backe, ficke sie freihändig.

Umfasse ihre schmale Taille, presse mein Becken gegen ihres und kreise damit. Angestachelt von ihrem Keuchen.

Doch als sie sich mir schließlich entgegendrängt, mit einem nahezu flehenden Laut, ist es um meine Selbstbeherrschung geschehen.

Ich greife in ihr Haar und ziehe daran, bis sie den Kopf nicht weiter in den Nacken legen kann und den Rücken wölbt, mich tief in sich aufnimmt.

Umfasse ihre Kehle und drücke zu, bis sie ein verzweifeltes Wimmern ausstößt.

Ihr Puls hämmert unter meinen Fingern, ihr Körper verkrampft.

Trotzdem stoße ich in sie, versohle ihr mit der anderen Hand den Hintern und massiere die Stellen gleich danach.

Ihre Muschi wird immer enger, ihr Atem kommt nur noch abgehackt und auch mein Orgasmus kündigt sich an. Das heiße Kribbeln in meinem Unterleib dehnt sich bis zum unteren Ende meines Rückgrats aus. Die Anspannung in meinem Körper steigt und meine Eier werden so dick, dass sie sich anfühlen wie kurz vor der Explosion.

Schon verabschiedet sich mein Verstand und ich verliere langsam die Kontrolle.

Im letzten Moment jedoch ist da ein Gedanke, eine Sehnsucht, die durch den Rausch zu mir vordringt.

Ich will keinen Orgasmus, bei dem ich nur abspritze, sondern Befriedigung.

So wie gestern.

Weshalb ich ihre Kehle loslasse, die Finger stattdessen in ihre Hüfte grabe und sie kräftiger ficke, ihr den Arsch versohle.

Sie vergräbt ihren Kopf zwischen den Armen, legt die Stirn aufs Bett und jammert. Im nächsten Moment stößt sie einen gedämpften Schrei aus und explodiert.

Ihre Muschi krampft sich um meinen Schwanz, melkt ihn regelrecht.

Ein heftiger Orgasmus rast mein Rückgrat hinauf, zerplatzt dort zu Lichtfunken und ich presse mich mit einem lauten Stöhnen an sie.

Die Augen geschlossen, beide Hände in ihre Hüften gekrallt, hebe ich ab. »Oh, Fuck! Jaaa.«

Ich pumpe mein Sperma in sie, womit auch dieses geile Gefühl viel zu schnell abebbt. Folglich nehme ich die Stöße wieder auf, weniger wild, dafür lang und tief. Um den Abstieg zu dehnen, es bis zur letzten Sekunde auszukosten.

Doch kurze Zeit später ist es vorbei und sobald ich halbwegs wieder bei Atem bin, umfasse ich das Kondom und ziehe mich aus ihr zurück.

Ohne Vorwarnung überkommt mich der Drang, ihren Arsch und Rücken zu streicheln, mit Küssen zu bedecken. Sie an mich zu ziehen und –

Habe ich den Verstand verloren?

Oder mir das Hirn rausgevögelt?

Pah!

Ich schüttele mich innerlich, steige entschieden vom Bett und entledige mich des Kondoms. Knote es zusammen, schnappe mir sämtliche Handtücher sowie das Rasiergel und marschiere in mein Bad.

Nachdem ich das Gummi entsorgt und alles ordentlich weggeräumt oder aufgehängt habe, ziehe ich frische Klamotten an, stecke mir die Pistole in den Hosenbund

und kehre ins Gästezimmer zurück.

Giulia liegt inzwischen auf dem Rücken, schaut mir entgegen und wirkt nachdenklich.

Ich löse ihre Fessel vom Kopfteil. »Was ist?«

»Ich ... würde mir gern die Zähne putzen.«

»Im Bad sollten ein oder zwei Bürsten und Zahncreme sein.« Ich hebe die Jogginghose auf und werfe sie ihr zu. Warte, bis sie die angezogen hat, und lege ihr die Fußfesseln an.

Wobei mir die Kratzer und ein paar kleinere Schnitte an ihren dreckigen Füßen auffallen.

Nacheinander nehme ich sie und drehe sie so weit, dass ich mir die Sohlen ansehen kann.

Verdammt, einige davon wirken bereits entzündet, geschwollen.

Ich stehe auf, deute auf die Kommode. »Schmeiß den Rasierer weg, mach die Schüssel sauber und bring sie mit. Ich warte in der Küche.«

Erneut laufe ich in mein Bad, krame in meinem Medizinschränkchen. Nehme diverse Mittel sowie Verband heraus, angele auf dem Rückweg nach einem Handtuch und hole ein Paar meiner Wollsocken aus der Schublade.

In der Küche kümmere ich mich um die Zutaten fürs Frühstück und stelle eine Pfanne auf den Herd.

Kurz darauf höre ich das Tappen ihrer nackten Füße auf den Steinfliesen, drehe mich um und nehme ihr die Schüssel ab. »Setz dich.«

»Soll ich nicht kochen?«

»Nein. Hinsetzen.«

»Okay.« Sie humpelt leicht zum Tisch.

Ich fülle die Schüssel mit sehr warmem Wasser, platziere sie neben ihrem Stuhl und gebe etwas von der Tinktur hinein. »Tauch deine Füße ein, das wirkt desinfizierend und fördert die Wundheilung. Wenn das

Wasser kalt ist, versorgst du die Verletzungen und ziehst Socken über.«

»Ohne Handschellen würde das einfacher gehen.«

Grummelnd fische ich den Schlüssel aus der Jeanstasche, schließe die Handfesseln auf und stecke alles zusammen wieder ein. »Komm nicht auf dumme Gedanken.«

Mit wütendem Blick starrt sie mich an. »Wie gesagt, ich bin nicht blöd, auch wenn du mich dafür hältst.«

»Habe ich nie behauptet. Trotzdem.« Kurz ziehe ich die Waffe hervor, zeige sie ihr und stecke sie wieder ein.

Woraufhin sie nur mit den Augen rollt, die Schüssel unter den Tisch schiebt, die Hosenbeine sowie die Fesseln aus Kunststoffseil hochzieht und ihre Füße ins Fußbad taucht.

Zischend saugt sie die Luft ein. »Scheiße, das brennt.«

»Stell dich nicht so an.«

Ich laufe zur Arbeitsfläche, schalte den Kaffeevollautomaten ein. Bringe einen Teller mit geröstetem Toast zum Tisch und sehe sie fragend an. »Kaffee?«

Ihre Wangen färben sich rosa. »Wenn du hast, Cappuccino. Kaffee mit Milch tut es aber auch.«

Ich nicke, hole eine Flasche Milch aus dem Kühlschrank und schiebe sie neben das Brot. Dann platziere ich zwei Tassen unter dem Auslauf und wähle Kaffee. Fülle Rührei und Speck auf zwei Teller, trage sie ebenfalls zum Tisch und folge mit den Kaffeetassen.

Sie gibt Milch hinein, trinkt und seufzt auf. »Mmh, ist das gut.«

Nach einem weiteren Schluck stellt sie den Kaffee beiseite, greift sich einen Streifen krossen Speck und steckt ihn sich in den Mund.

Amüsiert von ihrem genüsslichen Seufzen nehme ich

Messer und Gabel auf.

Sie tut es mir gleich und wir schweigen, bis die Teller leer sind.

Dann umfasst sie ihre Tasse, lehnt sich zurück und schaut mich an, kaut verlegen auf ihrer Lippe.

Ich mustere sie, runzele die Stirn. »Was ist?«

»Danke. Für das Frühstück. Und hierfür.« Unter dem Tisch plätschert es leise.

Doch ich zucke lediglich mit den Schultern, trinke den Kaffee aus und stehe auf, um mir einen Nachschlag zu holen. »Du hast gesagt, du bist Künstlerin und lebst auf Daddys Kosten. Was machst du den ganzen Tag?«

»Oh, ich male. Sofern mich die Muse küsst. Eigentlich ist das meistens der Fall, aber ...«

Ich kehre zum Tisch zurück, setze mich. »Hm?«

Giulia verzieht das Gesicht, wirkt verlegen. »Na ja, seitdem ich von der Hochzeit erfahren habe, ist es immer weniger geworden. Das alles blockiert mich.«

»Schon mal darüber nachgedacht, anderweitig für deinen Unterhalt zu sorgen?«

»Ja, tatsächlich. Am *Pratt Institute* habe ich einen Kurs in digitaler Kunst belegt, da ging es unter anderem um Grafikdesign. Und weil es mir damals Spaß gemacht hat, habe ich mich wieder eingearbeitet, im Sommer einen Onlinekurs absolviert. Seitdem digitalisiere ich meine sämtlichen Werke und ich hatte vor, sie auf einschlägigen Plattformen zum Verkauf anzubieten. Aber dann kam das mit der Hochzeit dazwischen.«

»Da du dich in der Szene auskennst, hättest du eine Galerie eröffnen können.«

»Hm, meinst du?«

»Klar, warum nicht? Ein bisschen Recherche vor Ort, in diversen Kunstsammlungen, Museen und eben Galerien. Ein Start-up gründen, Räume mieten ...«

»Ich fürchte, dafür fehlt mir das Unternehmergen.«

»Kennst du niemanden, der dich hätte unterstützen können? Mit Geld und Know-how? Zumindest für den Anfang? Freunde, Familie ...«

»Nein. Wärst du so jemand?«

Ich schüttele den Kopf. »Im Gegensatz zu Pasquale kann ich mit Kunst und ihren Schaffenden nichts anfangen.«

»Ist dein Bruder bei euch für diesen Bereich verantwortlich?«

»Was meinst du?«

»Na, Kunstfälschungen, Handel, Auftragsdiebstähle und so weiter.«

Neugierig hebe ich eine Braue. »Ich wusste gar nicht, dass die Conti da ihre Finger drin haben.«

»Haben sie nicht. Aber nach deiner Bemerkung dachte ich ...«

»Nein, Pasquale kümmert sich um jegliches Glücksspiel.«

»Ich weiß.«

»Er interessiert sich nur privat für Kunst.«

»Ah.«

»Allerdings scheinst du neugierig zu sein, was die illegale Seite des Ganzen angeht.«

Sie zuckt mit den Schultern, ihre Wangen röten sich. »Ja, total. Auch das wurde im Studium thematisiert und ich habe mich aus Langeweile an einigen Künstlern versucht.«

»Du hast Fälschungen erstellt?« Ungläubig starre ich sie an.

»Nur für mich, aber ja. Warum?«

»Wie gut?«

»Neutral kann ich das kaum einschätzen. Es hat Spaß gemacht, wie eine Challenge, und einiges davon fiel mir recht leicht.«

Mir entfährt ein leises Lachen. »In dir steckt ja doch Mafia-Potential.«

»Du glaubst gar nicht, wie viel Zeit ich in den letzten Jahren totschlagen musste. Da probiert man einiges aus.«

»Würdest du damit Geld verdienen wollen?«

»Wenn es sich lohnt ... Natürlich muss alles andere stimmen. Das Netzwerk, die Kundschaft, der Absatzmarkt. Oder eben Kooperationen mit talentierten Dieben. Meine Mutter hat schon Gedankenspiele dahingehend angestellt, sobald sich mein Talent herauskristallisiert hat.«

»Hast du es von ihr geerbt?«

»Nein.«

»Von wem dann?«

»Keine Ahnung.«

In mir breitet sich Unruhe aus.

Könnte das ein Hinweis auf ihren leiblichen Vater sein?

»Welches Talent hast *du*?« Sie leert ihre Tasse, stellt sie auf den Tisch und sieht mich herausfordernd an.

Grinsend hebe ich eine Braue. »Du meinst, außer Sex?«

»Ein guter Liebhaber zu sein, ist keine Frage von Begabung, sondern von Praxis, Selbstlosigkeit und Interesse für das andere Geschlecht.«

»Verdammt philosophisch für jemanden, der kaum Erfahrung hat.«

»Schon klar. Es reicht aus, dass du auf Frauen stehst, ihre erogenen Zonen kennst und eine Flut von praktischen Erfahrungen gesammelt hast. Vermutlich in deinen Nachtclubs, bei den Vorlieben.«

»Es gibt genug Frauen, die diese Neigungen teilen.«

»Mag sein.«

»Und warum bist du so gut über die Mancusos informiert?«

»Meine *mamma* hat mir beigebracht, meine Feinde zu

kennen. Oder die, von denen das behauptet wird.«

»Was nur schlecht zusammenpasst.«

Giulia neigt den Kopf. »Du meinst, weil ich zwar die Moralität der Mafia teile, mit dem ganzen Clan-Scheiß aber nichts anfangen kann?«

»Zum Beispiel.«

»Vielleicht, weil ich da immer herausgehalten wurde. Obwohl ich nicht abstreiten will, dass ich begründete, nachvollziehbare Rivalität übernehmen könnte. Ist mir nur noch nie passiert. Erst recht nicht über Generationen hinweg.«

»Die Contis und Mancusos sollen also ihr Kriegsbeil begraben. Trotz des Mordes an meinem Vater.« Ich schnaube verächtlich. »Du versuchst doch nur, mich zu bequatschen, damit ich dich am Leben lasse.«

Sie stößt die Luft aus. »Nein. Ja. Natürlich will ich am Leben bleiben. Aber das hat nichts mit allem anderen zu tun und –«

Verärgert hebe ich den Arm. »Spar's dir.«

Das Smartphone in meiner Gesäßtasche vibriert und ich ziehe es heraus, sehe mir die Push-Mitteilung zu Nates Nachricht an.

Er hat mir eine E-Mail geschickt.

Sofort breitet sich kribbelige Unruhe in mir aus.

Was hat er herausgefunden?

Ich deaktiviere das Display, schiebe das Telefon zurück in die Tasche. »Okay. Kümmere dich um deine Füße, ich muss arbeiten.«

Sie runzelt die Stirn. »Hier? Willst du Holz hacken, oder was?«

»Falls es dir entgangen sein sollte – wir Mancusos sind auf dem neuesten Stand der Technik, wir können den Großteil unserer Arbeit von allen möglichen Orten aus erledigen. Auch mit einer Prinzessin im Keller, die vor der

Kamera für ihren Vater büßen muss.«

Damit stehe ich auf, nehme unsere Teller und trage sie zur Spülmaschine.

Giulia

Kapitel 20

Kurze Zeit später liege ich wieder auf meinem Bett, starre zur Decke hinauf. Und meine wunde Pussy pocht im selben Rhythmus wie meine verbundenen Füße.

Eine weitere Geste, die ich niemals von Romano erwartet hätte.

Die Rebellin in mir lacht.

Er kümmert sich um dich, als wollte er dich behalten.

Die Vorstellung davon, seine Sexsklavin zu werden, ist seltsam.

Stößt mich aber paradoxerweise kaum ab.

Unglaublich! Will ich etwa das kontrollierte Käfig-Leben als Mafia-Tochter gegen das hier eintauschen?

Oder geht es nur um den Sex mit ihm?

Weil der mich antörnt, anstatt mich zu demütigen?

Was das angeht, sind die Stunden mit dem heißen Mafioso wie eine Offenbarung für mich. Hier habe ich mehr über mich erfahren, als –

Nein, stop! Schluss damit!

Bei mir läuft definitiv etwas falsch.

Woher kommt das?

Ich versuche, mich auf meine Gefühlswelt der vergangenen Tage zu konzentrieren. Vom letzten

Mittagessen mit Laura bis zum heutigen Frühstück.

Die Entführung hat mich von meinem Vater befreit, den Auflagen, seinen Plänen und der arrangierten Hochzeit. Mich in diese unwirkliche Welt katapultiert, in der Romano mich herumkommandiert, benutzt und büßen lassen will.

Trotzdem ist es, als ob ich meine alte Realität abgestreift und mich vollkommen davon gelöst hätte. Womit Platz ist für meinen eigenen Willen, meine Vorstellung vom Leben und, ja, vielleicht auch ein bisschen Mut.

Vor allem mit dieser Stimme aus meiner Vergangenheit

Gerade in diesem Moment erscheint mir alles möglich.

Okay. Eigentlich schwebe ich in Todesgefahr, aber ...

Wenn Mancuso mich wirklich noch umbringen will, warum hat er es dann nicht gestern nach meiner Flucht getan? Er war außer sich, hat mir sogar die Haare abgehackt, es wäre ein Leichtes gewesen.

Stattdessen cremt er mir den Hintern ein.

Kümmert sich um meine Füße.

Gibt mir ordentliches Essen.

Das ist ... absurd.

Nicht, wenn er dich für sich will.

Warum sollte er das tun? Als ständige Demütigung meines Vaters?

Nein, das passt nicht zu ihm.

Vermutlich hat er bloß Mitleid mit mir. Wegen dem, was mein Vater mir bisher angetan hat.

Was voraussetzen würde, dass dieser Kerl ein Herz besitzt.

Sag ich doch. Absurd.

Und wie erklärst du dir, dass er dich nicht wie eine Sexpuppe behandelt? Er bereitet dir Lust, hat dich jedes Mal kommen lassen.

Möglicherweise gehört das zu seinen Vorlieben.

Oder seinem Plan.

Nachdenklich bewege ich die Augen, richte den Blick erst auf die eine, dann auf die andere Kamera.

Ich habe bisher nie mitbekommen, dass er sie ein- oder ausschaltet, demnach kann ich davon ausgehen, dass sie im Dauerbetrieb laufen. Vermutlich beobachtet er mich die ganze Zeit. Oder oft.

Das würde erklären, warum er jedes Mal scharf ist, wenn er zu mir kommt.

Himmel, darum geht es gar nicht.

Ich schließe die Augen, konzentriere mich auf meine ursprünglichen Überlegungen und lasse sie mir immer wieder durch den Kopf gehen.

Komme am Ende nur zu einem logischen Schluss.

Egal, ob er mich behalten will oder nicht. Er sorgt sich, zeigt Mitgefühl.

Was für mich heißt, dass er mich mag. Und sei es nur minimal.

Es reicht, um den Hass zurückzudrängen.

Und das gibt mir die Möglichkeit, ihn auf meine Seite zu ziehen.

Okay, so weit war ich gestern Abend schon mit meinen Überlegungen. Sein heutiges Verhalten bestärkt mich nur darin.

Es ist Zeit für deinen eigenen Plan.

Ja.

Schon tauchen die anfänglichen Luftschlösser in einem Kopf auf, stacheln meine Hoffnungen an.

Werden aber von der Realität wieder gedämpft.

Was, zum Teufel, soll ich in einem einsamen Dorf tun, um meinen Lebensunterhalt zu verdienen? Ich hatte noch nie Angst vor Arbeit und würde mich bestimmt einfügen. Könnte in einem Diner kellnern oder auf einer Farm schuften.

Aber wie lange?

Vermutlich würde ich es nur geraume Zeit aushalten, meine Gedanken oder Gefühle nicht in Kreativität auszuleben.

Es ist unumgänglich, ich brauche einen ausgeklügelten Plan mit mehreren Phasen. Flucht, Unterschlupf finden, eine Basis schaffen, darauf aufbauen. Und zwar aus eigener Kraft, ohne Unterstützung.

Folglich stelle ich mir diese Stufen bildlich vor, füge immer mehr Details hinzu, visualisiere mir ein glückliches Leben. Träume von Job, Mann, vielleicht sogar Familie.

Bis sich aus heiterem Himmel etwas einschleicht, ein Detail verändert, dann ein weiteres, das nächste Und ehe ich es mich versehe, sieht mein Traummann aus wie Romano. Sitze ich auf der Terrasse dieses abgelegenen Waldhauses und male Bilder, wobei ich mich bis auf den letzten Pinselstrich am Original orientiere. Und abends diskutieren wir beim Essen über irgendwelche Coups und Betrügereien, um mit meinem Talent und seinem kriminellen Netzwerk Geld zu verdienen.

Oder wir besprechen die nächsten Ausstellungen in meiner Galerie in Lower Manhattan.

Ach ja, und bei jeder sich bietenden Gelegenheit ficken wir. Hart und ungezügelt.

Weil wir die Finger nicht voneinander lassen können.

Erregt presse ich die Schenkel zusammen, spanne sämtliche Muskeln in meinem Schoß an.

Und schon lacht mein altes Ich wieder.

Ha! Du fährst total auf ihn ab!

Mir wird heiß und kalt.

Scheiße, nein! Unmöglich.

Ich wehre mich mit imaginären Händen und Füßen dagegen, doch die Stimme wiederholt es, bis meine Kraft schwindet.

Fuck, was wäre, wenn sie recht hat?

Ja, bis gestern hatte ich Angst vor ihm.

Aber seitdem er mich in dieses Zimmer gebracht hat, ist es anders.

Er treibt mich an meine Grenzen, vögelt mich praktisch darüber hinaus und lässt manchmal das Arschloch raushängen. War gewalttätig, kennt keine Tabus.

Trotzdem empfinde ich etwas für ihn, fühle mich wohl.

Und er verändert sich, lässt mir kleine Freiheiten, gewährt mir Blicke hinter seine harte Mafia-Schale.

Prompt werden die idiotischen Träumereien von einem Leben an Romanos Seite intensiver.

Was mein Hirn zu der Vorstellung von meinen Händen auf seinem nackten Rücken animiert. Rechts ein eleganter Diamantring in Roségold, passend zu meinem Haar und meinem Teint. Links ein Platinband, eingefasst von Roségold.

Und an seiner linken Hand blitzt das Gegenstück dazu.

Aus heiterem Himmel klopft mir das Herz bis zum Hals hinauf, erfüllt mich ein merkwürdiges Gefühl von Zuversicht und Klarheit.

Doch ich dränge es zurück und presse verzweifelt die Lider zusammen.

Das ist vollkommener Blödsinn.

Wie zur Bestätigung sehe ich Romano vor mir, wie er das erste Mal über mir hockt. Mit dem Messer an mir herumspielt, mir Angst machen will.

Oder wird es deinen Vater mehr erschüttern, was ich bis dahin mit dir mache?

Heirate mich, damit triffst du ihn tiefer, als mein Tod es je könnte.

Eher friert die Hölle zu.

Genau.

Aber falls er mich mag, funktioniert möglicherweise

etwas anderes.

Dementsprechend modifiziere ich den Anfang meines Plans und denke bis ins Detail darauf herum.

Wenn ein geeigneter Moment kommt, muss ich vorbereitet sein.

*

Über den Grübeleien döse ich ein und eine wirre Mischung meiner Fantasien schleicht sich bis in meine Träume.

Woraus ich am Ende mit einem Ruck und hämmerndem Herzen erwache.

Was für ein Trip.

Erleichtert stoße ich die Luft aus, schaue zum Fenster hinaus und entdecke lediglich ein paar Wolken an dem ansonsten hellblauen Himmel.

Am liebsten würde ich einen Spaziergang durch den herbstlich gefärbten Wald machen. Warm angezogen und ... Hand in Hand mit Romano.

Da hat es aber jemanden erwi-hischt!

Meine innere Rebellin flötet die Worte regelrecht, was einen gewissen Ärger in mir hervorruft.

Im Haus ertönen leise Schritte, kommen über knarzenden Boden näher.

Folglich wende ich meine Aufmerksamkeit der Tür zu.

Kurz darauf wird sie geöffnet und er tritt ein.

Mit ernstem Gesichtsausdruck.

Ich runzele die Stirn, wage aber nicht, ihn darauf anzusprechen.

Beobachte stattdessen, wie er mir die Fußfesseln anlegt und das Seil um meine Handschellen löst. Sie aufschließt, in die Hosentasche steckt und zurücktritt.

»Mach uns ein paar Sandwiches.«

»Okay.«

Er dreht sich um, verlässt das Zimmer und ich humpele hinter ihm her.

Als ich die Küche betrete, steht er vor dem Vollautomaten, der hörbar Kaffee zubereitet. Starrt nachdenklich hinaus und spielt mit den Kiefermuskeln, was durch den Fünftagebart noch hervorgehoben wird. Die Finger in den vorderen Taschen seiner Jeans vergraben.

Mein Blick wandert zu seinem knackigen Hintern und aus meinem Schoß steigt ein heißes Pochen auf, doch ich schiebe das beiseite. Gehe stattdessen zum Waschbecken, warte, bis er mich ansieht, und deute auf den Hahn. »Kann ich ein Glas Wasser haben?«

»Sicher. Gläser sind da drin.« Mit dem Kinn deutet er auf einen Hängeschrank hinter mir.

Irritiert von seinem Ton hole ich mir eines, fülle es mit Wasser und trinke ein paar kleine Schlucke. Mustere ihn, halte erneut meine Klappe.

Wenn er mir etwas zu sagen hätte, würde er es tun.

Oder?

Ach, verdammt, diese Gedanken sind müßig.

Folglich kümmere ich mich wie gewünscht um die Sandwiches, richte sie auf einem großen Teller an und trage sie zum Tisch.

Den hat Romano inzwischen mit kleineren Tellern, Servietten und Gläsern gedeckt, in die er Cola einschenkt.

Wir setzen uns, ich wünsche ihm einen guten Appetit, doch er schweigt weiter.

Und das hält auch beim Essen an.

Notgedrungen lausche ich stattdessen den Geräuschen des Hauses, Knarzen und Knacken. Höre dazwischen vereinzelte Vogelstimmen und bemerke eine beruhigende Wirkung.

Ob er oft hier ist? Regelmäßige Auszeiten vom lauten,

nie schlafenden New York genießt? Arbeiten kann er überall, das hat er bereits klargemacht.

Und wenn er in der Stadt ist, leitet er seine Clubs. Trifft sich mit seinen Brüdern, vergnügt sich mit der einen oder anderen Frau ...

Der Gedanke versetzt mir einen Stich und ein dumpfes, negatives Gefühl breitet sich in meiner Brust aus

Gott, bei mir ist echt eine Schraube locker. Oder alle.

Unvermittelt räuspert er sich und ich sehe auf.

Er wischt sich Mund und Hände an der Papierserviette ab, trinkt von der Cola und schaut mich an.

Argwöhnisch erwidere ich seinen Blick, schlucke den Bissen krampfhaft hinunter und lege den Rest des Sandwiches auf meinen Teller. »Was ist los?«

Statt einer Antwort spielt er schon wieder mit den Kiefermuskeln, starrt mich nachdenklich an.

»Du bist so komisch. Stimmt etwas nicht? Rückt gleich eine Horde Polizisten an und das hier war meine Henkersmahlzeit?«

Seine Mundwinkel zucken, doch er bleibt ernst und schüttelt den Kopf. »Ich habe dir doch erzählt, dass Nate Erkundigungen für mich eingezogen hat. Über deinen potentiellen Verlobten.«

Aus heiterem Himmel ist meine Kehle staubtrocken, das Schlucken unmöglich. »Ja?«

»Wir haben einiges über ihn herausgefunden. Sein Name ist Vadim Volkov.«

»Noch nie gehört.«

»Er ist in Russland geboren und in einem Waisenhaus aufgewachsen. Hatte als Teenager Gewaltprobleme und wurde schließlich von seinem Ziehvater aufgenommen. Ein weltbekanntes Oberhaupt der russischen Bratva, der Putin seit jeher nahesteht und zu den Oligarchen des Landes zählt. Der hat Volkov ein Studium ermöglicht, ihn zu einem erfolgreichen Geschäftsmann geformt und nach New York geschickt. Hier hat der nicht nur sein Handelsunternehmen zu einem bedeutenden Spieler auf dem Weltmarkt ausgebaut, sondern auch die wilden Ableger der Bratva unter sich vereint. Und es gibt eine lange Liste von Gerüchten und Fakten zu seinem Privatleben, seinen sexuellen Vorlieben. Die Details erspare ich dir lieber, aber der Kerl ist total pervers, ein wahres Monster.«

Ich schlucke verkrampft. »Bitte. Ich muss es hören.«

Ein letztes Zögern, dann deutet er kranke, anormale Vorlieben an, deren Vorstellung ich kaum ertrage. Berichtet von toten Frauen mit verstümmelten Körperteilen sowie Folternarben. Aussagen von Überlebenden, deren Inhalte mir einen Schock versetzen.

»Das klingt wie ein schlechter Horrorfilm«, stoße ich tonlos hervor.

»Leider ist es die Realität. Vergangenes Jahr gab es Gerüchte von einem Frauenhändlerring, Nate hat das aufgegriffen, nachgeforscht. Und mitten ins Schwarze getroffen. Im wahrsten Sinne des Wortes.«

Kurz schließe ich die Augen, atme tief durch. »Davon habe ich auch gehört. Also hat Volkov sich auf diesem Weg Frauen beschafft, mit denen er seine verfickten Kinks ausleben konnte.«

»Ja.«

»Scheiße, in New York verschwinden jeden Tag Menschen.«

»Und auch Frauen, die in sein Schema passen. So wie du.«

»Aber ... wozu wollte er mich dann heiraten?«

»Zum einen vermute ich, dass er ein leibliches Kind will. Mit den besten genetischen Voraussetzungen.«

»Warum von mir?«

»Da kommen wir zur anderen Seite. Mit all den neuen Informationen sieht es nämlich danach aus, dass Volkov deinen Vater benutzt. Nicht nur wegen dir, sondern auch, was seine Machtpläne angeht. Er hat sich den kleinsten, scheinbar schwächsten Clan von New York ausgesucht und unsere Feindschaft ausgenutzt. Zum einen, um meinen Vater aus dem Weg zu räumen. Zum anderen, um in naher Zukunft die Führung der Contis zu übernehmen und in seine Strukturen zu überführen. Damit hätte er eine größere und gestärkte Organisation, mit der er Schritt für Schritt die Stadt übernehmen kann.«

Ich erschaudere. »Das ist ... seid ihr sicher?«

»Alles andere ergibt keinen Sinn. Und wir haben, weiß Gott, jede Möglichkeit durchdacht.«

»Und jetzt?«

»Luca mobilisiert den Clan. Wir werden ihn aufhalten.«

»Nein, ich meine ... was bedeutet das für mich?«

»Genau das ist der Punkt.« Er lehnt sich zurück, tippt mit den Fingern der rechten Hand auf den Tisch. »Ich muss nach New York.«

Mir wird heiß und eiskalt, Tränen brennen in meinen Augen. »Und willst es vorher zu Ende bringen. Schon klar.«

Meine Stimme versagt und meine Hände zittern, weswegen ich sie falte. So fest, dass die Knöchel weiß hervortreten.

»Mein Plan hat sich geändert.«

In meiner Brust keimt Hoffnung auf. »Lass mich gehen.«

Er schüttelt den Kopf. »Das kann ich nicht.«

»Bitte! Ich verschwinde einfach in den Wäldern, tauche unter. Niemand wird mich finden. Und du kannst verbreiten, dass du mich umgebracht hast. Oder wir täuschen meinen Tod vor. Ihr habt bestimmt Leute, die aus mir eine Leiche machen können. Für Bilder und Ähnliches. Schick ihm mein Haar, falls du das noch hast, zusammen mit meinem zerschnittenen Kleid. Wir können es auch mit meinem Blut tränken, damit es glaubhafter wird.« Ich hole zittrig Luft.

»Klingt, als hättest du schon genau darüber nachgedacht.«

»Ich hatte viel Zeit.«

Einen Moment starrt er mich an. »Und was willst du dann tun?«

»Keine Ahnung. Mich nach Kanada durchschlagen, in einer Kleinstadt untertauchen und kellnern oder auf einer Farm arbeiten.«

»Groteske Vorstellung.«

»Weil du mich für einen Schwächling hältst? Eine verweichlichte, verwöhnte Prinzessin?«

»Nein, *principessa.* Diese Frau habe ich vielleicht entführt, aber seitdem ...«

Mein Herz hämmert los. »Dann gib mir diese Chance. Ich will weg von meinem Vater und dem Clan, nichts mehr mit ihnen zu tun haben.«

Er schweigt.

»Ich bitte dich, Romano. Ich habe dir nichts getan. Und du hast Mitleid mit mir, das habe ich bereits gemerkt.«

Mit einem Ruck setzt er sich auf. »Das ist unwichtig.«

»Für mich nicht.«

Wir sehen uns in die Augen und ich meine, Zweifel in seinen klaren grauen Iriden zu erkennen. Gemischt mit einer gewissen Begierde und einem Detail, das ich nicht deuten kann.

Aber es jagt mir einen heißen Schauer über die Haut, läuft durch mich hindurch.

Und etwas in mir antwortet.

Verblüfft öffne ich den Mund, wende das Gesicht ab

und richte den Blick nach innen.

Da sind sie wieder, Zuversicht und Klarheit.

Genauso wie eine tiefreichende Sehnsucht.

Nicht nur nach dem, was wir im Bett teilen.

Sondern ihm.

Scheiße, ja, es stimmt.

Ich will ihn.

Sag' ich doch!

Nein, unmöglich. Wir kennen uns kaum.

Verwirrt schaue ich ihn wieder an, aber es ist weg. Versteckt hinter einer Mauer aus Eis und Hass.

In mir kommt alles zum Erliegen.

Das wars also.

Romano erhebt sich, stellt die Teller aufeinander und trägt sie zur Arbeitsfläche, macht sich einen Kaffee.

Ich resigniere, kümmere mich um den Rest. Räume alles in die Spülmaschine und klappe am Ende die Tür zu. Bleibe unschlüssig stehen, blicke zum Fenster hinaus.

Sonnenlicht scheint durch die vielen Wolkenlücken und taucht den Wald in leuchtende Herbstfarben, strahlt den Schuppen an.

Bei diesem Anblick erinnere ich mich an gestern.

Das Drama, den Schreck und seine Bestrafung. Vor allem aber, wie er mich gestreichelt, gehalten und an sich gedrückt hat, die Nase in meinem Haar.

Wenn es schon vorbei sein muss ... was mir seltsamerweise keine Angst macht, denn es ist total unwirklich ... dann will ich das wenigstens noch einmal erleben.

Entschieden sehe ich ihn an, schlucke meine Scheu hinunter und atme tief durch. »Darf ich trotzdem einen letzten Wunsch äußern?«

Irritiert sieht er mich an, trinkt einen Schluck und stellt die Tasse ab. »Kommt darauf an.«

Ich nicke und schaue auf seinen Oberkörper. Gehe zu ihm, bleibe dicht vor ihm stehen und lege die Hände auf seinen Bauch. Seine Muskeln spannen sich an.

Dann spreize ich die Finger, gleite höher und über seine Brust. Betrachte seine Kehlgrube und den Hals. Streiche über seinen Kiefer, die kratzig-weichen Bartstoppeln und mit den Kuppen über seine vollen Lippen, die er darunter leicht öffnet.

Schließlich hebe ich den Blick, halte seinen fest und stelle mich auf die Zehenspitzen. Schließe die Augen und küsse ihn.

Romano

Kapitel 21

Oh, Fuck! Nie in meinem Leben hat sich ein Kuss so unbeschreiblich gut angefühlt.

Giulia öffnet die Lippen, ich folge.

Im nächsten Augenblick treffen unsere Zungen aufeinander.

Und meine Welt steht still.

Nein – sie explodiert.

In Verlangen, tiefe Sehnsucht und dieses warme, intensive Gefühl, das sich in meiner Brust eingenistet hat.

Ich schiebe die Hand zu ihrem Nacken, packe ihr Haar und ziehe ihren Kopf zurück. Schlinge den anderen Arm um ihre Taille, presse sie mit einer Drehung rücklings gegen die Arbeitsfläche und vertiefe den Kuss zu einem leidenschaftlichen Tanz.

Ihr Mund schmeckt nach Cola, doch je länger es dauert, desto mehr setzt sich von ihrem eigenen unvergleichlichen Geschmack durch. Deshalb erforsche ich ihn bis ins letzte Detail, umschlinge ihre Zunge, sauge daran oder knabbere an ihrer vollen Unterlippe. Mehr will und brauche ich in diesem Moment nicht.

Was schon ausreicht, um mich zu erregen.

Ihren Körper so an meinem zu spüren, ist auf eine

spezielle Art intim. Ungewohnt nah. Ihre Hüften an meinen Schenkeln, ihr flacher Bauch an meinem wachsenden Schwanz und ihre Nippel an meinem Oberbauch. Ihre Finger in meinem Haar.

Alles zusammen jagt Wellen von Lust und tiefer Begierde durch mich hindurch, erschüttert mich, mein Fundament. Und ich kann nur noch an das eine Denken.

Ich will, dass Giulia mir gehört.

Mir allein.

Mit Haut, Haaren und ...

Fuck, ja, ich will alles von ihr.

Was die größte Scheiße ist, die ich je empfunden habe.

Oder?

Doch ich komme nicht dagegen an.

Also löse ich meinen Körper minimal von ihr, umfasse ihre schmale Taille und hebe ihren geilen Arsch auf die Arbeitsfläche. Schiebe mich zwischen ihre Beine, so weit das ihre Fußfesseln zulassen. Packe ihr T-Shirt und löse meine Lippen kurz von ihren, um es ihr über den Kopf zu ziehen.

Ich werfe es zur Seite, küsse sie erneut. Über ihre Kinnlinie, den Hals und tiefer.

Nehme ihre Hände aus meinem Nacken, platziere sie hinter ihr auf der Arbeitsfläche und biege sie zurück. Auf diese Weise recken sich mir ihre wundervollen Titten frech entgegen und ich kann mich um die harten, rosigen Nippel kümmern.

Den einen nehme ich in den Mund, lecke, knabbere, sauge daran. Beiße ein wenig fester zu und spüre ihr scharfes Jammern bis in meinen Schwanz.

Den anderen reibe ich mit dem Daumen, während ich den Rest massiere. Zwirbele ihn zwischen den Fingern, zupfe daran, kneife.

Diesmal zuckt sie zusammen, stöhnt und drängt

sich mir entgegen.

Die Sprache ihres Körpers ist eindeutig, sie steht auf fast alles, was ich mit ihr mache. Und das törnt mich höllisch an.

Aber bleibt das auch so?

Hat sie durch mich ihre wahren sexuellen Wünsche erkannt und genießt es?

Oder ist ihr Verhalten der aktuellen Situation geschuldet?

Scheiße, seit wann denke ich so viel, wenn ich mit einer Frau zusammen bin?

Und warum gerade bei ihr?

»Romano.«

Wie sie meinen Namen stöhnt, geht mir unter die Haut, sickert tiefer.

»Bitte.«

Küssend wandere ich höher, über ihren Hals zu ihrem Mund. Schlinge die Arme um sie, presse sie an mich und sie erwidert alles voller Leidenschaft.

Am Ende umfasst sie meinen Kopf, schiebt ihn zurück und schaut mir direkt in die Augen. »Mach mit mir, was du willst, Mancuso. Und dann fick mich noch einmal in den Himmel, bevor du mir auf dem Höhepunkt die Kehle durchschneidest.«

Ich starre sie an. Atemlos, verblüfft.

Solch einen Satz hätte ich vor den Kameras von ihr hören wollen.

Der perfekte Mittelfinger für ihren Vater.

Doch jetzt ...

Da klingelt das Smartphone in meiner Tasche.

Lucas Nachrichtenton.

Fuck.

»Scheiße.« Ich löse mich von ihr, greife nach dem Telefon und lese die Push-Meldung.

»Tut mir leid, du musst zurück ins Zimmer.« Eilig schiebe ich es wieder in meine Gesäßtasche, schaue mich nach dem Shirt um.

»Aber ... was ist denn los? Ich dachte ...«

Ich reiche ihr das Oberteil und sie starrt mich ungläubig an.

»Meine Brüder und ich treffen uns zu einem Onlinemeeting. Krisensitzung.«

»Meinetwegen?«

»Nein. Volkov.«

Giulia streift sich das Shirt über, stopft es sich in die Hose.

Ich hebe sie von der Arbeitsfläche, umfasse ihr Kinn und küsse sie. Schaue ihr in die Augen. »Danach reden wir.«

Sie runzelt die Stirn, nickt aber. »Okay.«

Ich dirigiere sie ins Gästezimmer, lege ihr die Handschellen an und fessele sie ans Kopfende. Dann gehe ich hinaus, hole mir meinen Kaffee und wechsele ins Arbeitszimmer.

Wie es aussieht, hat sich mein Plan nicht nur geändert, er hat sich praktisch in Luft aufgelöst. Und es ist Zeit, einen neuen zu entwerfen.

*

»Okay.« Luca nickt. »Unsere Strategie steht. Matteo, Pasquale, Nate und ich leiten sämtliche Vorbereitungen ein. Romano, dich erwarte ich morgen Abend zurück.«

Ich überlege fieberhaft. »Das wird knapp.«

»Bring sie heute Abend in den Wald und jag ihr eine Kugel zwischen die Augen, kurz und schmerzlos. Den Rest erledigen die Tiere.«

Bilder der letzten Tage schießen mir durch den Kopf,

mischen sich mit meinen Gedanken, Gefühlen.

Dem Kuss.

»Das geht nicht.«

»Wo ist das Problem?« Luca wirkt verärgert.

Meine Entscheidung fällt, ich hebe das Kinn »Darüber reden wir dann. Mittwochfrüh bin ich da.«

Pasquale verdreht die Augen. »Fickt sie so gut?«

In mir explodiert Wut und ich möchte ihn anbrüllen, nicht so über Giulia zu reden, schließlich tue ich das auch nicht mit seiner Frau.

Ich öffne den Mund, jedoch wirkt dieser Gedanke unerwartet ernüchternd. Folglich schließe ich ihn wieder.

»Was hast du vor?«

Mein Blick wandert nach links oben, zu unserem Clan-Oberhaupt. »Nicht jetzt. Ich muss erst einige Dinge regeln. Wir sehen uns Mittwoch, haltet mich auf dem Laufenden.«

Damit ergreife ich die Maus, klicke auf »Meeting verlassen« und springe auf. Laufe zum Fenster, verschränke die Arme vor der Brust und stoße die Luft aus.

Sofort ertönt Lucas Klingelton auf meinem Smartphone.

Fuck, wie soll ich ihm das alles erklären, während in meinem Kopf noch Chaos herrscht?

Ich bin ja selbst mit dem überfordert, was seit Freitagabend passiert.

Mit uns. Mir.

Das Handy verstummt.

Nicht nur wegen der Erkenntnisse über Volkov und welche Grausamkeiten sie dort erwarten. Oder über ihren Vater und was sie bisher erleiden musste.

Was mich vollkommen überrascht hat. Keine unserer Informationen hat einen Hinweis darauf geliefert.

Vielmehr habe ich mich von Anfang an zu ihr hingezogen gefühlt. Schon als sie in der Tiefgarage ihres Apartmenthauses aus der Limousine gestiegen ist, mit verheulten Augen und einem so verzweifelt traurigen Gesichtsausdruck, dass es mir einen Stich versetzt hat. Mitten ins Herz.

Ja, ich habe versucht, das zu ignorieren und mich an meinen Plan zu halten.

Aber es war mir unmöglich, den Hass gegenüber ihrem Vater auf sie zu übertragen und aufrechtzuerhalten.

Stattdessen wurde mein Mitgefühl für sie mit jeder ihrer Aussagen stärker.

Dass sie für ihren Vater nichts wert ist.

Dass ihr der Tod meines Vaters leidtut.

Dass sie diese Feindschaft zwischen unseren Clans weder nachvollziehen kann, noch blind übernehmen will.

Hinzu kommt, wie sie auf mich reagiert.

Sie gibt sich mir hin, vollkommen zwanglos, das kann ich bestens beurteilen.

Und ihre Lust ist ehrlich, ungekünstelt. Vielleicht, weil sie relativ unerfahren ist.

Umso erstaunlicher, dass Schmerz und Schläge sie erregen.

Oder ... geht es ihr am Ende ähnlich wie mir?

Fuck, ja, das muss es sein. Das zwischen uns ist nicht nur Chemie, das ist mehr, geht tiefer. Bis auf eine gemeinsame Ebene.

Womöglich gehören wir ja zusammen, obwohl unsere Familien verfeindet sind.

Auf meinem Gesicht breitet sich ein Schmunzeln aus.

Allerdings muss ich vorher herausfinden, wie Giulia darüber denkt.

Wenn wir schon füreinander bestimmt sind, muss sie auch bei mir bleiben wollen.

Freiwillig.

Deswegen hat mich ihre Bitte, sie gehen zu lassen, ziemlich geschockt.

Natürlich ist mir aufgefallen, dass sie sich verändert hat, seitdem sie sich in meiner Gewalt befindet. Und nach ihrem Wunsch kann ich nachvollziehen, woher das kommt.

Die Entführung hat sie vor ihrem verfickten Vater und ihrem traurigen bisherigen Leben gerettet. Sie vor der Ehe mit einem Unbekannten bewahrt.

Kein Wunder, dass sie es als Chance zu einem neuen selbstbestimmten Leben versteht.

Die Frage ist nur, ob und wie ich da hineinpasse.

Nun, das werden wir klären.

Jetzt.

Deshalb fahre ich den Laptop herunter, klappe ihn zu und werfe einen Kontrollblick auf die Sicherheitsmonitore sowie diverse Kontrolllämpchen.

Eines leuchtet rot und ich gehe mit einem Stirnrunzeln hinüber, um mir das Problem anzusehen.

Fehlfunktion bei einem der Störsender.

Fuck, zum Glück habe ich das rechtzeitig gesehen.

Eilig starte ich diese Vorrichtung neu und warte, bis die Technik wieder läuft. Dann verlasse ich mein Arbeitszimmer, schließe die Tür hinter mir und laufe in die Küche.

Dort räume ich die leere Kaffeetasse in die Spülmaschine, schaue zum Fenster hinaus und genieße einen Moment den Anblick des Waldes, dessen Farben im Licht der untergehenden Sonne herrlich leuchten.

Mich überkommen Zweifel, wie ich es am besten in Angriff nehmen soll, doch nach kurzer Zeit schiebe ich das beiseite.

Ich werde einfach meiner Intuition folgen, darauf

konnte ich mich schon immer verlassen.

Weshalb ich mich umdrehe und zum Gästezimmer gehe, mit klopfendem Herzen.

Vor der Tür atme ich noch einmal tief durch, öffne sie und trete ein.

Sofort dreht Giulia das Gesicht in meine Richtung, schaut mich erwartungsvoll an.

Ohne Angst oder eine andere negative Regung in ihren Augen.

Darf ich trotzdem einen letzten Wunsch äußern?

Mein Herz galoppiert los.

Der Kuss und dass sie vor dem Tod noch einmal Sex mit mir wollte ...

Das muss ein Zeichen sein.

Dafür, dass sie etwas für mich empfindet.

In mir keimt Hoffnung auf.

Entsprechend angespannt gehe ich zum Bett. Löse ihre Fußfessel und werfe sie auf die Kommode. Verfahre genauso mit dem Seil am Kopfteil und ihren Handschellen. Dann setze ich mich neben ihr auf die Matratze und betrachte sie eingehend.

Sie richtet sich auf, rutscht mit dem Hintern bis zum Kopfende zurück und mustert mich misstrauisch. »Was wird das?«

Ich zucke mit den Schultern. »Morgen Nachmittag muss ich zurück nach New York, da werden wir aktiv. Bis dahin hast du Zeit, dich zu entscheiden.«

»In welcher Hinsicht?«

»Vorhin hast du mich gebeten, dich laufen zu lassen. Falls du das immer noch willst, bin ich bereit dazu. Ich kaufe dir ein paar Klamotten, gebe dir Bargeld und bringe dich an die Grenze zu Kanada. Von da aus musst du dich allein durchschlagen.«

Ihre Brauen mit dem arroganten Knick in der äußeren

Hälfte wandern nach oben. »Und was wäre die Alternative?«

»Du bleibst bei mir.«

»Bei ... dir?«

»Ja.«

»Ich verstehe nicht.«

Ich lege die Hand auf ihr Knie, streiche ein Stück ihren Schenkel hinauf und sehe ihr geradewegs in die Katzenaugen. »Ich will dich für mich, *principessa*.«

Enttäuschung huscht über ihr Gesicht. »Als deine Sexsklavin.«

»Nein. Als meine ...« Ich zögere, doch es ist die einzig passende Bezeichnung. »Frau.«

Giulia reißt die Augen auf. »Deine Frau!«

»Ja.«

»Warum sollte ich das tun? Ich will keine Ehe mit einem Mann, der mich nicht respektiert, achtet und vor allem nicht liebt.«

Mein Magen verkrampft sich. »Ich weiß – das, was ich dir jetzt sagen werde, klingt für dich wie der reinste Hohn. Ein billiges Täuschungsmanöver. Aber ich sage nur die Wahrheit, weil ich in dieser Situation ebenfalls nichts anderes gelten lassen würde.«

Langsam löse ich die Hand von ihrem Bein. »Ich habe noch nie eine Frau so sehr gewollt wie dich. Auch in meinem Leben. Und ich spüre, dass da mehr zwischen uns ist und werden kann als Sex. Keine Ahnung, woher das kommt. Es ist das, was ich empfinde. Obwohl ich versucht habe, dich zu hassen und meinen Racheplan durchzuziehen.«

»Deswegen hast du dich um mich gekümmert.«

Schweigend zucke ich mit den Schultern.

»Und wie stellst du dir das Ganze vor?«

»Auf jeden Fall werde ich dich zu nichts zwingen,

sofern du darauf anspielst. Ich möchte dich an meiner Seite haben. Dir helfen, ein eigenständiges Leben aufzubauen. Vielleicht mit der Galerie, über die wir gesprochen haben. Oder Fälschungen, reine Malerei ... was auch immer du dir wünschst und vorstellst. Wir werden einen Weg finden, allein oder mithilfe des Mancuso-Clans. Und sehen, was daraus wächst, wohin es uns führt. Die Entscheidung liegt bei dir.«

Eine Zeitlang mustert sie mich, neigt am Ende den Kopf. »Das kommt ziemlich unerwartet.«

Mein Mund verzieht sich zu einem ironischen Lächeln. »Kann ich mir vorstellen. Allerdings befinden wir uns alle gerade an einem Wendepunkt. Wenn ich es dir jetzt nicht anvertraue, wann dann?«

»Ich weiß gar nicht, was ich dazu sagen soll.«

»Kein Problem, bis morgen früh kannst du darüber nachdenken. Wenn du das möchtest, bringe ich dich dann nach Buffalo und bin spätabends in New York. Ansonsten musst du ab Albany schauen, wie du klarkommst. Jetzt schon dorthin zu fahren, macht allerdings keinen Sinn, falls du das in Betracht ziehst. Wenn wir dort ankommen, sind die Geschäfte bereits geschlossen.«

»Hm. Und was passiert bis morgen?«

»Wir können die letzten Stunden zusammen verbringen. Andernfalls lasse ich dich in Ruhe, du musst es nur sagen. Oder ...«

»Ja?«

»*Du* gewährst *mir* einen letzten Wunsch.«

»Kommt auf den Wunsch an.«

»Eine Nacht mit dir.«

Ihre Brauen zucken, sie beißt sich auf die Lippe, doch eine eindeutige Reaktion bleibt aus.

Stattdessen sehen wir uns wortlos an.

Nach einer Weile sinkt mein Mut und ich nicke

ernüchtert. »Wie gesagt, deine Entscheidung. Ich werde sie akzeptieren.«

Von ihr kommt immer noch nichts und das trifft mich mehr, als ich je geahnt hätte.

Seit wann gibst du so früh auf?

Nur, wenn da nichts ist, worum ich kämpfen kann.

Also stoße ich die Luft aus. »Okay, dann ... bereite ich alles für morgen vor. Und kümmere mich ums Abendessen.« Ich lege die Hand auf die Oberschenkel, will aufstehen.

»Warte!«

Überrascht erwidere ich ihren Blick.

»War das alles?«

»Was meinst du?«

»Kein Deal, irgendwelche Versprechungen oder gar Drohungen, damit ich bei dir bleibe?«

»Was soll das bringen?« Ich schüttele den Kopf. »Nein, *principessa.* Ich bin klug genug zu erkennen, wann ein Kampf aussichtslos ist. Und auch wenn ich mir sonst nehme, was ich will ... so wie ich es bisher mit dir getan habe ... für eine gemeinsame Zukunft wäre das der falsche Weg.«

»Sorry, aber das klingt alles so ...« Giulia zuckt mit den Schultern. »Als ob ich die letzten Tage nur geträumt hätte. Wo ist der Kerl, der mich entführt hat?«

»Keine Angst, der ist immer da, schließlich bin ich ein Mafioso. Nur stehst du jetzt auf meiner Seite, weil ich dich sehr mag, und ich werde dir nie wieder wehtun. Im Gegenteil, ich werde für dich kämpfen, bis aufs Blut. Auch gegen Volkov und deinen Vater.«

Auf ihrem wunderschönen Gesicht mit den zarten Sommersprossen breitet sich ein feines Lächeln aus. »Das ist das Schönste, was je ein Mensch zu mir gesagt hat.«

In meiner Brust explodiert das intensive, warme Gefühl

und mein Herz zieht das Tempo an.

»Heißt das ...«

Kopfschüttelnd kniet sie sich neben mich. »Ich brauche auf jeden Fall diese Bedenkzeit, aber bis dahin ...« Sie rückt näher, legt die Hand auf meine Schulter und schwingt ein Bein über meinen Schoß. »... erfülle ich dir den Wunsch.«

Damit nimmt sie mein Gesicht in beide Hände, betrachtet mich einen Moment. Schließt die Augen und küsst mich.

Lust fährt durch meinen Körper und ich erwidere den Kuss hungrig, fordere ihre Zunge zu einem leidenschaftlichen Tanz heraus. Umfasse ihre Taille, ziehe sie an mich und drücke sie gleichzeitig gegen meinen wachsenden Schwanz.

Mit einem erregten Laut schlingt sie die Arme um meinen Hals, presst ihre Titten an meine Brust und lässt die Hüften kreisen, reibt sich an mir.

Ich stöhne in ihren Mund, zerre das Shirt aus ihrer Hose und streiche ihren Rücken hinauf. Hinunter und hinten in ihre Hose. Packe ihren Arsch und knete ihn voller Begierde.

Fuck, es sind definitiv zu viele Stoffschichten zwischen uns.

Folglich halte ich sie fest, stehe auf und stelle sie auf den Boden. Ziehe ihr das Shirt über den Kopf, knie mich hin und helfe ihr aus der Jogginghose. Dann vergrabe ich das Gesicht an ihrer Muschi, schiebe die Zunge zwischen ihre nackten Lippen und umspiele ihre Klit.

Giulia gibt ein genussvolles Stöhnen von sich, kippt das Becken und wühlt die Finger in mein Haar.

Erneut ergreife ich ihre runden, festen Backen, drücke sie an mich. Dränge mit der Zunge tiefer, die Spitze in sie, und spiele mit ihr. Ihr Geschmack flutet meinen Mund, meine Nase ist erfüllt von ihrem Duft und ihre lustvollen

Laute in meinen Ohren sind das Beste, was ich je gehört habe.

Ihr Griff um meine Haare wird mit jedem meiner Zungenschläge fester und als ich an ihrer süßen Perle knabbere, steigt ein Beben in ihr auf. Ich nehme so viel wie möglich von ihr in den Mund, presse das Piercing an ihre geschwollenen innern Lippen und sauge entschieden an ihr. Kurz darauf kommt sie auf meiner Zunge.

Ich grabe die Finger tiefer in ihren Arsch, drücke sie an mich und stöhne. Lutsche ihren Saft auf, knete ihre Backen und mein Schwanz zuckt vor Ungeduld.

»Steh auf.« Sanft zieht sie an meinem Haar und ihre Stimme klingt rau.

Ich folge der Aufforderung, küsse sie gierig.

Helfe ihr, mein Shirt auszuziehen.

Ihre Hände streichen über meine Brust und sie küsst den tätowierten Löwen. Umspielt meine Nippel mit ihrer Zunge und den Fingern, was mir ein Stöhnen entlockt. Dann küsst sie sich über meine Bauchmuskeln tiefer. Öffnet meine Jeans, geht auf die Knie und zieht sie mir zusammen mit Pants, Socken und Schuhen aus.

Mein Schwanz ragt prall vor ihrem Gesicht auf und sie beißt sich auf die Lippe, sieht zu mir auf. »Setz dich hin.«

Bereitwillig komme ich ihrem Wunsch nach, stütze mich mit den Händen hinter mir ab und beobachte sie.

Wie sie zwischen meine gespreizten Beine rutscht, auf meine Härte starrt und sich über die gebogenen Lippen leckt.

Fuck, ja, tu es!

Ein Blick in meine Augen, ein Lächeln und schon legt Giulia eine Hand um mein bestes Stück. Sanft massiert sie meinen Schaft, küsst meine Eichel und gleitet mit der spitzen Zunge über die Kerbe darunter. Stülpt die Lippen über die Kuppe, saugt und leckt. Nimmt mich in den

Mund, drückt die Zunge dagegen und umfasst mit der anderen Hand meine Eier.

Aus meiner Brust steigt ein Knurren auf, wild und animalisch.

Der Anblick, wie mein Schwanz aus ihrem Mund und wieder hinein gleitet, törnt mich unglaublich an. Noch mehr als beim ersten Mal.

Weil sie es aus freien Stücken tut, mich mit Hingabe bearbeitet und es sichtlich genießt, mir diese Art von Lust zu bereiten.

Meine Begierde wird schnell größer und ich kralle die Finger in die Tagesdecke, um stillzuhalten und sie nicht in den Mund zu ficken.

Diesmal hat sie die Kontrolle und, scheiße, das ist absolut geil.

Doch bevor es zu spät ist, lege ich eine Hand unter ihr Kinn und bringe sie mit sanftem Druck dazu, aufzuhören.

Überrascht schaut sie mich an und mein Herz stolpert.

Ich schlucke. »Ich will mit dir zusammen kommen, in dir.«

Schon färben sich ihre Wangen wieder rosa. »Okay.«

Fuck, dieser Anblick ist göttlich.

Ich deute zum Boden. »In meiner Jeans muss noch ein Kondom sein, vorne links.«

Sie dreht sich um, hebt die Hose auf und tastet sich zu besagter Tasche vor. Zieht ein Folienpäckchen heraus und reicht es mir.

Eilig reiße ich es auf, streife mir das Gummi über und halte ihr die Hände hin. »Komm her.«

Sobald sie steht, umfasse ich ihre Taille und dirigiere sie über meinen Schoß. Ihre Knie auf der Matratze, ihre Hände auf meinen Schultern.

Ich umfasse meinen Schwanz an der Wurzel, will ihn zu ihrer Muschi führen.

Allerdings schiebt sie meine Hand beiseite und übernimmt den Job selbst.

Sobald meine Spitze an ihrem Eingang liegt, sieht sie mir in die Augen und senkt sich langsam auf mich hinab. Hält sich an meinen Schultern fest und nimmt mich Stück für Stück in sich auf. Ihre Lider fallen zu.

Schnell packe ich ihre Taille, hebe sie minimal an. Spanne die Arschmuskeln an, ziehe sie mit einem Ruck auf mich und versenke mich bis zu Anschlag in ihr.

Wir stöhnen zusammen auf.

Ihre Muskeln umschließen meinen Schwanz so fest, dass mich ein prickelnder Schauer überläuft.

Und im nächsten Moment gehe ich erneut in Flammen auf, noch heftiger als nach ihrer Flucht.

»Fuck, Giulia!«

»Ja.« Sie schaut mir in die Augen, bewegt sich auf mir.

Ich nutze das, um an ihren Titten zu spielen. Ihre Nippel zu beißen und kneifen, daran zu saugen und zu knabbern.

Worauf sie mit lustvollem Wimmern reagiert, mich schneller reitet.

Aber das ist noch lange nicht genug.

Deshalb versetze ich ihr einen Hieb auf jede Backe, umfasse ihre Taille und spanne rhythmisch den Arsch an, um von unten in sie zu dringen.

Giulia schlingt mir die Arme um den Hals, küsst mich. »Ja, Romano. Fick mich!«

Natürlich lasse ich mir das nicht zweimal sagen. Lege einen Arm um sie, presse sie an mich und stehe auf. Drehe mich um, knie mich auf die Matratze und sinke mit ihr aufs Bett.

Ich küsse sie, wandere von ihrem Mund über den Hals zu ihren Titten, während ich sie mit langen, tiefen Stößen nehme. Es genieße, wie sie sich unter mir windet, ihre

Nägel in meine Schultern und Arme krallt. Und mit jedem feinen Schmerz, den ich ihr zufüge, wird ihr Wimmern lauter.

Schließlich richte ich mich auf, umfasse ihre Schenkel und hebe sie ein Stück an. Ficke sie hart und tief, werde schneller.

Fasziniert beobachte ich, wie sie den Rücken wölbt, sich aufbäumt und stöhnt. Sich auf die Lippe beißt, das Gesicht vor Lust verzerrt, und Halt suchend umher tastet. Am Ende findet sie meine Hände und gräbt die Finger hinein. Ihre Hüften zucken, ihr Atem geht schwer und abgehackt, und ihre Muschi zieht sich immer enger um meinen Schwanz.

Meine Erregung explodiert regelrecht, mein Orgasmus kündigt sich an.

Ich schlucke, keuche. »Sieh mich an.«

Sie wendet den Kopf und blinzelt, reißt die Augen auf.

Und ich löse eine Hand von ihrem Schenkel. Lege sie auf ihren Unterbauch, den Daumen auf ihre Klit und umkreise sie.

Ihre Lider flattern, sie stöhnt, bäumt sich auf.

Doch ich halte inne und knurre. »Ich will in deine Augen sehen, wenn du kommst.«

Also starrt sie mich an, beißt sich auf die Lippe.

»Braves Mädchen.« Zur Belohnung reibe ich sie wieder, erst in Kreisen, dann in längeren, festen Strichen. Im selben Rhythmus, in dem ich in sie hämmere.

Ihre inneren Muskeln verkrampfen sich, ihr Bauch bebt, ihr Atem stockt. Da reißt sie den Mund auf, ein heftiges Zittern läuft durch ihren Körper und sie kommt mit einem lauten, hellen Schrei auf meinem Schwanz.

Ich gebe jegliche Kontrolle auf und wenige Stöße später folge ich ihr zum Höhepunkt. Presse mein Becken gegen ihres, den Handballen auf ihre Muschi. Der

Orgasmus schüttelt mich durch, so tief und gründlich wie selten.

Giulia ergeht es ähnlich, für mich sind die Zeichen eindeutig, und es berührt mich bis in die letzten Nerven und Fasern.

Fuck, das hätte ich schon eher tun, sie nicht nur von hinten ficken sollen.

Dann hätte ich längst verstanden, dass ich ihr gehöre.

Überwältigt von meinen Empfindungen, nehme ich die Bewegungen wieder auf. Ficke sie langsamer und reibe sie zum nächsten Orgasmus. Beuge mich über sie, stütze mich auf die Ellbogen und küsse sie.

Mit einem zufriedenen Laut schlingt sie Arme und Beine um mich, streichelt meinen Rücken und erwidert den Kuss.

Der wird sanfter, je weiter unsere Herzen sich beruhigen, und ich halte sie umso fester.

»Du gehörst zu mir, *principessa*«, murmele ich an ihrem Mund und streiche über ihre Seite, den Schenkel und wieder hinauf. »Für immer. Egal, in welcher Hölle wir landen. Ich lasse dich nie wieder gehen.«

Giulia

Kapitel 22

Ich erschauere, wühle die Finger in sein Haar und seufze. »Oh, Romano.«

Seine Lippen finden zu meinen zurück, seine Zunge zu meiner, und sein Bart kratzt sanft über meine Wangen.

Überwältigt von dem Gefühlschaos in meinem Innern lenke ich sämtliche Aufmerksamkeit in meinen Körper. Nehme jede Stelle, an der wir uns berühren, fast überdeutlich wahr.

Wie sein Bauch beim Atmen leicht in meinen drückt, die Muskeln seiner starken Arme und das Totenkopfpiercing, das immer noch bei jeder Berührung kleine Blitze von meiner Zunge bis zu meiner empfindlichen Perle sendet.

In mir breitet sich angenehme Schwere aus, tiefe Befriedigung. Außerdem fühle ich mich in seinem Armen wohl, geborgen und, ja, beschützt.

Unglaublich. Wie ist das möglich?

Schon wird das Durcheinander intensiver und gleichzeitig spüre ich diese gewisse Klarheit, also packe ich den Stier bei den Hörnern.

Umfasse sein Gesicht und schiebe seinen Kopf sanft von mir, bis er mich ansieht.

»Hast du das ernst gemeint?«

»Dass ich dich nie wieder gehen lasse? Ja. Falls du das willst.«

»Und du wirst für mich einstehen? Gegenüber meinem Vater und Verlobten?«

Sein Mund verzieht sich zu einem Lächeln, so warm und entschlossen, dass es mich mitten ins Herz trifft. »Du hast mein Ehrenwort. Wir werden Volkov nicht nur aufhalten, ich werde dieses Monster auch töten, wenn es nötig ist. Für dich. Und dann kümmern wir uns um deinen Vater.«

In meinem Magen bildet sich ein Knoten und ich fahre nachdenklich über Romanos Arme.

»Ich bin gleich wieder da.« Ein Kuss, dann löst er sich vorsichtig von mir. Greift zwischen uns, zieht sich aus mir zurück und steigt vom Bett, geht ins Bad.

Da seine Wärme mir fehlt, setze ich mich auf, winkele die Knie an und schlinge die Arme darum. Stütze mein Kinn auf und starre vor mich hin.

Ich nehme gar nicht wahr, dass er zurückkommt. Bemerke ihn erst, als er sich neben mich setzt, mir über den Rücken streichelt und einen Kuss auf meine Schulter drückt.

»Alles okay?«

Mit einem Seufzen sehe ich ihn an, verziehe das Gesicht. »Nicht ganz.«

»Komm her.« Er legt einen Arm um meine Schultern, zieht mich an sich und zusammen sinken wir aufs Bett.

Beruhigt schmiege ich mich an seine Brust, in seine Arme, und schlinge ein Bein um seines. Streiche über seinen Bauch und die dunklen Härchen, die sich über den unteren Teil seiner Brust und in einem Streifen bis zu seinem Unterleib erstrecken.

»Was beschäftigt dich?«

»Das mit meinem Vater.«

»Inwiefern?«

»Na ja, ich ... ich kann noch immer nicht begreifen, warum er mich so behandelt hat, über Jahre hinweg. Genau genommen seit dem Tod meiner Mutter. Dabei wollte ich nur, dass er mich liebt. Und ich habe alles dafür getan. Sogar meinen eigenen Willen aufgegeben und mich seinem gebeugt.«

Romano atmet tief durch. »Hast du mal darüber nachgedacht, dass es einen ganz bestimmten Grund für sein Verhalten geben könnte?«

»Ja, klar. Der erschließt sich mir nur leider nicht.«

»Normalerweise geht den Clans die Familie über alles.«

»Anscheinend nur die Söhne.«

»Eigentlich nicht. Zumindest heutzutage. Klar, bis in die Achtzigerjahre hinein waren arrangierte Ehen an der Tagesordnung. Damals herrschte aber auch noch ein anderes Frauenbild, keine Gleichberechtigung. Mit der Generation unserer Eltern hat sich das allerdings geändert.«

Ich schnaube verächtlich. »Nur mein Vater zählt noch zu den Dinosauriern, oder was?«

»Keine Ahnung, wie er das normalerweise gesehen hätte. Allerdings habe ich eine Vermutung, warum er dich so dringend verheiraten wollte.«

»Na?«

»Vielleicht ist er gar nicht dein leiblicher Vater.«

»Du meinst, sie haben mich adoptiert? Nein, das kann nicht sein. Es gibt deutliche Ähnlichkeiten zwischen mir und meiner Mutter. Und mein Vater ...« Ich stocke.

»Ja?«

Mir wird übel und ich stütze mich auf den Ellbogen, um ihn anzusehen. »Du meinst, meine Mutter hatte einen anderen?«

»Kann doch sein. Es würde zum Beispiel dein künstlerisches Talent erklären. Dass du mit den roten Haaren aus der Reihe tanzt. Oder eben, warum er dich loswerden will.«

Diverse Erinnerungen fliegen an meinem inneren Auge vorbei und mein Blick richtet sich nach innen. »Scheiße. Wenn das stimmt ...«

»Das kann nur er dir beantworten. Und ein Gen-Test.«

In mir kocht Wut hoch. »Wenn ich gar nicht seine Tochter bin, hat er keinerlei Recht, über mein Leben zu bestimmen.«

»Nein. Doch das sieht er vermutlich anders.«

»Herrgott, ich möchte ihn ...«

»Was? Umbringen?«

»Auch, ja. Aber vorher soll er leiden. Jede einzelne Demütigung will ich ihm persönlich heimzahlen.«

Nichts anderes hat er verdient.

Romano schmunzelt. »Kein Problem. Ich kenne da jemanden mit ganz besonderen Methoden, der sie dir gern am lebenden Objekt erklärt. Wenn du möchtest, besuchen wir ihn, bevor ich mir deinen Vater schnappe.«

Ich nicke. »Ich denke darüber nach. Genauso wie über den Rest.«

Auf seinem Gesicht flackert Enttäuschung auf, nur einen kurzen Augenblick. »Okay. Wie wäre es jetzt mit Abendessen? Wir brauchen beide Energie für die nächste Runde.«

Schon sind alle unangenehmen Gedanken vergessen und mein Schoß pocht von Neuem. »Hast du dafür etwas Bestimmtes im Sinn?«

»Ich werde dich in meiner Dusche ficken.«

»An der Wand?«

»Möglicherweise.«

»Und wo soll ich mich da festhalten?«

»An mir.«

Hitze schießt mir in die Wangen. »Ich hatte noch nie Sex im Stehen.«

»Doch, gestern. Hinter der Scheune.«

»Das zählt nicht. Ich meine, freiwillig und ohne Fesseln.«

»Auch mit Fesseln kann es freiwillig sein.«

Oh ja, und diese Vorstellung facht schon wieder meine Lust an.

Ich beiße mir auf die Lippe. »Wenn ich bei dir bleibe, habe ich einiges nachzuholen.«

Er stöhnt auf, legt die Hand über seinen Schwanz. »Sag so etwas nicht, das macht mich gleich wieder hart.«

»Die Worte oder die Vorstellung davon?«

»Beides.«

Unvermittelt setzt er sich auf, packt meinen Nacken und küsst mich. Sieht mir in die Augen. »Der Gedanke daran, mit dir all unsere Wünsche und Vorlieben auszuleben ... uns und unsere Grenzen auszuprobieren ... ist zu geil.«

In mir schießt Erregung hoch. »Ach ja?«

»Oh, und wie. Und wenn du es dann noch schaffst, deine Hemmungen irgendwann abzulegen ... deine dreckigen Gedanken in Worte zu fassen und mir zu sagen, was du willst ... Fuck, die Vorstellung törnt mich jetzt schon an.«

Ja, mich auch.

Aber noch ist es nicht so weit.

Keine Angst, wir schaffen das. Zusammen.

Davon bin ich überzeugt.

Ich lächele. »Könnte ich jetzt schon duschen? Und frische Klamotten bekommen?«

»Alles, was du möchtest, *principessa.*«

*

Nach dem Abendessen gehen wir in den Wohnbereich hinüber und ich schlendere staunend umher, in der Hand ein Glas Rotwein. »Du stehst auf Rot, hm?«

»Merkst du doch.«

Ich werfe ihm einen Blick zu.

Er grinst. »Was denn? Fast alle meine Lieblingsstücke sind rot, egal ob Klamotten, Möbel, Auto ...«

»Oder Frauen?«

Er schnalzt mit der Zunge. »Da bist du die Erste. Was wiederum ein Indiz dafür ist, dass wir zusammengehören.«

In meinem Magen flattert es heftig, doch ich gehe absichtlich nicht darauf ein. »Dieses Haus ist übrigens wunderschön. Hast du es so gekauft?«

»Nein.« Romano stellt die Whiskyflasche zurück in den Barschrank, trinkt einen Schluck und wendet sich mir zu. »Ursprünglich gab es lediglich dieses Nurdachhaus. Ein großer Wohnraum mit offenem Küchenbereich, dahinter Schlafzimmer und Bad. Ich habe es entsprechend umgestalten und den Anbau errichten lassen. Dazu Terrasse, Scheune, Keller und so weiter.«

»Wie groß ist das Grundstück?«

»Ein Hektar.«

»Wow.«

»Im Westen reicht es bis zu dem Abhang, den du beinahe hinabgestürzt wärst.«

Ich verziehe das Gesicht. »Erinnere mich bloß nicht daran.«

»Du hast mir einen Todesschrecken eingejagt.«

»Weil deine Geisel zu sterben drohte?«

»Haha.« Er nippt erneut an dem Whisky.

Schmunzelnd wende ich mich zum Fenster und schaue hinaus auf die Terrasse, deren Beleuchtung er eingeschaltet hat. Das Licht reicht bis zu den vordersten Bäumen, dahinter ist nur undurchdringliche Schwärze. »Du kennst dich da draußen bestimmt gut aus.«

»Ziemlich, ja.«

Seine Stimme nähert sich und kurz darauf tritt er neben mich.

Eigentlich gefällt es mir hier sehr gut und ich frage mich unwillkürlich, ob ich je wieder herkommen werde.

Du musst dich nur für ihn entscheiden.

Aber was ist mit meinem Vater und diesem Volkov?

Sind Romano und seine Brüder stark genug, sie zu besiegen?

Oder wird es in einem Blutbad enden?

Mein Magen zieht sich schmerzhaft zusammen und ein eisiger Schauder rieselt meinen Rücken hinab.

Nein, ich muss auf diesen Mann vertrauen, der sich mir auf so unerwartete Weise geöffnet hat.

Wenn er überzeugt ist, die beiden vernichten zu können, dann sollte ich es ebenfalls sein.

Trotzdem, das mulmige Gefühl bleibt.

»Soll ich uns Feuer machen? Oder möchtest du Musik hören?«

Lächelnd sehe ich ihn an. »Nein, Danke. Und ich mag die Stille.«

»Deswegen bin ich so gern hier.«

»Wie weit ist es bis nach New York?«

»Etwa 120 Meilen, normalerweise zweieinhalb Stunden mit dem Auto.«

»Erstaunlich. Eine Oase der Ruhe, mitten in den Wäldern, und gar nicht mal weit weg.«

»Im Sommer komme ich jedes zweite Wochenende raus.«

»Klingt verlockend.«

»Vielleicht hilft das ja bei deiner Entscheidungsfindung.« Er beugt sich zu mir, küsst meine Stirn. Ergreift meine Hand, führt mich zum Mittelpunkt des Zimmers und zieht mich mit sich auf die Couch.

Dort legt er den Arm um mich und ich kuschele mich an ihn, lehne die Schläfe an seine Schulter.

Aus seinem Shirt steigt ein verführerischer Duft auf, eine Mischung aus Sex, Steak und seiner Haut. Und ich weite die Nasenflügel, atme ihn tief ein, lasse die letzte Stunde an meinem inneren Auge vorbeiziehen.

Während ich unter der Dusche stand, hat er Vorbereitungen für die morgige Abfahrt getroffen. Danach haben wir zusammen gekocht und uns zwischendurch immer wieder geküsst.

Was mir aber am meisten gefallen hat, war das nie abreißende Gespräch, auch beim Essen. Über unsere Jugendzeit und das jeweilige Studium, Erfahrungen und Anekdoten. Sein Leben innerhalb des Clans.

Erstaunlich, wie unterschiedlich wir als Mafia-Kinder aufgewachsen sind.

Und im Nachhinein logisch, falls er mit seiner Theorie recht hat, was meine Abstammung angeht.

Ich seufze. »Meinst du, ich werde je herausfinden, wer mein leiblicher Vater ist?«

»Ich werde es aus Emilio herausquetschen. Und falls er es nicht weiß, werden wir es anderweitig in Erfahrung bringen.«

»Ich kann mich nur wenig daran erinnern, wie es zwischen ihm und meiner Mutter war. Höflich trifft es wohl am besten. Und ich weiß noch, wie liebevoll er mit Fabio und Andrea umgegangen ist. Worauf ich immer eifersüchtig war.«

»Als deine Brüder noch klein waren, gab es einige Bilder von deiner Mutter. Dann eine Lücke und später konnte man sie mit dir sehen, aber viel seltener.«

»Wo hast du die gefunden? Im Internet?«

»Nein, im Darknet.«

»Ich dachte, da gibt es nur Marktplätze für Drogen, Waffen und Ähnliches.«

»Nein, auch für alle Formen von Informationen, wie zum Beispiel die Fotos von euch. Auf dem letzten warst du etwa zehn. Und deine Mutter sah schlecht aus. Traurig, sichtlich gealtert.«

»Ich glaube, im letzten Jahr vor ihrem Tod hat er sie echt scheiße behandelt.«

»Woran ist sie gestorben? War sie krank?«

Kurz presse ich die Lider zusammen, sehe sie vor mir, wie ich sie leblos auf ihrem Bett gefunden habe. Neben ihr eine leere Plastikdose.

Heute schnürt mir die Erinnerung gleichermaßen die Kehle zu und ich kämpfe gegen das Brennen in meinen Augen an. »Eine Überdosis Schlaftabletten.«

»Fuck.«

»Ja.«

»Meinst du, dein Vater hat sie dorthin getrieben?«

»Nach allem, was ich inzwischen weiß, glaube ich eher, dass er nachgeholfen hat.«

»Er hätte sie anders aus dem Weg räumen können.«

»Hätte das nicht seinem Ruf geschadet?«

Romano schnaubt. »Nicht unbedingt.«

Ich setze mich auf. »Kannst du mir beibringen, zu schießen?«

»Hast du das nie gelernt?«

»Nein.«

»In New York ist das kein Problem, wir haben diverse unterirdische Einrichtungen geschaffen. Warum? Ich dachte, du wolltest dich schmerzvoller an deinem Vater rächen.«

»Ja, und danach werde ich eine echte Mafiosa. Lerne

Krav Maga, Boxen und alles andere, was ich brauche, um mich zu verteidigen und ernstgenommen zu werden. Damit nie wieder jemand ungewollt Hand an mich legt.«

»Wenn du bei mir bleibst, wird das ohnehin niemand mehr wagen.«

»Das wäre zwar ein netter Nebeneffekt, aber darauf will ich mich nicht verlassen.« Ich ziehe die frisch verbundenen Füße auf die Couch und schlage sie in den Schneidersitz unter. »Ich werde nie wieder auf den Schutz oder die Obhut einer anderen Person angewiesen sein. Von nun an bin ich Giulia und nicht irgendjemandes Tochter oder Frau.«

»*Ma guarda un po'!*« Er klingt beeindruckt und auf seinem Gesicht breitet sich ein Grinsen aus. »Solche Worte hätte ich vor ein paar Tagen nie von dir erwartet.«

»Geht mir genauso. Aber diese Situation hat auch mein altes Ich wieder zum Vorschein gebracht. Die Version von mir, die meine *mamma* gestärkt hat. Ich dachte, sie sei mit ihrem Tod verschwunden, vom Willen meines Vaters ausgelöscht.«

»Aber sie ist noch da.«

»Ja.« Ich hebe eine Braue, schürze die Lippen. »Dein Italienisch klingt übrigens verdammt heiß.«

»Ach ja? Dann flüstere ich dir später ein paar italienische Schweinereien ins Ohr. Mal sehen, ob du davon noch mehr abgehst.« Mit einem frechen Blick ergreift er meine Hand, führt sie an seine Lippen und drückt einen Kuss auf den Handrücken. »Und mir gefällt die kleine Rebellin, die da durchscheint. Umso intensiver wird der Sex.«

»Du denkst wohl nur an das eine.«

»Hey, ich habe dich gerade erst gefunden, da ist das wohl erlaubt.«

»Weißt du, worüber ich letzte Woche beim Mittagessen

noch mit meiner besten Freundin Laura gesprochen habe?«

»Sex?«

»In gewisser Weise, ja. Sie hat versucht, mich zu beruhigen. Damit, dass mein Verlobter bestimmt ein erfahrener Liebhaber ist und meine ganze Ehe halb so schlimm sein wird, wie ich es mir ausgemalt habe.«

»Optimistin, hm?«

»Ja, auch. In erster Linie ist sie glücklich verheiratet, trotz Kuppelei. Sie und Paolo haben sich schon bei den ersten Dates ineinander verliebt.«

»Gehören sie zu eurem Clan?«

»Ja.«

Da lacht er und schüttelt den Kopf. »Siehst du? In den Händen und zwischen den Beinen der richtigen Frau werden wir Mafiosi zu Lava-Cake. Verboten köstlich und verführerisch von außen, innen heiß und unwiderstehlich.«

»Uuuh, sexy Vorstellung. Da muss ich dich doch glatt mal wieder vernaschen.« Ich stehe auf, nehme ihm das Glas ab und stelle beide auf den Couchtisch. Schwinge mich auf seinen Schoß und fahre mit den Händen durch sein dickes blauschwarzes Haar.

Seine Hände landen auf meinem Arsch. »Für dich allzeit bereit, *principessa*.«

»Versprochen?«

»Ja.«

»Bis an unser Lebensende?«

In seinen Augen lodert etwas auf. »Ich schwöre es.«

»Okay.«

»Heißt das, dein Entscheidung ist gefallen?«

Ich schmunzele. »Sieht ganz so aus.«

Romano

Kapitel 23

Viele verheiratete Männer, auch meine Brüder, erzählen einem oft, wie glücklich sie mit der Frau an ihrer Seite sind. Weil die sie erden, das Beste aus ihnen herausholen und vor allem leidenschaftliche Liebhaberin mit perfekter Gefährtin sowie bester Freundin vereinen.

Seelenverwandte auf allen Ebenen.

Warum aber reden sie nicht von den Kleinigkeiten, die mir Frieden schenken und mein Herz heftig klopfen lassen?

So wie das Gefühl, mit Giulia in meinem Arm aufzuwachen.

Unter der Bettdecke liegt sie nackt vor mir, Rücken an Bauch, der Länge nach an mich geschmiegt. Ihr Duft füllt meine Nase und ihre Haut wirkt noch weicher als am Anfang. Außerdem drückt ihr Arsch gegen meinen Unterleib und meine Morgenlatte ist nur einen Stoß von dem Paradies zwischen ihren Beinen entfernt.

Nachdenklich schaue ich auf ihren Kopf hinab, achte auf ihre gleichmäßige Atmung.

Ob sie es mögen würde, auf diese Art geweckt zu werden?

Eine schnelle Nummer, ohne irgendwelche Umstände?

Oder wäre ihr ein gemütlicher Sonntagmorgen-Fick mit sinnlichem Vorspiel lieber?

Ich hatte schon Frauen, die konnten es nicht leiden, wenn ich sie noch vor dem Wachwerden angefasst habe, also ...

Nein. Nichts ist mit dem hier vergleichbar.

Deswegen werde ich Giulia später nach ihren Vorlieben und No-Gos fragen.

Ich werfe einen Blick zum Fenster hinaus, entdecke die ersten Anzeichen der Dämmerung. Vergrabe die Nase in ihrem roten Haar, streiche zärtlich über ihren Bauch, doch sie regt sich nicht.

Auch gut, dann lasse ich sie noch ein wenig schlafen.

Folglich hauche ich meiner *principessa* einen Kuss auf die Schulter, löse mich vorsichtig von ihr und schiebe mich möglichst unauffällig aus dem Bett, um sie nicht zu wecken. Sammele meine Klamotten ein und gehe ins Bad.

Danach durchquere ich das Schlafzimmer in die andere Richtung, bleibe am Ausgang stehen und betrachte ihr schlafendes Gesicht. Genieße das warme, intensive Gefühl in meiner Brust, verlasse lächelnd den Raum und ziehe die Tür so leise wie möglich ins Schloss.

In der Küche schalte ich den Vollautomaten ein und hole eine Tasse aus dem Schrank. Mit dem dampfenden Kaffee gehe ich vorn aus dem Haus, schlendere im ersten Dämmerlicht über den freien Platz und bis zur Terrasse.

Es ist verdammt kühl und um mich herum herrscht Stille. Selbst die Vögel scheinen noch zu schlafen und die nachtaktiven Tiere begeben sich nun zur Ruhe. Ein Moment zwischen verschiedenen Welten, den ich genieße, wann immer es möglich ist. Denn leider ist er jedes Mal viel zu schnell vorbei.

Der Himmel über den Baumwipfeln wird bald heller, aus dem Wald schallen Rascheln, Zwitschern oder

Ähnliches herüber. Und manchmal rauschen die Blätter in einem sanften Wind, der mir den Geruch von feuchter Erde, Holz und Tanne unter die Nase weht.

Herrlich.

Ich trinke einen weiteren Schluck von meinem Kaffee, schließe die Augen und atme tief durch. Fülle meine Sinne mit den Eindrücken, konzentriere mich nur darauf und leere meinen Kopf. Meine Art von Meditation.

Bis ein ungewohntes Geräusch meine Aufmerksamkeit erregt.

Ein leises Summen.

Überrascht wende ich den Kopf, bis ich die Richtung ermittelt habe, und lausche.

Es kommt aus Osten, nähert sich, wird zu einem Sirren.

Beunruhigt öffne ich die Augen, drehe mich und schaue zum trüben Himmel hinauf.

Was ist das?

Und dann sehe ich es.

Im ersten Moment halte ich das Flugobjekt für einen Vogel, doch das ist unmöglich. Dafür fliegt es zu konstant, hat die falsche Form und verursacht unpassende Geräusche.

Das Ding steuert mittig über die Lichtung, auf der das Haus steht, und ich lege langsam den Kopf in den Nacken.

Eine Sekunde später durchzucken mich Hitze und Adrenalin, meine innere Alarmglocke schrillt.

Das ist eine Drohne. Mit vier Propellern und einem seltsam geformten Mittelstück.

Misstrauisch kneife ich die Augen zusammen, verfolge den Flug und bemerke ein minimales Aufblitzen.

Hat sich da unter dem eigentlichen Körper etwas bewegt?

Womöglich eine Kamera?

Aus meinem Bauch steigt ein mieses Gefühl auf, wird stärker.

Die Drohne verschwindet hinter den Baumwipfeln aus meinem Sichtfeld, doch das Sirren bleibt, wird nur etwas leiser. Und es scheint sich um mich herum zu bewegen, wieder Richtung Osten.

Da hat definitiv jemand mein Grundstück ausspioniert, vermutlich mit Nachtsichtgerät und im schlimmsten Fall inklusive Wärmebildkamera.

Das Haus ist durch Metallgitternetze im Dach und in den Wänden geschützt, nicht aber an den Fenstern, weil ich keine Metallbedampfung wollte.

Demnach kann man mich deutlich sehen und vielleicht auch Giulia, in meinem Bett.

Fuck!

Wer, zur Hölle, steuert diese Drohne?

Jemand aus dem Büro des Sheriffs? Womöglich sogar dieser übereifrige Executive Officer, der letztens hier war?

Oder sind das nur die Mitarbeitenden des *NYDEC*, die ihre Augen und Ohren überall in den Catskill Mountains haben und auf diese Weise für Naturschutz sowie Sicherheit sorgen?

So oder so – ich habe kein gutes Gefühl bei der Sache.

Ich zwinge mich, gemütlich zum Haus zu gehen, schließe die Tür und eile in die Küche. Nehme mein Smartphone aus der Ladeschale und aktiviere das Display.

Oben steht die Uhrzeit, 7:04.

Darunter ein entgangener Anruf von Luca.

Ich runzele die Stirn, die Alarmsirene in meinem Kopf wird lauter.

Hastig tippe ich auf den grünen Hörer, halte mir das Telefon ans Ohr, und mein Bruder nimmt das Gespräch auch an.

Allerdings höre ich nur abgehackte Worte, doch eines

davon ganz genau.

Abhauen.

Dann bricht die Verbindung ab.

Adrenalin flutet mein System, ich stehe sofort unter Strom.

Verfluchte Scheiße!

Hat Conti uns gefunden?

Oder Volkov?

Wie?

Ich nehme das Handy vom Ohr, aktiviere sämtliche Sicherheitsmaßnahmen und schiebe es in meine vordere Hosentasche. Atme tief durch und zwinge mich zur Ruhe.

Okay, wir können uns mit dem SUV absetzen. Damit bleiben wir beweglich, können uns im Zweifel verstecken, der Hilfe entgegenfahren und haben einen gewissen Schutz.

Oder ist der Sturmkeller die bessere Alternative, um sich weiter durchzuschlagen?

Andernfalls nehmen wir sofort das Geländemotorrad und flüchten durch die Wälder.

Scheiße, nein, auf diese Weise sind wir schutzlos.

Meine Entscheidung fällt und ich marschiere ins Schlafzimmer.

Hocke mich neben das Bett, rüttele sanft an Giulias Schulter. »Giulia, aufwachen!«

Sie brummt unwillig.

»Anscheinend hat man uns entdeckt.«

Ihre Augen fliegen auf, sie fährt hoch. »Was? Wie? Wer?«

»Keine Ahnung, wir müssen abhauen.«

»Scheiße.«

»Jepp.« Ich erhebe mich, sammele die Kleidung auf, die ich ihr gestern nach dem Duschen gegeben habe, und halte sie ihr hin.

Sie schleudert die Decke beiseite, springt aus dem Bett und schnappt sie sich. Läuft ins Bad und wirft die Tür zu.

Ich wende mich meinem Kleiderschrank zu, streife einen Kapuzenpullover über und nehme auch einen für Giulia heraus. Ziehe meine Wanderschuhe an.

Hinter mir fliegt die Tür wieder auf. »Okay, fertig. Hast du Schuhe für mich?«

»Bin dabei.« Ich schaue das karge Angebot durch und reiche ihr schließlich ein paar knöchelhohe Stiefel, die sie enger zusammenschnüren kann. »Das muss reichen. Und vorn an der Garderobe hängt eine Windjacke, die du überziehen und bei denen du die Manschetten enger stellen kannst.«

»Geht schon.« Sie nimmt sie und setzt sich aufs Bett.

»Ich kümmere mich um die Waffen.« Damit eile ich hinaus, werfe mir an der Garderobe die Militärjacke über und weiter ins Arbeitszimmer. Schalte das Licht an, gebe den Sicherheitscode ein und öffne den Panzerschrank.

Da ertönt der Sicherheitsalarm und ich wirbele zu den Monitoren herum.

Zwei Wagen rasen auf die Zufahrt zu, halten davor an.

Aus dem hinteren springen zwei Männer, rennen zum Tor und bringen etwas daran an, ziehen sich zurück. Kurz darauf blitzt es, die Kameras fallen aus.

Fuck, sie haben es in die Luft gejagt.

Eilig hole ich eine Pistole aus dem Schrank, überprüfe das Magazin und stecke sie mir in den hinteren Hosenbund. Verfahre genauso mit einer zweiten und stecke sie in die Innentasche meiner Jacke. Dazu hänge ich mir ein Maschinengewehr quer über die Brust, schiebe die dritte Pistole in die Jackentasche und laufe ins Schlafzimmer zurück.

»Bist du fertig? Sie sind gleich da.«

Giulia richtet sich auf, sieht mich verzweifelt an.

»Wie konnte das nur so schnell passieren?«

»Keine Ahnung, darüber können wir später nachdenken. Komm jetzt.« Ich strecke die Hand nach ihr aus, halte inne und lausche.

Verdammt, das ist ein schwerer Hubschrauber, der da zur Landung ansetzt.

Und die Wagen fahren auch schon vor.

Sie springt auf, ergreift den Pullover.

»Beeil dich!« Ich umfasse ihren Oberarm und dränge sie vorwärts. Aus dem Schlafzimmer und Richtung Kellertreppe.

Da erklingt eine Explosion, die Haustür wird aus den Angeln gerissen und fliegt in den Flur.

Wir reißen die Arme hoch, taumeln zurück.

Schon stürmen vermummte Männer mit tragbaren Maschinengewehren herein.

Mit einem Schritt stehe ich vor Giulia, zerre die Schnellfeuerwaffe nach vorn und hebe den Lauf.

Doch der erste Typ in Kampfmontur springt mir bereits entgegen. Schlägt mir mit dem Gewehrkolben die Waffe aus der Hand, holt in der Rückwärtsbewegung aus und schmettert ihn mir ins Gesicht.

Ich stöhne auf, nehme den Schwung aus dieser Bewegung mit und balle die rechte Hand. Reiße zur Einleitung meines Konters die linke Faust hoch, verlagere das Gewicht.

Im nächsten Moment donnert der Gegner kraftvoll seinen robusten Stiefel vor mein Knie und ich knicke mit einem Schrei ein.

Kassiere einen Tritt in die Seite und einen Ellbogenhieb auf den Kopf.

Vor meinen Augen tanzen Sterne.

Trotzdem nehme ich wahr, wie ein anderer Mann Giulia packt und zur Tür schiebt.

Mit einem wütenden Knurren stemme ich mich hoch, will ihnen nach.

Allerdings umstellen mich die Typen und traktieren mich mit Fäusten und Füßen, bis ich auf dem Boden liege. Gekrümmt vor Schmerzen und mit diversen blutenden Wunden am Kopf und im Gesicht.

Dann lassen sie ohne Vorwarnung von mir ab, treten zurück und geben die Sicht frei.

Giulia steht im Türrahmen zur Küche, im Nacken und am Oberarm festgehalten von einem der Kämpfer, der ebenfalls Haltung annimmt und zum Eingang schaut.

Ihr besorgter Blick zuckt kurz zu mir, dann nach vorn.

Ich folge ihrem Beispiel.

Und entdecke ihren Verlobten.

Vadim Volkov.

Umgeben von einer brutalen, eisigen Aura, die nicht einmal sein teurer blauer Anzug mildern kann, betritt der grobschlächtige Russe mein Haus. Steigt über die am Boden liegende Tür und verharrt.

Er schaut seine Verlobte an und mustert sie von oben bis unten, zeigt aber keinerlei Regung.

Zum Glück ist Giulia so clever, ihre Miene neutral zu halten.

Sein Blick wandert weiter, durch den Flur, landet auf mir.

»Romano Mancuso.« Seine Stimme klingt kalt und überheblich zugleich.

Und mein Wunsch, ihm die Fresse zu polieren, wächst sprunghaft an.

»Du hast es gewagt, Hand an meine Verlobte zu legen.«

»Sorry, ist nichts Persönliches.« Ächzend stemme ich mich in eine halb sitzende Position hoch.

Er schnalzt mit der Zunge. »Natürlich ist es das. Durch die Hochzeit werden die Contis und ich eine Familie. Du hast dich also mit dem Falschen angelegt.«

»Ach ja? Und du machst jetzt die Drecksarbeit für diese feige Bande?«

Mir ist bewusst, dass ich ihnen unterlegen bin.

Aber gegebenenfalls kann ich mit ein bisschen Gequatsche Zeit schinden, um nach einem Ausweg zu suchen.

»Vielleicht ist es ja umgekehrt.«

Frisches Adrenalin schießt in mein Blut, mein Herz hämmert los.

Bestätigt er gerade meine Vermutungen?

»Doch das wirst du nie erfahren.« Volkov hält dem nächststehenden Mann die offene Hand hin.

Der zieht eine klobige Pistole aus seinem Schenkelholster, spannt den Hahn und legt sie seinem Boss mit dem Griff voran in die Hand.

Volkov schließt die Finger darum, drückt auf den Sicherungsknopf, hebt den Lauf.

Und mir wird eiskalt vor Schreck.

Will er Giulia etwa erschießen?

Doch mit einer schnellen Bewegung schwenkt er die Waffe herum, richtet den Lauf auf mich und drückt ab.

Oh, Fuck!

Dann treffen mich mehrere Projektile im Bein und Oberkörper, werfen mich nach hinten und um mich herum wird alles schwarz.

Giulia

Kapitel 24

Die lauten Schüsse schmerzen mir in den Ohren und ich presse meine Hände darauf. Kneife die Augen zusammen und schreie, doch das Bild von Romanos leblosem Körper, den Löchern in seiner Kleidung und dem Blut, verschwindet nicht.

Genauso wenig wie die Wut und das unerträgliche Leid in meiner Brust, meinem Herzen.

Großer Gott, dieses Arschloch hat ihn kaltblütig ermordet.

Nein, das darf nicht sein.

Nicht Romano.

Wir wollten doch –

Der Nachhall verklingt, der Typ bellt einen russischen Befehl.

Daraufhin packt der Mann neben mir meinen Nacken fester, schiebt mich vorwärts. An dem Anzugträger vorbei und aus dem Haus, die Stufen hinunter und zu einem langen eleganten Hubschrauber, dessen Rotoren sich langsam drehen.

Daneben entdecke ich noch ein paar dunkle Fahrzeuge, bevor der Kerl die hintere Tür öffnet, mich in die Kabine schubst und mir folgt.

»Hinsetzen.« Er spricht mit einem harten russischen Akzent, deutet auf den Sitz an der anderen Tür. »Anschnallen.«

Eilig nehme ich Platz, schließe mit zitternden Fingern den Beckengurt. Ergreife die anderen Riemen, führe sie über meine Schultern und verbinde sie mit dem Verschluss vor meinem Bauch.

Da steigt der Boss in den Hubschrauber, tauscht einen Blick mit seinem Soldaten und der springt hinaus, schließt die Tür.

Er setzt sich neben mich, legt ebenfalls die Gurte an, doch ich starre an ihm vorbei.

Die anderen Kerle in den schwarzen Uniformen verlassen im Laufschritt das Haus, schwärmen zu den Autos. Einer jedoch klettert auf den Sitz neben dem Piloten.

Der drückt längere Zeit auf einen Knopf in der Mitte des Cockpits, erhöht dadurch die Drehzahl des Rotors. Betätigt noch einige Hebel und Regler am Himmel der Maschine sowie im vorderen Bereich, und kurz darauf heben wir ab.

Drehen eine langsame Runde um das Haus, schweben schließlich auf einer Stelle über den ersten Bäumen.

Ich schaue durch die Tür auf der anderen Seite auf das Gebäude hinab, sehe wieder Romanos Körper vor mir und versuche zu verbergen, was es mit mir macht.

Aus dem Augenwinkel bemerke ich, dass der Russe nickt.

Daraufhin erklingt ein Zischen und fast im selben Moment explodiert das Haus in einem Feuerball.

Ich stoße einen Schrei aus.

Die Druckwelle trifft den Hubschrauber, schüttelt ihn durch, und ich schreie erneut.

Der Pilot neigt die Maschine zur Seite, steuert sie mit

der Welle weg vom Haus und steigert das Tempo.

Ein scharfer Schmerz durchflutet mich, als ob mich innerlich etwas zerreißt, und ich kralle die Finger Halt suchend um die Sitzkante.

Nein, verdammt, das darf alles nicht real sein. Ich träume doch nur, oder?

Er löst einen Kopfhörer von der Wand hinter sich und setzt sie auf. Reicht mir ebenfalls einen.

Sobald ich mir die Muscheln über die Ohren stülpe, wird der Großteil des Lärms ausgeschlossen, und ein leises statisches Summen ertönt.

»Liebste Giulia! Ich wünschte, wir hätten uns unter anderen Umständen kennengelernt.«

Ich konzentriere mich auf die vermeintliche Situation. Mustere das hart wirkende, rechteckige Gesicht mit den tiefen Falten zwischen der Hakennase und den schmalen Lippen, die gefurchte Stirn und das kurz geschorene Haar.

»Wer sind Sie?«

»Ich bin Vadim Volkov, dein Verlobter. Wie geht es dir?«

Seine Stimme klingt so desinteressiert und überheblich, dass ich mich unwillkürlich frage, wem, zum Teufel, er hier etwas vormachen will.

Trotzdem sehe ich ihn an, schlucke und hole zittrig Luft. »Den Umständen entsprechend.«

»Was hat er dir angetan?«

Mein Herz zieht sich voll gequälter Sehnsucht zusammen, doch ich besinne mich.

Der einzige Mensch, der mich hätte beschützen können, ist tot. Ab sofort bin ich auf mich allein gestellt.

Also wende ich den Blick ab. »Darüber möchte ich nicht reden.«

»Natürlich. Nimm dir Zeit, die Erlebnisse zu verarbeiten. Von nun an bist du in Sicherheit.«

Ich hebe die Brauen. »Bin ich das?«

»Selbstverständlich! Wenn ich gewusst hätte, in welcher Gefahr du schwebst, hätte ich dich schon eher zu mir geholt. Dein Vater war zu nachlässig, was seine Feinde angeht. Er hätte dich niemals allein wohnen lassen dürfen. Und du warst unvorsichtig. Aber künftig musst du keine Angst mehr haben, das wird sich alles ändern.«

Seine Worte verursachen mir Übelkeit und ich möchte ihm am liebsten dafür ins Gesicht spucken, dass er meine letzte Hoffnung auf ein freies Leben zerstört hat.

Eine Zukunft ohne Zwang, Unterwerfung oder Respektlosigkeit.

Neuer Schmerz wallt in mir auf und ich presse die Lippen aufeinander, um dagegen anzukämpfen.

Ich nicke, wende mich dem Fenster auf meiner Seite zu. Lasse mich tiefer in die Lederpolster sinken und lehne den Kopf an. Den Schock und die Kraftlosigkeit muss ich nicht einmal spielen.

Unter uns erstrecken sich Bäume, so weit das Auge reicht. Ab und zu unterbrochen von einem Stausee, Feldern oder einer Farm.

Und natürlich erinnert mich alles an Romano, seinen Besitz und was in der einen Woche dort passiert ist.

Am Ende sehe ich ihn bei seinem Geständnis vor mir, dem leidenschaftlichen Sex danach.

Doch jetzt ist er tot.

Einfach so!

Tränen schießen mir in die Augen, schnüren mir die Kehle zu und der Schmerz kocht erneut hoch.

Tot.

Ich beiße die Zähne zusammen, kämpfe dagegen an, doch ich bin machtlos. Gegen das Elend in meinem Herzen, die verzweifelte Sehnsucht.

Eigentlich möchte ich nur zurück in mein Apartment,

allein sein und alles hinauslassen. Schreien, heulen, toben.

Es ist alles verloren.

Wie soll ich das ertragen?

Den Kummer, das Vermissen, und das, was mir bei Volkov droht.

Am besten wäre es, er würde mich ebenfalls erschießen, aber diesen Gefallen wird er mir kaum tun.

Gib nicht auf! Wir werden einen Weg finden.

Innerlich schnaube ich auf.

Wozu? Was hat das noch für einen Sinn?

Für Romano. Und mich.

Keine Ahnung, was das bringen soll.

Du hast mich wiedergefunden und –

Ach, halt doch die Klappe und lass mich in Ruhe.

*

Irgendwo an der West Side gehen wir schließlich runter, doch genauer kann ich es nicht zuordnen, weil ich den gesamten Flug über in meiner eigenen Gedankenwelt gefangen war.

Der Pilot landet die Maschine auf dem Heliport eines Wolkenkratzers, die Rotoren werden hörbar langsamer und ich sehe zum Hudson River hinüber. Das Wetter ist trüb und New Jersey auf der anderen Seite versinkt in grauem Dunst.

»Wir sind da.« Volkov nimmt den Kopfhörer ab und hängt ihn in die Halterung, öffnet seinen Sicherheitsgurt.

Ich folge seinem Beispiel und verlasse den Hubschrauber.

Sofort erfasst mich der Wind, der die Kälte hier oben noch schlimmer macht, und ich schaudere.

Volkov umfasst meinen Oberarm, führt mich auf eine Feuerschutztür zu und der Helikopter hebt wieder ab.

Dort erwarten uns zwei muskelbepackte Männer im Anzug, halten uns die Feuerschutztür auf und begleiten uns bis in die Fahrstuhlkabine. Mit der fahren wir nur wenige Sekunden tiefer, betreten eine Wohnung. Und die Tür, die hinter uns ins Schloss fällt, klingt für mich wie die Gittertür einer Gefängniszelle.

Ich schlucke, bleibe zögernd im Eingangsbereich stehen. »Ich würde gern in mein eigenes Apartment.«

Da lacht er hämisch und dreht sich zu mir um. »Das hier ist jetzt dein Zuhause, Liebling. Meine Leute packen gerade deine Sachen und bringen sie her, dann kannst du dir das Wichtigste aussuchen und den Rest vernichten.«

Verärgert starre ich ihn an. »Warum soll ich meine Sachen vernichten?«

»Weil du hier alles hast, was du dir wünschen kannst. Neu und von bester Qualität.«

»Nein. Ich allein bestimme, was mit meinen Sachen passiert.«

Er kommt zu mir, das Gesicht ernst und kalt.

Sieht mich einen Moment an, holt aus und versetzt mir einen Schlag ins Gesicht.

Die Wucht ist so groß und unerwartet, dass mein Kopf zur Seite schwingt und Schmerz in der betroffenen Gesichtshälfte explodiert. Ich taumele zwei Schritte und stürze zu Boden, kann mich gerade noch mit den Händen abfangen.

Einige Sekunden sitze ich da und keuche, in meinen Ohren klingelt es heftig. Ich schmecke Blut, wische mir mit dem Handrücken über den Mundwinkel und betrachte verstört den roten Streifen auf meiner Haut.

Verdammt, das hier passiert wirklich.

»Am Samstag wirst du meine Frau und ich erwarte uneingeschränkten Gehorsam. Hast du mich verstanden?«

Angeekelt sehe ich ihn an, wie arrogant er sich vor mir

aufbaut, seine eiskalte Monsterfratze zeigt.

»Was habe ich dir getan, dass du mich so behandelst? Hast du mich nur befreit, um mich verprügeln zu können?«

Sein Mund verzieht sich zu einem missbilligenden Schmunzeln. »Nein. Ich habe noch ganz andere Dinge mit dir vor, aber darüber reden wir in der Hochzeitsnacht. Bis dahin gewöhne dich an den Gedanken, dass du mir gehörst. Und je schneller du lernst, dich zu fügen, desto weniger muss ich dich bestrafen.«

Mein leerer Magen verkrampft sich und Übelkeit steigt in mir auf.

Ich schlucke.

Möchte ihm all die Erkenntnisse an den Kopf werfen, die ich dank Romano habe.

Im letzten Augenblick reiße ich mich allerdings zusammen, presse die Lippen aufeinander und schweige.

»Ich rufe jetzt deinen Vater an und informiere ihn darüber, dass deine Befreiung gelungen ist. Heute Abend kommt er vorbei und wir reden weiter. Dima bringt dich so lange in dein Zimmer.«

Er hebt den Blick, nickt einem der beiden Männer zu.

Der tritt neben mich, packt meinen Oberarm und zerrt mich auf die Füße.

Doch sobald ich stehe, reiße ich mich von ihm los und funkele Volkov an. »Ich bin nicht deine Gefangene.«

Er lacht auf, schüttelt den Kopf und sieht mich wieder an. »Ach, mein Liebling. Natürlich bist du das. Aber sobald du deine Rolle kennst, reden wir über kleine Lockerungen.«

Ich recke das Kinn, will ihm widersprechen.

Mit zwei Schritten ist er bei mir, packt von unten meinen Kiefer und drückt kräftig zu.

Ich stöhne voller Schmerz auf, halte mit größter

Willenskraft seinem gefühllosen Blick stand.

»Mach dir keine Hoffnungen, Giulia. Ich werde dich brechen, früher oder später. Mit wirksameren und ... weitaus amüsanteren Methoden als denen deines Vaters. Auf jeden Fall für mich. Du kannst dir also einige Schmerzen ersparen, wenn du klug bist. Zumindest bis zu einer gewissen Grenze, schließlich will ich es genießen, von allen meinen Rechten als dein Ehemann Gebrauch zu machen.«

Mit einem Ruck gibt er mich frei und der Muskelmann bringt mich in ein Zimmer, ganz am Ende eines Flurs. Schubst mich hinein, zieht die Tür zu und verriegelt sie.

Ich stoße die Luft aus, reibe mir den Oberarm und sehe mich um.

Der Raum ist in einem deprimierenden Graugrün gestrichen, an den Übergängen zur Decke prangt weißer Stuck und vor den beiden großen Sprossenfenstern gegenüber hängen geraffte dunkelgrüne Stoffrollos.

Die einzigen Möbel sind ein mit beigefarbenem Stoff bezogenes Queensize-Bett, Nachttische aus rotbraunem Holz und ein farblich abgestimmter Ohrensessel inklusive passendem Holztischchen an der gegenüberliegenden Seite, direkt vor einem offenen Kamin. Links davon befindet sich der begehbare Kleiderschrank, rechts eine Tür.

Ich gehe hinüber, öffne sie und schalte das Licht ein. Das Bad, wie vermutet. Und es ist in einem ähnlich altmodischen Stil gestaltet.

Automatisch denke ich an Romanos modernes Bad mit der großen begehbaren Dusche. Wie er mich dort gefickt hat.

Erneut schnürt sich mir die Kehle zu und ich wende mich mit hängenden Schultern ab, trete vor das nächste Fenster und starre hinaus.

Das Gebäude befindet sich direkt am Central Park und ich kann über das *Jacqueline Kennedy Onassis Reservoir* bis zum *Solomon R. Guggenheim Museum* gucken.

Verzweifelt lasse ich den Blick über die grüne Lunge Manhattans gleiten, die vielen Betontürme unterschiedlicher Höhe ringsum, die zum Teil in der Dunstwolke verschwinden.

Ob das für die nächsten Jahre alles ist, was ich von meiner Stadt zu sehen bekomme? Oder vielleicht sogar bis an mein Lebensende?

In mir zieht sich alles zusammen, vor allem mein Herz, und meine Gedanken fliegen in die Catskill Mountains.

Diesmal halte ich die Tränen nicht zurück. Schließe die Augen und lehne die Stirn an das kalte Fensterglas.

Gott, Romano, du fehlst mir.

*

Einige Zeit später tragen Volkovs Leute die Umzugskartons in mein Zimmer. Stapeln sie wortlos neben dem Kamin aufeinander und gehen wieder.

Ich bleibe seitlich zusammengerollt auf dem Bett liegen, ein Kissen an Brust und Bauch gepresst, und beobachte sie lediglich. Mustere am Ende die Kartons und fühle eine gewisse Niedergeschlagenheit.

Ist das alles? Mein Leben in den paar Kisten?

Traurig stemme ich mich hoch, tappe auf Socken hinüber und sehe die Inhalte durch.

Nur Kleidung und meine persönlichen Sachen vom Schreibtisch. Nicht einmal meine Malutensilien haben sie eingepackt.

In mir steigt der akute Drang auf, alles auf Leinwand zu bannen, was in mir vorgeht.

Scheiße, ich brauche das!

Wie soll ich denn sonst verarbeiten, was in den letzten Tagen passiert ist?

Wütend pfeffere ich die Klappen zu, laufe zum Fenster. Ziehe Romanos Pullover über die Nase und schlinge die Arme um mich.

Ich kann ihn noch immer riechen, auf meiner Haut, im Shirt.

Zum Glück hatte ich keine Gelegenheit, den Duft von Sex abzuwaschen, den er nach der gestrigen Dusche mehrfach auf mir hinterlassen hat.

Allerdings ist mir bewusst, dass ich meine eigene Kleidung anziehen muss, wenn ich keinen Verdacht erregen will. Schließlich werden sie von mir erwarten, froh zu sein, alles abstreifen zu können, was mich an die Entführung erinnert.

Doch ich will das nicht.

Mach dich nicht angreifbar. Gib Volkov keinen Grund, misstrauisch zu werden.

Nein, das schaffe ich noch nicht.

Und ob du das schaffst. Du musst. Für Romano. Lass ihn nicht unnötig gestorben sein.

Das war sein Tod ohnehin – vollkommen sinnlos.

Fick dich, Schicksal, du bist ein mieser Verräter.

Gibst mir meinen Willen zurück, schenkst mir unvergessliche Tage und einen Menschen, der trotz des anfänglichen Hasses Gefühle für mich entwickelt und auch dazu steht.

Nur, um ihn mir direkt wieder zu entreißen. Endgültig.

Aber mehr bekommst du nicht.

Ich recke das Kinn, gehe zu den Kartons zurück und öffne den obersten erneut. Nehme meine Kleidung heraus und verstaue sie im begehbaren Wandschrank. Dann streife ich Pullover und Jogginghose ab, verstecke sie hinten im obersten Fach.

Anschließend schlüpfe ich in eine Jeans und einen eigenen Pullover, behalte das Shirt darunter an. Romanos Stiefel verstaue ich hinten im Schuhschrank, ziehe Sneakers an und gehe ins Bad. Dort wasche ich mir das Gesicht, kämme mir die Haare und mache mit den verbliebenen Kartons weiter.

Zum Schluss falte ich sie zusammen und stelle sie neben der Tür an die Wand. Sehe mich um und schlinge erneut die Arme um mich.

Selbst mit meinen privaten Dingen hier drin fühlt es sich falsch an. Und das wird immer so bleiben.

Ich seufze, gehe zum Bett und rolle mich wieder um das Kissen zusammen.

Deswegen sollten wir schnellstmöglich an einem neuen Fluchtplan arbeiten.

Lass mich in Ruhe.

Die Hochzeit findet bestimmt in einer öffentlichen Location statt, oder einem Hotel, das ist die Gelegenheit.

Herrgott, wie soll das gehen?

Versuch es doch wenigstens! Oder willst du die Hände in den Schoß legen und dein Schicksal stillschweigend hinnehmen?

Ja, genau jetzt möchte ich das tun.

Weil mir jegliche Kraft fehlt, der Antrieb oder auch nur der Hauch einer Motivation.

Mein altes Ich, die freche Rebellin – sie hat mich den Anfang der Entführung durchstehen lassen, den schlimmen Teil. Mir Hoffnung gegeben.

Aber nur, weil es eine realistische Chance gab. Romano und ich waren allein.

Volkov wird weder Gefühle für mich entdecken, noch Mitleid zeigen oder Ähnliches. Er ist eiskalt und hart. Pervers und krank. Besitzt kein Herz, keine Moral, keinen Anstand.

Ja, und wenn du nicht aufpasst, wird er dich mehr als foltern oder quälen. Du bist nur ein Spielzeug, vielleicht noch eine Gebärmaschine. Das wars. Deshalb musst du kämpfen.

Resigniert schließe ich die Augen.

Ich bin zu müde zum Kämpfen.

Krieg gefälligst den Arsch hoch!

Meine mentale Erschöpfung ist zu stark für eine Antwort, also schweige ich.

Rolle mich enger um das Kissen, komme zur Ruhe und dämmere davon.

Träume wirres, schreckliches Zeug.

Bis ein lautes Geräusch mich in die Realität zurückreißt, Licht aufflammt.

Ich fahre hoch, im Sitzen zur Tür herum.

Der Muskelmann steht in dem breiten Spalt. »Mitkommen.«

Frustriert stoße ich die Luft aus, rutsche vom Bett und stehe auf. Fahre mir mit beiden Händen übers Gesicht und durchs Haar.

Schon packt der Kerl mich am Oberarm und dirigiert mich hinaus. Durch einen langen Flur, den Eingangsbereich und das riesige Wohnzimmer bis in ein Arbeitszimmer.

Dort erwarten mich Volkov hinter einem wuchtigen Schreibtisch aus dunklem Holz und mein Vater in einem Sessel davor.

Mein Verlobter nickt, mein Begleiter zieht sich zurück und schließt die Tür.

»Setz dich.« Volkov deutet auf den zweiten Sessel vor seinem Schreibtisch, ein Ungetüm aus Holz und Plüsch.

Ich gehe hinüber, setze mich und erfasse mit einem schnellen Blick meine Umgebung.

Der Raum ist komplett mit dem gleichen rotbraunen Holz vertäfelt, aus dem die Möbel in meinem Zimmer gefertigt wurden. Eine Wand besteht aus vollen

Bücherregalen, hinter Volkov hängt lediglich ein düsteres Gemälde mit einem kriegsbezogenen historischen Motiv und der Rest ist nackt. Den einzigen Farbtupfer bildet ein großer alter Teppich in verschiedenen Creme- und Brauntönen.

»Wie ich sehe, hast du die Entführung einigermaßen überstanden.«

Angewidert von der gefühllosen Stimme meines Vaters, starre ich ihn an. »Das sieht nur so aus.«

Er schnaubt. »Stell dich nicht so an, wir haben dich ja früh genug gefunden.«

»Wie ist euch das überhaupt gelungen? Woher wusstet ihr, dass ich mitten in den Wäldern bin?«

»Wir haben dich geortet.«

Überrascht hebe ich die Brauen. »Wie bitte?«

Volkov nickt. »Nachdem dein Vater von den Leichen in der Tiefgarage deines Apartmenthauses erfahren hat, hat er nach dir gesucht. Wir haben praktisch die gesamte Stadt und die Vororte durchgekämmt, dich aber nirgends gefunden. Also haben wir es über GPS versucht, was bei dem alten Modell etwas schwierig war, aber dann war das Signal gestern plötzlich da, nur für einige Stunden.«

»Gestern Abend hat dein Verlobter dann alles Weitere in die Wege geleitet und heute früh hat er dich befreit.«

Ich runzele die Stirn, sehe von Volkov zu meinem Vater. »Moment, wovon redet ihr? Um welches alte Modell geht es? Und was hat das mit dem GPS-System zu tun?«

Der verzieht das Gesicht zu einem hämischen Lächeln. »Dein Peilsender.«

»Mein ... was?« Mein Herz hämmert los. »Ihr habt einen Peilsender bei mir versteckt? Worin? Dem Verlobungsring?«

»Nein. Du trägst ihn in dir, seit deiner Kindheit.«

»Wie bitte?« Eine heftige Schockwelle trifft meinen

Körper, gefolgt von Hitze und Kälte. »Du hast mir einen ... Peilsender verpasst?«

»Ich wusste, eines Tages würde der sich auszahlen.«

»Tragen Fabio und Andrea auch einen?«

»Warum sollten sie?«

»Aber das ...« Meine Gedanken rasen. »Warum hast du das getan? Wegen einer möglichen Entführung?«

Er lacht auf. »Was für ein Blödsinn! Ich habe lediglich ständig deinen Aufenthaltsort überwacht.«

Aus meinem Magen steigt Übelkeit auf und ich atme hektisch dagegen an. »Wo ist er?«

»Wer?«

»Der Peilsender.«

Mein Vater deutet mit dem Kinn auf meine rechte Schulter. »In deinem Oberarm.«

Automatisch lege ich die Hand darüber, fassungslos über so viel Kaltblütigkeit. »Du hast deine eigene Tochter kontrolliert.«

»Natürlich. Meinst du, ich lasse zu, dass du einfach abhaust und alle meine Pläne zunichtemachst?«

»Wann hätte ich denn abhauen sollen?«

»Ehrlich gesagt hatte ich bereits vor zehn Jahren den ersten Verdacht dahin gehend. Deine Mutter hat dich zu einer aufsässigen Brut erzogen.«

Wie schlecht er über *mamma* redet, versetzt mir einen Stich in den Magen, und es bricht aus mir heraus. »Im Gegensatz zu dir hat sie mich wenigstens geliebt.«

Da verhärtet sich sein Gesichtsausdruck. »Du hast keine Ahnung.«

»Dann klär mich doch auf.«

»Ich denke, dafür ist ein anderes Mal Zeit.« Volkov faltet die Hände vor sich auf dem Schreibtisch, beugt sich vor. »Heute geht es um die Hochzeit. Und um deinen Zustand.«

»Was meinst du damit?«

»Hat Mancuso dich geschlagen?«

Ich schlucke, überlege fieberhaft.

Ob er das Interesse an mir verliert, wenn ich es dramatisiere?

»Ja.«

»Vergewaltigt?«

Kurz presse ich die Lippen zusammen und tue so, als wäre es mir peinlich. Dann nicke ich. »Mehrfach.«

»Hat er verhütet? Eine Abtreibung käme mir ungelegen.«

Ich nicke.

»Sie war auch vorher keine Jungfrau mehr«, wirft mein Vater ein.

»Das ist mir bewusst.« Volkov lächelt kalt. »Und vielleicht sind die Vergewaltigungen sogar von Vorteil.«

Die nächste Hitzewelle schlägt über mir zusammen, gefolgt von Übelkeit.

Wie meint er das?

Mein Vater spricht die Frage laut aus und mein Verlobter zuckt mit den Schultern. »Muss ich dir erzählen, wie das wahre Leben funktioniert, Emilio?«

»Nein.«

»Siehst du.« Sein Blick wandert zu mir. »Auf diese Weise hast du schon mal einen Anhaltspunkt, was dir im Falle von Ungehorsam droht. Nur um einiges schlimmer.«

Mir wird schwindelig.

Und in einem letzten verzweifelten Versuch sehe ich meinen Vater an, beinahe flehentlich. »Vater, bitte!«

Er schüttelt den Kopf, das Gesicht eine unbarmherzige Maske. »Ich habe nichts mehr mit dir zu tun, von nun an gehörst du zu Vadim.«

Romano

Kapitel 25

»Romano?«

Mit meinem Bewusstsein kehrt die Erinnerung zurück, die Bilder, die Hitze, der Schmerz.

Rieche ich Rauch und feuchtes Moos.

Fuck, das muss ein Albtraum sein.

»Sag doch was!«

Die Stimme ist zu leise, sie existiert bestimmt nur in meinem Hirn.

»Romano, *al diavolo!*«

Seltsam, sie klingt wie Nate.

Und sind das Schritte?

Das ist unmöglich.

Oder?

Ich öffne die Augen, blinzele mehrfach, doch die Schwärze bleibt.

»Bist du hier?«

Unter größter Anstrengung hebe ich den Kopf, mache weit vorn ein schwaches, schwankendes Licht aus.

Nein, mehrere.

Hoffnungsvoll stütze ich die rechte Hand vor meiner Brust auf und schiebe die linke unter meinem Körper hervor. Stemme mich vorsichtig hoch.

Sofort wird das Pochen in meinem linken Oberschenkel heftiger und ich stöhne auf.

Hinten wird es ruhig.

»Romano?«

»Ja.« Es kostet mich viel Kraft, meinen Stimmbändern dieses eine kratzige Wort zu entlocken, und ich lasse erschöpft den Kopf wieder hängen.

Die Schritte kommen näher, schneller diesmal, und bald bin ich vom Licht diverser Taschenlampen umgeben.

»*Dio mio*, du lebst!« Nate fällt vor mir auf die Knie.

Ich wende den Kopf, starre ihn an. »Kannst du dich vielleicht mal entscheiden? Geht es nun mit Gott oder dem Teufel zu?«

»Das hier kommt wohl eher einem Wunder gleich.« Er legt die Taschenlampe hin, beugt sich über mich und tastet meine Rückseite ab. »Wie schwer bist du verletzt?«

Mit einem Stöhnen richte ich mich auf den linken Ellbogen auf, drehe mich auf die Seite, und seine Hände machen vorn weiter.

»Ich glaube, die Jacke hat die meisten Kugeln abgefangen, aber mindestens eine hat mein linkes Bein getroffen.«

»Simon, Chad, ich brauche Licht.«

Schon richten sich zwei dicke Lichtstrahlen auf meine Beine und mein bester Freund untersucht sie. Als er die Schusswunde berührt, ziehe ich zischend die Luft ein.

Er hebt meinen Schenkel an, begutachtet die Rückseite und ich stöhne erneut auf.

»Okay, sieht nach einem Durchschuss aus, aber das kann sich der Doc nachher genauer ansehen. Jetzt müssen wir dich erst einmal hier wegbringen. Chad, du nimmst den anderen Arm.«

Sie helfen mir hoch, legen sich je einen meiner Arme um die Schultern und umfassen meine Taille, um mir das

Humpeln auf dem unverletzten Bein zu erleichtern.

Trotzdem ist der Weg bis zum Sturmkeller die reinste Tortur und zieht sich in die Länge wie heißer Mozzarella.

Fuck, wie komme ich ausgerechnet jetzt auf Mozzarella?

Zu allem Überfluss steigt bei der Vorstellung davon Übelkeit in mir hoch und ich beiße die Zähne fest aufeinander, um es zu bekämpfen.

Im Sturmkeller helfen sie mir, mich auf eine der Holzkisten zu setzen, und wischen sich über die Stirn, atmen tief durch.

Die Tür ist geschlossen, das Notlicht eingeschaltet.

Mein bester Freund schnipst mit den Fingern. »Simon? Da hinten ist der Erste-Hilfe-Kasten, verbinde Romano das Bein.«

»Ja, Chef.« Schon läuft er los.

Ich sehe Nate an. »Das soll kein Vorwurf sein, aber ... was, zur Hölle, machst du hier?«

»Dich retten. Oder das, was von dir übrig ist.«

»Wusstet ihr, das Volkov uns gefunden hat? Lucas Anruf war abgehackt, ich habe nur ein Wort verstanden, abhauen.«

Er verzieht das Gesicht. »Wir haben ihn seit Sonntag beobachtet, alles unauffällig. Dann ist er in der ersten Dämmerung in seinen Luxushelikopter gestiegen und losgeflogen. Unsere Leute haben sofort das angegebene Flugziel recherchiert, eine Lodge in Phoenicia.«

Simon kehrt mit einem roten Kasten zurück, öffnet ihn und winkt Chad heran, ihm zu leuchten.

»Wie hat er uns gefunden?«

»Woher soll ich das wissen?«

»Ist auch egal. Hast du wenigstens Verstärkung mitgebracht?«

»Natürlich, der Rest ist bei Stu.«

»Und wie seid ihr hergekommen?«

»Mit ein paar Geländemaschinen, in einem großen Bogen über die Westseite. Immer dem Sicherheitssignal deines Smartphones nach.«

Mein Magen verkrampft sich. »Was ist mit meinem Haus? Ist noch etwas davon übrig?«

Nate schüttelt den Kopf. »Ich befürchte, nicht. Sheriff und Fire Department sind noch dort.«

Ich nicke. »Das ist gut. Falls Volkovs Leute noch in der Nähe sind oder die Funkfrequenzen abhören, bin ich erst einmal offiziell tot.«

Er setzt sich auf die nächstbeste Kiste und beobachtet, wie Simon mir einen Druckverband anlegt. Dann schaut er mich an. »Was ist hier passiert? Volkovs Aufbruch kam so überraschend, dass wir nicht schnell genug reagieren konnten.«

Also erzähle ich ihm, was sich nach meinem Aufwachen ereignet hat.

»Als sie das Haus verließen, bin ich wieder zu mir gekommen. Habe mich aufgerappelt, schnellstmöglich zur Kellertür und die Treppe hinunter geschleppt. Mir war klar, dass sie nicht einfach so abfliegen würden, deswegen habe ich mich in den Tunnel geflüchtet.«

»Du hast verdammtes Glück gehabt, dass er dir keine Kugel in den Kopf gejagt hat.«

»Ich weiß. Vermutlich war er sich sicher, dass die Explosion alles Weitere erledigt. Oder er ist ein beschissener Schütze.«

Einen Moment grinsen wir uns an, werden aber schnell wieder ernst.

»Wenn du nicht wachgeworden wärst ... oder es nicht weit genug in den Tunnel geschafft hättest ...«

Ich verziehe das Gesicht. »Das letzte Stück bin ich geflogen.«

»Scheiße.«

»Ja.«

»Hast du etwas davon bemerkt, dass sie Sprengladungen angebracht haben?«

»Nein. Ich tippe auf eine kleinere Rakete oder Ähnliches, direkt vom Hubschrauber aus.«

Hass leuchtet in seinen Augen auf. »Dieser miese Wichser. Den schnappen wir uns. Am besten auf die gleiche Weise.«

Vehement schüttele ich den Kopf. »Nein, das geht nicht.«

»Warum nicht?«

»Du kannst in New York nicht einfach eine Rakete in eine Wohnung jagen, das zieht Unschuldige mit hinein und richtet zu viele Kollateralschäden an. Und es geht um Giulia.«

»Giulia? Conti?« Er runzelt die Stirn.

»Ja.«

»Warum? Was hat sie damit zu tun?«

»Ich werde sie befreien.«

»Du wirst ... was? Willst du mich verarschen?«

»Herrgott, krieg dich wieder ein. Ich werde euch alles erklären, aber im Moment gibt es Wichtigeres.«

»Na, da bin ich ja mal gespannt.«

»Jaja. Bringt mich erst einmal hier weg und nach New York. Ich muss schnellstmöglich mit Luca sprechen.«

*

»Hier. Den kannst du bestimmt gebrauchen.«

Ich sehe zu Luca auf, schiebe mich auf seiner Couch in eine halbwegs aufrechte Position und nehme das Whiskyglas entgegen. »Danke, Mann.«

Mit seinem Glas prostet er mir zu und ich erwidere die

Geste. Trinke einen großen Schluck, behalte ihn einen Moment im Mund und lasse ihn schließlich meine Kehle hinabrinnen.

»Fuck, tut das gut.«

»Wie fühlst du dich?«

Mein Mund verzieht sich zu einem schiefen Grinsen. »Verprügelt, erschossen und durch die Luft katapultiert.«

»Sehr witzig.«

»Geht schon. Der Doc hat gute Arbeit geleistet.«

Wir schauen beide auf die Bandage an meinem nackten Schenkel.

Unser Arzt hat das Hosenbein kurzerhand abgeschnitten, mir eine örtliche Betäubung verpasst und den Durchschuss versorgt. Danach hat er sich die blaulila Prellungen an meinem Oberkörper angesehen, verursacht von den Projektilen, die von der Kevlar-Schicht in der Militärjacke abgefangen wurden. Genauso wie die Prügelwunden und sonstigen Schrammen.

»Ich werde es knapp überleben.«

»Wie schön, dass du dir deinen Humor bewahrt hast.«

»Wäre dir lieber, dass ich herumtobe vor Wut?«

»Nein.« Mein ältester Bruder setzt sich in den Sessel gleich neben der Couch. »Matteo und Pasquale sind jeden Moment hier, Natale kommt ebenfalls dazu. Dann kannst du uns auf den neuesten Stand bringen.«

»Okay.«

»Wer hätte gedacht, dass diese Scheiße dermaßen aus dem Ruder läuft!«

»Niemand.«

»Nein, stimmt.«

Es klopft, die Tür wird geöffnet und Matteo marschiert herein, gefolgt von Nate und Pasquale.

Der steuert direkt auf den Barwagen zu. »Wollt ihr auch einen Drink?«

Sie bejahen und kurz darauf setzt Matteo sich ans freie Ende meiner Couch, die anderen beiden nehmen mit ihren Gläsern in Sesseln Platz.

»Also dann, fangen wir an.« Luca nickt aufmunternd.

Ich trinke noch einen Schluck, sammele mich und beginne meinen ausführlichen Bericht. Verzichte von der Ankunft in den Catskill Mountains bis zu meiner Rettung lediglich auf die schlüpfrigen Details.

Gemeinsam fügen wir die gewonnenen Erkenntnisse über Conti und Volkov hinzu, formen daraus ein Gesamtbild und diskutieren mögliche Pläne sowie daraus resultierende Konsequenzen.

»Egal, was konkret dahintersteckt, wir müssen Volkov aufhalten. Er ist unser eigentliches Problem. Seht ihr das genauso?«

Wir stimmen Luca mit einem einträchtigen Nicken zu.

»Die Frage ist, wie wir das am besten anstellen. Habt ihr Vorschläge?«

»Allerdings.« Alle Blicke richten sich auf mich

Luca mustert mich aus zusammengekniffenen Augen. »Weihe uns in deine Gedanken ein.«

Was ich so weit tue, wie ich bereits Überlegungen angestellt habe. Schließlich hatte ich den letzten Stunden ausreichend Zeit und Gelegenheit dafür.

Am Ende schürzt er nachdenklich die Lippen

»Das ist ein effektiver Rundumschlag. Wir befreien Giulia, vernichten unsere Feinde und festigen unsere Position in der Stadt.«

»Was haltet ihr davon?« Er schaut die anderen an und sie nicken nacheinander.

Matteo grinst. »Unsere Leute sind bereits mobilisiert, lediglich der Plan muss angepasst und ausgebaut werden.«

»Schaffst du das zeitlich?«

»Kein Problem. Es wird mir ein Vergnügen und

eine Ehre sein.«

Bei einem weiteren Drink besprechen wir den Plan.

Am Ende fasst Luca zusammen, wer welche Aufgaben übernimmt. »Und du, Natale, fährst jetzt noch in Romanos Wohnung und packst ihm ein paar Klamotten.«

Irritiert runzele ich die Stirn. »Wozu?«

Mein ältester Bruder schmunzelt. »Du bleibst erst einmal hier.«

»Aber –«

»Willst du dabei sein?«

»Natürlich.«

»Deshalb werde ich sicherstellen, dass du dich bis dahin schonst.«

Ich stoße die Luft aus. »Danke. An euch alle.«

Sie nicken, Luca lächelt.

»Für die Frau, die dein Herz im Sturm erobert hat, ist das selbstverständlich. Sie gehört bereits zur Familie.«

»Mein Herz?«

»Was sonst?«

»Na ja, da ist mehr als Sex zwischen uns, schon klar, aber ...« Mir verschlägt es die Sprache.

»So, wie du für sie kämpfst, ist das mehr als bloße Sympathie. Schließlich gehört sie eigentlich zu unseren Todfeinden, aber ihr habt schon über eine gemeinsame Zukunft gesprochen.«

»Ja.«

»Dann sieht es für mich ganz nach Liebe aus, tut mir leid.«

»Liebe.« Verblüfft schüttele ich den Kopf, horche in mich hineinen. »Fuck. Könnte glatt sein, dass du recht hast.«

»Ich bin dein ältester Bruder und Oberhaupt der Mancusos. Selbstverständlich habe ich recht.«

Wir tauschen ein wissendes Lächeln.

Matteo lacht auf. »Weißt du, wie *ich* es nenne?«

»Na?« Ich mustere ihn neugierig.

»Voodoo-Muschi.«

»Was? Warum?«

»Weil dein Schwanz ihr gehört, genauso wie der Rest. Und es fühlt sich unbeschreiblich gut an. Widerstand zwecklos.«

»Darauf trinke ich!« Pasquale hebt sein Glas und wir fallen mit ein.

»*Salute!*«

*

Nach dem Abendessen mit seiner Familie bleiben Luca und ich am Tisch sitzen. Trinken ein letztes Glas, sprechen über die Veränderungen der vergangenen Monate und was es mit uns gemacht hat.

Leider überwältigt mich bald die Müdigkeit, vermutlich wegen der Schmerztabletten und Antibiotika, und ich verberge ein herzhaftes Gähnen hinter meiner Hand.

Sofort schiebt Luca seinen Stuhl zurück und steht auf. »Ab ins Bett mit dir, morgen früh musst du fit sein.«

»Ja, Dad.« Lächelnd stemme ich mich hoch, humpele zwei Schritte zur Seite.

Zusammen verlassen wir das Esszimmer, schleichen über den Flur in Richtung der Schlafzimmer.

»Ich bin übrigens sehr froh, dass du die Frau gefunden hast, für die der Platz in deinem Herzen vorgesehen war.«

»Scheiße, du klingst wie *mamma*.«

Er lacht leise. »Ich bemühe mich, ihre Weisheiten zu befolgen.«

»Auf jeden Fall besitzt sie eine beeindruckende Menschenkenntnis.«

»Und sie hat versucht, uns dahin gehend zu

sensibilisieren. Was anscheinend sogar bei dir gelungen ist.«

Peinlich berührt zucke ich mit den Schultern. »Ich konnte mich null gegen meine Gefühle wehren, also habe ich sie akzeptiert.«

»Das war zweifellos der richtige Weg. Und wir helfen dir, dass du ihn auch weitergehen kannst.«

»Nochmals danke dafür.«

Vor der Tür zum Gästezimmer bleiben wir stehen. »Hätten eure Geschichte und deine Gefühle mich nicht überzeugt, würden wir die Sache anders regeln.«

»Genau darum geht es. Du hast mich weder ausgelacht noch abgewimmelt. Oder es verharmlost.«

»Nein. Weil meine Intuition mich leitet und bisher nie enttäuscht hat.«

»Siehst du? Deswegen hast du die Clan-Führung übernommen.«

Luca seufzt und für einen Moment erkenne ich, in seinen Augen und auf seinem Gesicht, wie viel diese Bürde ihm täglich abverlangt. Dann lächelt er und klopft mir auf die Schulter. »Ich glaube, in ein paar Jahren und mit der entsprechenden Erfahrung könntest du ein guter Stellvertreter werden. Dein Gespür für größere Zusammenhänge ist gut.«

»Darüber reden wir, wenn es mal so weit ist.« Ich gähne erneut. »Und jetzt gute Nacht.«

»Schlaf gut.«

Mit einem letzten Lächeln wende ich mich ab, betrete das Gästezimmer und drücke die Tür leise hinter mir ins Schloss. Schalte die Nachttischlampen ein, humpele ins Bad.

Danach streife ich die bequeme Hose ab, schiebe mich unter die Bettdecke und lösche das Licht. Mache es mir auf der Seite bequem und starre zum Fenster hinaus, auf das

Lichtermeer der umliegenden Wolkenkratzer.

Sogleich erscheint Giulias wunderschönes Gesicht vor meinem inneren Auge, mit geröteten Wangen und einem verlegenen Lächeln auf den Lippen. Und mein Herz jault vor Sehnsucht nach ihr.

Gleichzeitig steigen Schuldgefühle in mir auf.

Weil ich sie nicht retten oder vor Volkovs Zugriff bewahren konnte.

Meinetwegen sitzt sie nun in seiner Wohnung, mitten in der Hölle. Und mein Hirn malt sich die grauenhaftesten Dinge aus, die er mit ihr anstellt.

Fuck!

Egal, was er ihr antut – wie soll ich mir das selbst je vergeben?

Ich kann nur hoffen, dass sie stark bleibt, obwohl sie denkt, dass ich tot bin.

Dass sie sich nicht einschüchtern lässt und vielleicht schon Fluchtpläne schmiedet.

Scheiße, ich wünschte, ich könnte ihr irgendwie eine Nachricht zukommen lassen, dass sie aushalten soll. Denke eingehend darüber nach und verwerfe es wieder.

Nein, das würde unsere Aktion gefährden, in vielerlei Hinsicht.

Aber gibt es eine Alternative?

Darüber fallen mir bald die Augen zu und bevor ich in Schlaf gleite, gilt ihr mein letzter Gedanke.

Halte durch, *principessa*.

Ich stehe zu meinem Wort.

Immer.

Giulia

Kapitel 26

Scheiße, was haben sie mit mir gemacht?

Verärgert betrachte ich mich im Spiegel meines Badezimmers, drehe den Kopf hin und her, erkenne mich kaum wieder.

Die Hochzeit findet in zwei Tagen statt, deshalb war die Friseurin vorhin hier. Um Make-up und Frisur zu besprechen. Und bei der Gelegenheit hat sie meinem Haar einen Bobschnitt verpasst, es geglättet.

Wenn ich etwas hasse, dann ist es dieser helmartige Schnitt. Schon immer.

Eilig schminke ich mich ab, wasche mein Haar und kehre mit einem Handtuchturban auf dem Kopf in mein Zimmer zurück.

Da ich mich anscheinend gut genug benommen habe, ist Volkov meinem Wunsch nach einer neuen Grundausstattung nachgekommen. Staffelei, Leinwände verschiedener Größen, Farben, Pinsel und das übliche Zubehör. Und ich habe sofort mit einem Gemälde begonnen.

Ich streife mir eine alte Bluse über, nehme Farbpalette sowie Pinsel auf und betrachte einen Moment die ersten Details des Bildes.

Beschwöre die Eindrücke herauf, lasse mich von meinen Gefühlen überwältigen und davontragen.

Und fange schließlich an zu malen.

Mit Tränen in den Augen und einem harten kalten Knoten zwischen Brust und Magen, der mir seit Dienstagabend das Atmen erschwert.

Ich allein bin schuld an Romanos Tod.

Nur wegen des Senders in meinem Oberarm haben sie uns gefunden und konnten uns überraschen.

Niemals hätte ich mich für ihn entscheiden dürfen.

Hätte lieber nach Kanada gehen sollen.

Egal, wie schwer es mir gefallen wäre.

Dort hätten sie mich zwar ebenfalls erwischt, aber ohne jegliche Begleitung. Es hätte ausgesehen wie eine von mir inszenierte Entführung, mehr nicht.

Und Romano wäre noch am Leben.

Hätte, wäre, wenn. Du wusstest nichts von dem Sender.

Aber von der Gefahr, für mich und andere.

Trotzdem war ich nicht stark genug, sondern zu feige, dumm, naiv.

Ich tunke den Pinsel vehement in die Farbe, führe ihn zurück an die Leinwand.

Statt des Gemäldes sehe ich jedoch andere Bilder vor mir, durchlebe meine Entführung noch einmal. Von meinem Erwachen in dem Kellerraum bis hin zur Explosion des Hauses.

Die Schuldgefühle werden stärker, genauso wie die Selbstvorwürfe.

Und irgendwann kann ich es nicht mehr ertragen.

Breche heulend zusammen, lasse alles fallen und schlage die Hände vors Gesicht.

Welches Recht habe ich, noch auf der Erde zu sein, da Romano tot ist?

Oder ist die Hölle, die mich bei Volkov erwartet,

die gerechte Strafe?

Habe ich es nicht anders verdient?

Ich kippe zur Seite, schlinge die Arme um meine Mitte und krümme mich auf dem Teppich zusammen. Zerfließe in meinem Leid, bis ich keine Tränen mehr habe und mich vollkommen ausgelaugt fühle.

Wie nachts oder in jeder Minute, die mein Kopf nicht anderweitig abgelenkt ist.

Keine Ahnung, wie lange ich so daliege, aber schließlich setzt die Dämmerung ein und ich besinne mich darauf, dass ich pünktlich zum Abendessen erscheinen muss.

Folglich rappele ich mich auf, werfe einen Blick auf den Wecker. Räume meine Sachen zusammen und entferne die Farbspritzer vom Boden. Wische den Pinsel an einem Lappen ab, gehe ins Bad und wasche ihn aus.

Danach nehme ich endlich das Handtuch vom Kopf, bearbeite mein fast trockenes Haar mit einem groben Kamm und knete die Locken durch.

Bringe den Pinsel zu den restlichen Utensilien, hänge die Bluse hinten an die Staffelei und betrete den Wandschrank, um mir ein Oberteil auszusuchen, das Volkovs Erwartungen entspricht.

Zum Schluss setze ich mich aufs Bett und warte, dass Dima mich abholt.

Wehre seine Hand ab und stolziere vor ihm den Flur hinunter, bis ins Esszimmer.

Dort steht mein Verlobter am Fenster und nimmt gerade ein Glas Champagner vom Tablett des russischen Butlers. »Ah, da bist du ja, Liebling.«

Der Hausangestellte wendet sich mir zu, hält mir wortlos das Tablett mit dem zweiten Glas hin.

Ich nehme es, bedanke mich.

Volkov prostet mir zu. »*Twajó Sdorówje!* Auf dein Wohl.«

»Cheers.« Statt der entsprechenden Geste trinke ich

direkt einen Schluck.

Keine Ahnung, ob es ihn ärgert, er verzieht keine Miene.

Die Stimme in meinem Hinterkopf seufzt.

Du musst ihn nicht auch noch reizen.

Nein? Vielleicht doch. Womöglich tickt er aus und prügelt mich gnädigerweise zu Tode oder so.

»Übrigens ist nichts vom Entführungsort übriggeblieben, er ist bis auf den Keller niedergebrannt.«

Getriggert von seinen Worten richtet sich mein Blick in die Vergangenheit, sehe ich mich gefesselt auf jenem Stuhl sitzen, Kleid und BH zerschnitten.

»Die Untersuchungen dauern noch an, aber bald werden die Mancusos die Geschichte nicht mehr geheim halten können. Deshalb werden wir morgen deine Befreiung verkünden.«

Ich blinzele, schaue ihn an. »Und was soll das bringen? Ich will nicht, dass jeder weiß, was mit mir passiert ist.«

»Das werden wir auch mit keinem Wort thematisieren. Nur, dass Mancuso dafür bezahlt hat. Und als Zeichen, dass es dir gut geht, er dir nichts antun konnte, findet unsere Hochzeit statt. Das wird meine Position festigen, den Respekt der Clans wachrufen.«

Einem Impuls folgend öffne ich den Mund, will ihn bitten, die Hochzeit zu verschieben. Doch den Gedanken verwerfe ich wieder.

Das ist aussichtslos.

»Aber berichte mir lieber von deiner Kunst. Wie kommst du voran? Wann darf ich das Gemälde sehen?«

»Oh, das ...« Ich räuspere mich, denke an das Herz im Feuersturm. »Das dauert noch etwas, ich bin gerade erst im Anfangsstadium und generell recht langsam.«

»Die Bilder aus deinem Apartment habe ich übrigens zu einem befreundeten Galeristen bringen lassen. Er wird alle

Stücke begutachten und bewerten.«

In mir steigt Ärger auf und ich möchte ihn an Volkov auslassen.

Das sind *meine* Werke, ein persönlicher Teil von mir.

Und durch seine Übergriffigkeit fühle ich mich regelrecht beschmutzt.

Stattdessen schlucke ich es hinunter und nicke.

Beim Essen will er über Kunst plaudern und ich gebe mir die größte Mühe, die gut erzogene baldige Ehefrau zu spielen. Auch wenn sich deswegen mein Magen verkrampft und mir das zweigängige Menü nicht wirklich bekommt.

Am Ende serviert der Butler uns Kaffee und ich beeile mich, ihn schnellstmöglich zu trinken, ohne mir die Zunge zu verbrennen.

Mit höflichem Gesichtsausdruck sehe ich Volkov an. »Wenn du nichts dagegen hast, würde ich mich jetzt zurückziehen.«

»Bist du dermaßen erschöpft?«

»Die Tage meiner Gefangenschaft waren nicht nur grausam, ich habe auch kaum schlafen können. Und da ich übermorgen eine wunderschöne Braut sein will ...«

Da breitet sich ein arrogantes Lächeln auf seinem Gesicht aus. »Aahh, sie werden mich alle um dich beneiden. Dein Clan und meine Leute. Ach, was rede ich. Die gesamte Stadt.«

Ich nicke nur, schiebe den Stuhl zurück. »Wenn du also erlaubst ...«

»Ich begleite dich. Und bei der Gelegenheit werde ich dir etwas zeigen.« Er steht auf, weist zur Tür und geht voran, sobald ich mich erhebe.

Wir laufen ins Wohnzimmer, biegen dort aber in den anderen Flur ab, gehen am Arbeitszimmer vorbei.

»Das hier ist mein privater Bereich.«

Aus heiterem Himmel schnürt mir ein fetter Kloß die Kehle zu.

Was hat er vor? Will er sich etwa jetzt schon an mir vergreifen?

»Und ganz hinten ist mein Lieblingszimmer. Der Raum, in dem ich mich an dir erfreuen werde. Zum Beispiel in der Hochzeitsnacht.«

In meinem Magen bildet sich ein heißer Knoten und eiskalte Angst pulsiert durch meine Adern.

Von diesem Tier darf ich wirklich keinen Funken Gnade erwarten oder erbitten.

Vor der letzten Tür bleibt er stehen, zieht einen altmodischen Schlüssel aus der Hosentasche und steckt ihn ins Schloss. Dreht ihn zweimal herum und sieht mich an. »Willkommen in meinem Refugium.«

Damit öffnet er die Tür, schaltet mit einem Griff das Licht ein und bedeutet mir, an ihm vorbeizugehen.

Ich zögere, doch sein harter Blick ist unmissverständlich. Also schlucke ich, straffe die Schultern und betrete den Raum.

Nur, um nach drei Schritten wie versteinert stehen zu bleiben.

Das hier ist definitiv die angekündigte Hölle.

Der gesamte Raum ist in Schwarz gehalten, vom Boden bis zur Decke, und darin stehen ... Geräte, die ich nur als Folterinstrumente bezeichnen kann.

Nichts davon habe ich vorher je gesehen und ich wage kaum, mir vorzustellen, wie sie verwendet werden. Einige Dinge wirken wie Fetischversionen von mittelalterlichen Apparaturen, sogar mit passenden Horrorgerätschaften daneben, und das verursacht mir eine Gänsehaut.

Die sich verdoppelt, als Volkov eine Hand in meinen Nacken legt und mich ganz nach links zu einem seltsamen Monstrum dirigiert. Eine Mischung aus elektrischem Stuhl und Gynäkologenstuhl, nur mit unzähligen Vorrichtungen zum Fesseln, Festklemmen und ähnlich Schmerzhaftem.

Wenige Schritte davor stemme ich die Füße in den Boden, will mich umdrehen und wegrennen. Doch er packt mich fester, hält mich mühelos an Ort und Stelle.

»Weißt du, was das ist?« Sein Atem streift mein Ohr, seine Stimme trieft vor Verschlagenheit.

Ich schüttele eilig den Kopf.

»Meine ganz persönliche Version eines Sklavenstuhls.«

Mich schaudert es.

»Und Samstagnacht wirst du in deinem Hochzeitskleid darin Platz nehmen.«

Übelkeit schießt in mir hoch und ich rechne beinahe damit, dass mir das Abendessen wieder hochkommt. Egal, wie sehr ich dagegen ankämpfe.

Verzweifelt presse ich die Lider zusammen.

Lieber Gott, wenn es dich gibt – schenk mir Gift oder ein anderes Werkzeug, aber bitte, tu‘ mir das nicht an.

»Ja, mein Liebling, bete du nur, es wird dir nichts nützen. Niemand wird kommen und dich befreien. Weil es kein Mensch in dieser Stadt wagt, den Kampf gegen mich aufzunehmen. Feind für Feind werde ich aus dem Weg räumen. Und bald der ungekrönte König der New Yorker Unterwelt sein. Dank dir.«

Er lacht, leise und teuflisch. Leckt mir über die Wange.

Ich zucke zusammen, verziehe angeekelt das Gesicht und drehe automatisch den Kopf.

Diesmal lacht er lauter, lässt mich mit einem Ruck los.

Und ich nutze die Gelegenheit, um aus dem Raum zu stürmen.

»Ja, Liebling, renn du nur. Du entkommst mir trotzdem nicht.«

Seine Stimme verfolgt mich bis zu meinem Zimmer am anderen Ende der Wohnung, vor dem Dima wartet.

Ich stürme an ihm vorbei, werfe die Tür hinter mir zu, und weiter ins Bad.

Falle vor der Toilette auf die Knie, klappe den Deckel hoch und übergebe mich.

*

Die Limousine fährt in den Columbus Circle, umrundet die Säule mit dem Denkmal für den Entdecker und biegt in die West 59th Street Central Park South ab.

Nur noch ein Block, dann sind wir da.

Ich presse die Hand auf meinen Bauch, sodass die Kristalle auf der Korsage sich in meine Haut bohren, und atme zittrig ein.

Seit dem Aufwachen war ich keine Sekunde allein, denn neben meinem Bewacher steht mir heute eine Assistentin zur Seite, die ich schon wegen des pompösen Kleids benötige.

Trotzdem sucht mein Hirn nach einer Fluchtmöglichkeit und ich verzweifele bereits an der Ausweglosigkeit, die sich vor mir ausbreitet.

Nicht einmal ein scharfes Messer oder eine Schere sind mir in meinem neuen Gefängnis untergekommen, geschweige denn ein Seil, ein Salzfass oder sonst etwas Brauchbares.

Der Fahrer hält vor dem *Essex House*, einem traditionsreichen Art-Deco-Hotel, und sofort eilt einer der Pagen herbei, die an den beiden Seiteneingängen auf ihren Einsatz warten.

Ich löse den Sicherheitsgurt, ergreife die Hand des Hotelmitarbeiters und lasse mir hinaushelfen. Quetsche den ausladenden Reifrock durch die Tür und bleibe auf dem Gehweg stehen, bis die Assistentin bei mir ist und alles richtet.

Sie trägt auch meine Schleppe, während ich auf den rechten Eingang zustrebe. Den überladenen weißen Brautstrauß umklammert und den Blick fest auf meinen Vater gerichtet, der mich gleich dahinter im Smoking erwartet.

Wenn ich mir als Kind meine Hochzeit vorgestellt habe, gab es keinen konkreten Ort, an dem die Trauung stattfand. Aber ich weiß noch, dass meine Eltern schon bei meinem Anblick zu Tränen gerührt waren und mein Vater mich mit Stolz zum Altar geführt hat.

Nun, darauf werde ich wohl verzichten müssen.

Mit seinem typisch überheblichen Gesichtsausdruck des Mafia-Dons dreht er sich ein wenig und hält mir seinen Arm hin.

Ich hake mich ein, sehe ihn ein letztes Mal flehentlich an, doch er ignoriert es und geht los.

Notgedrungen schreite ich mit ihm die drei Stufen in den *Petit Salon* hinab, an dessen Wänden Volkovs Leute bereitstehen. Zwischen den leeren Stehtischen hindurch und zu einer der geschlossenen weißen Flügeltüren. Davor halten wir an und warten.

Der Hotelmitarbeiter steckt den Kopf durch die Tür, um vermutlich mit einem Zeichen meine Ankunft zu verkünden. Schließt sie wieder und lächelt mir aufmunternd zu.

Ich möchte es erwidern, doch es ist unmöglich.

Die Tränen sammeln sich immer weiter in meinem Hals, formen sich zu einem wachsenden Kloß, und ich muss sämtliche Willenskraft aufbringen, sie und mich zu beherrschen.

Da ertönt von drinnen laute klassische Musik, die ich nicht kenne. Eine feierliche Melodie, gespielt von Streichern.

Der junge Mann öffnet beide Flügeltüren, stellt sie

fest und entfernt sich.

Wir gehen hinein und zum Mittelgang, bleiben kurz stehen und laufen weiter.

Den Blick starr geradeaus gerichtet, schreite ich neben meinem Vater den weißen Teppich entlang, der vorn zwischen Bankettischen und hinten zwischen Stuhlreihen bis zum Altar führt. Lenke meine Aufmerksamkeit in meine Augenwinkel.

Vom Raum selbst bis zur Dekoration ist alles dermaßen pompös, dass es bedrückend wirkt, und der Duft der Blumenbouquets ist ähnlich überwältigend. Überall strahlt es in Weiß und Gold, und am Ende jeder Stuhlreihe säumen transparente, mit Wasser gefüllte Säulen den Weg, in denen Kerzen schwimmen.

Wir passieren den letzten gigantischen Kristallleuchter über uns und ich nehme all die Gesichter wahr, die uns beobachten. Nur wenige davon kenne ich, Leute meines Vaters und natürlich meine Brüder mit ihren Frauen.

Abrupt schlägt mein Herz schneller.

Ob sie mir später helfen, zu entkommen?

Träum weiter! Fabio und Andrea gehorchen nur eurem Vater.

Schon sinkt mein Mut wieder und ich habe alle Hände voll damit zu tun, das Brennen in meinen Augen zu bekämpfen.

Zur Ablenkung rufe ich mir den Grundriss das *Grand Salon* ins Gedächtnis, der in den Unterlagen der Hochzeitsplanerin aufgeführt war. Leider liegt er innerhalb des Hotelgebäudes, ohne Lücken zu Nebengebäuden oder Fenster, lediglich Servicezugänge sind verzeichnet.

Dummerweise bringt mir dieses Wissen nichts, denn hier wimmelt es überall von Bratva-Leuten, die für Sicherheit sorgen sollen.

Dann erreichen wir das Podest mit dem Altar und dem Rundbogen, der mit üppigen Blumen sowie weißen, halbtransparenten Tüchern geschmückt ist. Genauso wie die Wand dahinter, womit auch dieser Servicezugang verbaut ist.

Wir steigen hinauf, bleiben vor Volkov stehen und mein Vater übergibt ihm meine Hand. Nickt, wendet sich ab und steigt zur ersten Stuhlreihe hinunter, in der ein Platz für ihn frei ist.

Der Bräutigam hebt meine Hand an seine Lippen, küsst die Knöchel und lächelt.

So kalt, arrogant und überheblich, dass sich jegliche Hoffnung in Luft auflöst.

Meine Welt schrumpft auf diesen Punkt zusammen, in mir kommt alles zum Stillstand.

Das wars. *Finito.*

Die Musik verklingt, er lässt meine Hand los und wir wenden uns dem Mann zu, der uns trauen wird.

Er hält ein Notizbuch in den Händen, woraus er vorliest, und schaut uns hin und wieder an. Seine Rede jedoch plätschert an mir vorbei.

An kein einziges Wort will ich mich erinnern.

Nicht lange, und er beginnt mit dem Trauspruch. Zitiert eine schwülstige Litanei über Respekt, Liebe und die Bedeutung der Ehe.

Und ich möchte in Gelächter ausbrechen.

Welch eine Heuchelei!

Am Ende müssen wir einander ansehen und er stellt Volkov die alles entscheidende Frage.

Der nickt. »Ja, ich will.«

Mir wird übel.

Nun leiert er den Text für mich herunter und zu der Übelkeit flutet Schwäche meinen Körper. Meine Beine zittern und drohen, unter mir nachzugeben.

Dann verstummt er.

Ich blinzele, sehe ihn an.

Gott, bitte, hilf mir!

Der Mann hebt auffordernd die Brauen.

Ich öffne den Mund, will Nein rufen, aber es kommt kein Ton heraus.

Da fliegen hinter ihm die Flügeltüren auf, reißen den Stoff zur Seite.

Mehrere schwarz gekleidete und maskierte Männer stürmen herein, Waffen in den Händen. Einige laufen an uns vorbei, alle schießen um sich.

Um mich herum ertönen Schreie, Gebrüll und Schüsse.

Männer ziehen zu spät ihre Waffen und unzählige Körper poltern leblos zu Boden.

Frauen stehen wie erstarrt da oder kauern sich schreiend hin.

Blut fließt.

Schockiert halte ich den Atem an und starre verblüfft auf die Szene, die sich rasend schnell ereignet.

Einer der Männer kommt zu mir, wechselt die Pistole in die linke Hand und packt meinen Oberarm, wodurch mir der Brautstrauß entgleitet.

Zwei umringen Volkov, halten ihm die Waffe vors Gesicht und fesseln seine Hände mit Kabelbinder auf den Rücken.

Weitere packen sich auf dieselbe Weise meinen Vater, der sie lautstark beschimpft, und meine Brüder. Dirigieren sie zu uns, während die restlichen Männer die wenigen verbleibenden Gäste in Schach halten.

Volkov verzieht das Gesicht zu einer hasserfüllten Grimasse. »Wer auch immer ihr seid, ihr werdet es bereuen.«

Keiner der Vermummten reagiert darauf.

Stattdessen treiben sie uns fünf durch die Tür und den Betonflur dahinter.

Die anderen Männer folgen uns, lösen Dosen von ihren

Gürteln und werfen sie in den Saal. Und bevor der weiße Rauch herausquellen kann, knallen sie die Türen zu, verbarrikadieren sie.

Wir rennen und einer tritt auf meine Schleppe, ein lautes Ratschen ertönt.

Trotzdem hält es mich zurück und ich stolpere, wäre ohne meinen Bewacher gestürzt.

Der und der Mann auf meinem Kleid reißen den Großteil des Rockes ab, inklusive des Plastikreifs, wodurch nur noch einige Fetzen übrigbleiben. Auch mein Schleier landet auf dem Boden, dann ergreift der eine wieder meinen Arm und schiebt mich im Laufschritt vorwärts, wobei er leicht humpelt.

Womöglich bleiben die meisten Kerle deshalb hinter uns.

Zusammen biegen wir am Ende des Flurs ab, brechen durch eine Doppeltür und gelangen in ein kleines Foyer.

Gehört das ebenfalls zum Hotel?

Wir stürmen auf den Ausgang zu, hinaus auf den Gehweg.

Davor parkt ein weißer Lastwagen mit abgeklebten Seiten und laufendem Motor, die hinteren Türen stehen offen.

Volkov und meine Verwandten werden hineinbugsiert, ihre Bewacher folgen.

Als ich das Heck erreiche und auf die Ladefläche blicken kann, verpassen sie ihnen gerade jeweils eine Injektion in den Hals.

Ich werde hochgehievt, ein Vermummter nimmt mich in Empfang, mein Bewacher folgt. Und während die anderen einsteigen, beobachte ich, wie sie den Bewusstlosen Kopfhörer sowie dunkle Beutel über die Köpfe ziehen, ihre Beine fesseln.

Voller Angst sehe ich mich um, von einem der

Entführer zum anderen, und weiche Richtung Seitenwand zurück. »Bitte, nicht, ich ...«

Die Türen klappen zu, werden verriegelt und im Innenraum flammt Licht auf.

Kurz darauf fährt der Lkw los.

Ich schwanke und taste nach Halt.

Mein Bewacher tritt zu mir, schlingt einen Arm um meine Taille. Drückt mich an sich, lehnt sich rücklings gegen die Wand.

Angst und Panik schießen durch meinen Körper, ich stemme mich gegen seine Brust. »Nein, bitte!«

Da zieht er sich die Maskierung vom Kopf.

Darunter kommen ein schwarzer Bart ans Licht, ein bunt schillerndes Gesicht mit kleinen blutverkrusteten Wunden, dickes schwarzes Haar.

Und klare graue Augen.

Ich schnappe nach Luft und meine Knie knicken ein, doch er hält mich.

Seine verführerischen vollen Lippen verziehen sich zu einem zärtlichen Lächeln. »*Principessa*.«

Er sagt es so sanft, dass ich erschauere.

»Oh, mein Gott!« Meine Stimme kippt, ich ergreife seinen Kopf. »Du lebst!«

»Sieht ganz so aus.«

Nun schießen mir Tränen in die Augen, strömen über meine Wangen und mir entfährt ein Schluchzen.

»Scheiße, du lebst!«, stammele ich rau. »Wie ...? Warum ...?«

Er lacht leise. »Später.« Dann packt er meinen Nacken und küsst mich.

Voller Glück, Erleichterung und Euphorie schlinge ich die Arme um seinen Hals, stelle mich auf die Zehenspitzen und erwidere den Kuss.

Allerdings räuspert sich jemand hinter mir.

»Hebt euch das für einen ruhigeren Moment auf.«

Widerstrebend lösen wir uns voneinander, schauen uns einen Augenblick tief in die Augen.

Dann sieht Romano die Person hinter mir an und nickt. »Du hast recht.«

Er löst den Arm um meine Taille ein wenig und ich drehe mich zur Seite. Bemerke, dass drei weitere Männer die Masken abgenommen haben. Einer davon steht direkt vor uns und Romano deutet auf ihn.

»Darf ich vorstellen? Das ist Nate.«

Lächelnd strecke ich ihm die Hand hin. »Ich habe schon einiges von dir gehört.«

Romanos bester Freund schüttelt sie. »Hoffentlich nur Gutes.«

»Überwiegend.« Ich lächele zittrig und er lacht leise.

»Und das sind meine Brüder. Pasquale und Matteo.«

Der eine schüttelt mir mit einem knappen Nicken die Hand, der andere ergreift sie und deutet grinsend einen Handkuss an. »Nett, dich kennenzulernen.«

Irritiert von seinem frechen Ton hebe ich die Brauen.

Romano beugt sich zu meinem Ohr. »Vorsicht, er nimmt kein Blatt vor den Mund.«

Sein Bruder zuckt mit den Schultern. »Es gibt Schlimmeres.«

»Stimmt.« Ich verdrehe die Augen, sehe sie nacheinander an.

»Danke, dass ihr gekommen seid. Dafür werde ich euch ewig dankbar sein.«

Pasquale lächelt. »Für die Familie tun wir alles.«

»Familie?« Stirnrunzelnd schaue ich zu Romano.

»Ja, Familie. Wenn du mich immer noch willst.«

Sanft streiche ich mit den Fingerspitzen über seinen Bart und Kiefer. »Wenn ich mich richtig erinnere, habe ich diese Entscheidung bereits Montagabend getroffen.«

»Ich wollte nur sichergehen, bevor wir das Finale zelebrieren.«

Ich drehe den Kopf, starre die am Boden liegenden Männer an und all die miesen Gefühle und Erinnerungen kochen hoch.

»Oh ja, das wird ein einmaliges Ende für die beiden. Und vollkommen unerwartet.«

Romano

Kapitel 27

Meine *principessa* in den Armen zu halten, ist ein unglaublich gutes Gefühl. Und es erfüllt mich mit einem gewissen Stolz, dass sie ihre neu gewonnene Stärke nicht gleich wieder verloren hat.

Ich ziehe sie enger an mich. »Geht es dir gut? Oder ... hat er dir etwas angetan?«

»Nein, alles gut.« Worüber sie sichtlich erleichtert ist. »Ich bin nur froh, dass ihr rechtzeitig dazwischengegangen seid.«

»Warum?«

»Vorgestern hat Volkov mir sein ... Horrorstudio gezeigt. Sozusagen als Appetithäppchen. Und heute Abend hätte es den ersten Gang gegeben.«

Ärger steigt in mir hoch und ich beiße die Zähne fest aufeinander. »Ich werde seinen Schwanz mit einem Sparschäler bearbeiten.«

»Und ich kümmere mich um meinen Vater, der hat sich eine besonders nette Behandlung verdient.«

Argwöhnisch mustere ich ihr Gesicht, diese Wut brodelt verdammt hoch.

Weshalb ich versuche, einen beruhigenden Ton anzuschlagen. »Was ist passiert?«

Giulia ergreift meine linke Hand, führt sie zu ihrem hinteren rechten Oberarm und drückt meine Finger auf eine bestimmte Stelle. Sieht mich an und reibt langsam darüber. »Fühlst du das?«

Ich richte den Blick nach innen und meine gesamte Aufmerksamkeit auf das, was ich spüre. Ihre Haut, den Muskel darunter und ...

»Es fühlt sich an wie ... ein Reiskorn. Was ist das?«

Sie schnaubt, lässt meine Hand los. »Ein Peilsender.«

»Hat Volkov ihn dir verpasst?«

»Oh, nein! Das war mein lieber Herr Vater. Sofern er das denn ist.«

»Zu welchem Zeitpunkt?«

»Anscheinend bereits in meiner Kindheit. Deswegen haben sie mich gefunden.«

»Wann war das?«

»Ich glaube, Montag.«

Meine Gedanken schießen hin und her, eins fügt sich zum anderen. »*Porca puttana!* Einer der Störsender hatte eine Fehlfunktion, aber das habe ich erst nachmittags entdeckt.«

»Egal, es ist passiert. Nur schade um dein Haus.«

»Finde ich auch.«

»Du glaubst gar nicht, welche Vorwürfe ich mir deswegen gemacht habe. Vor allem, weil du tot darin gelegen hast, bei der Explosion.«

Lächelnd wiege ich den Kopf. »Es trifft weder das eine noch das andere zu.«

»Wie kann das sein? Sie haben dich erschossen und dann –«

»Nein.« Ich nehme ihre Hand und berichte, was wirklich passiert ist.

»Unfassbar.« Sie lehnt den Kopf an meine Schulter, schlingt die Arme um meine Taille und seufzt.

»Versprich mir, dass so etwas nie wieder passiert.«

Ich umarme sie ebenfalls, drücke ihr einen Kuss aufs Haar. »Das kann ich nicht, das weißt du. Aber ich werde mich von nun an bemühen, solche Situationen zu vermeiden. Für dich. Uns.«

»*Uns* ... Klingt ziemlich verlockend.«

»Finde ich auch. Und ich habe vor, jede einzelne Minute mit dir auszukosten.«

»Dafür müssen wir es aber erst zu Ende bringen.«

Mein Blick wandert zu unseren Gefangenen. »Auf mehreren Ebenen, ja. Und unsere Strategie diesbezüglich steht.«

»Weihst du mich ein?«

»In Clan-Interna? Nein, tut mir leid. Oder besser gesagt nur, soweit es dich betrifft.«

»Das reicht mir schon.«

»Gut. Was das Finale angeht, habe ich nämlich deine Wünsche berücksichtigt.«

Giulia hebt den Kopf, lächelt mich an. »Du meinst, die Foltermethoden?«

Ich zwinkere ihr zu, zucke nur mit den Schultern.

In ihren Augen leuchtet etwas auf, das ich gut verstehe.

Weil ich es selbst erlebt habe, und das ist gar nicht lange her.

Wodurch ich eine weitere Nuance unserer Verbundenheit verspüre.

Wir sind von ähnlichem Blut, müssen uns nicht voreinander verstecken.

Beste Voraussetzungen für eine gemeinsame Zukunft, oder?

Von der Fahrerkabine her ertönt ein Klopfen.

Ich nicke ihr zu. »Wir sind gleich da.«

»Sehr gut.« Sie löst sich von mir, streicht sich die Haare zurück und zeigt eine bemerkenswerte Entschlossenheit.

Mein Herz hämmert los und in meiner Brust breitet sich das intensive und warme, glückliche und stolze Gefühl aus.

Diese Frau ist der absolute Wahnsinn.

Und, Fuck, ja, ich liebe sie.

Wie auch immer das passieren konnte.

Der Lkw wird langsamer, biegt schließlich ab und rumpelt weiter. Dahinter erklingt ein dumpfes metallisches Geräusch.

Kurz darauf halten wir an, der Fahrer schaltet den Motor ab, die Türen vom Fahrerhaus werden geöffnet und zugeschlagen.

Nate und einer unserer Männer entriegeln die Hecktüren, stoßen sie auf.

Ich löse mich von Giulia und klettere von der Ladefläche. Strecke ihr die Arme entgegen, hebe sie herunter. Dann drehe ich mich zu Luca um, der mit seinen Leuten auf uns wartet und mich neugierig ansieht.

»Ist alles glattgelaufen?«

»Jepp, wie geplant.«

»Keine Verfolger?«

»Nein.«

»Gut.« Er wendet sich der Frau meines Herzens zu, breitet die Arme aus. »Und du bist Giulia. Willkommen in der Familie, ich bin Luca.«

Sie wirkt beinahe überrumpelt, wie sie sich umarmen lässt und es erwidert. »Vielen Dank. Das bedeutet mir sehr viel.«

»Uns auch.« Mein ältester Bruder zwinkert ihr zu, sieht von mir zur Ladefläche.

Unsere Leute tragen die Gefangenen aus dem Wagen, wuchten sie auf Transportkarren und fahren sie zu einer Tür aus überlappenden milchigen Hartgummimatten.

Wir folgen ihnen mit Blicken, doch sobald sie

verschwunden sind, schaut Giulia sich um.

»Wo sind wir hier überhaupt?«

»Im Fleisch verarbeitenden Betrieb eines treuen Clan-Mitglieds.«

Kurz runzelt sie die Stirn, dann grinst sie meinen Bruder an. »Ich ahne Wunderbares.«

Ich lache leise. »Wenn ich nicht wüsste, dass dieser Drang nach Blut und Tod lediglich vorübergehend und auf diese beiden Männer beschränkt ist, würde ich dich glatt als Francos Lehrling und Nachfolgerin vorschlagen.«

»Keine Angst, ich bleibe lieber bei der Malerei.« Sie erschaudert, reibt sich über die nackten Arme.

Eilig schnipse ich in Richtung von Lucas Leuten. »Besorgt ihr einen Kühlhausmantel.«

Sofort läuft einer von ihnen los und verschwindet hinter einer Tür.

»Was ist eigentlich mit meinen Sachen aus Volkovs Wohnung? Er hat meinen gesamten Besitz dorthin bringen lassen. Oh, und die neuen Malutensilien, mein Bild!«

»Darum werden sich Matteo und Nate kümmern, sobald wir hier fertig sind. Und zwar ähnlich minimalinvasiv.«

Sie lächelt den Don an. »Interessante Bezeichnung.«

»Uns liegt nichts an einem Krieg wie in den Achtzigerjahren des letzten Jahrhunderts. Auch wenn wir dazu bereit sind und deshalb auf der Hochzeit zur Warnung alle anwesenden Männer der Bratva sowie eures Clans ausgeschaltet haben. Wir werden die Ordnung in der Stadt wiederherstellen und dafür müssen wir noch ein paar wichtige Schritte absolvieren. Mit so wenig Gewalt und Blutvergießen wie möglich. Schon allein wegen der Polizei. Von einem Krieg profitiert nämlich in erster Linie sie, weil wir uns selbst schwächen, verwundbar machen.«

»Klingt bestens durchdacht.«

Ich grinse. »Deswegen hat er ja die Clan-Führung übernommen. Und ich wage zu behaupten, dass er es sogar noch besser macht als unser Vater. Der war eher vom alten Schlag.«

»Arschkriecher.«

Wir lächeln einander an, er klopft mir auf die Schulter.

Der Mann kehrt mit einem Kältemantel zurück, hilft Giulia hinein und sie bedankt sich, zieht den Reißverschluss bis zum Kinn hoch.

»Okay, auf ins Finale.«

Luca geht vor, ich ergreife Giulias Hand und wir folgen ihm.

Durch die Gummitür, die Temperaturschleuse und eine weitere solche Tür.

Dort gelangen wir in die Produktionshalle, deren Maschinen an diesem Wochenende stillstehen Matteo, Pasquale und ein paar der Männer warten dort. Zusammen mit Giulias Brüdern, die bewusstlos und mit gefesselten Handgelenken an Fleischerhaken hängen. Wir aber laufen weiter in den Nebenraum, der von kaltem, weißem Licht erhellt wird.

Dort steht eine Anlage, die so alt ist, dass es keine Sicherheitsabschaltung gibt.

Mit der Transportvorrichtung an der Decke können ganze Tiere über den Trichter gefahren werden. Am unteren Ende fallen sie durch Walzen mit Messern verschiedener Größen, gelangen kleingehäckselt zur Schnecke und die transportiert alles durch den überdimensionierten Fleischwolf. Am Ende fällt grobes Gehacktes in einen Stahlwagen oder Ähnliches.

Ich habe keine Ahnung, ob das ihr ursprünglicher Nutzen war oder ob sie noch im Einsatz ist. Allerdings weiß ich mit Sicherheit, dass sie schon von unserem *nonno* zu dem Zweck verwendet wurde, den wir heute verfolgen.

Unsere Männer haben Volkov und Conti je auf einen metallenen Stuhl gesetzt, die Arme auf die Lehnen gefesselt, die Beine an die Stuhlbeine. Auch ihre Köpfe sind fixiert und darüber hängen die Verbindungsklammern zum Transportmechanismus bereit.

An der Wand rechts hat Franco sein Arbeitsmaterial auf einem Stahltisch ausgebreitet. Skalpelle und Messer verschiedener Größen, lange Nadeln in diversen Stärken und Dinge, die mir schon beim bloßen Anblick einen Schauder über den Rücken jagen. Und ich bin bestimmt nicht empfindlich.

Franco wartet daneben auf seinen Einsatz, die Hände vor dem Schoß verschränkt, und ich mache ihn mit Giulia bekannt.

Die betrachtet das Equipment, lässt sich Eigenschaften und Anwendung erklären.

Mein Bruder beugt sich zu mir. »Wie es aussieht, solltest du deine Zukünftige immer mit Respekt behandeln. Sonst wird ihre Rache fürchterlich sein.«

Ich lache leise. »Jepp.«

In der nächsten Sekunde stutze ich. »Moment mal! Wie kommst du auf Zukünftige? Von Hochzeit ist hier noch lange nicht die Rede.«

»Ich gebe euch ein halbes Jahr, um euch kennenzulernen und auf die Ehe vorzubereiten.«

»Hey, ich –«

Er hebt die Hand. »Keine Widerrede. Und ich gehe jede Wette ein, dass es genau das ist, was ihr beide wollt.«

Ich schüttele den Kopf. »Auch wenn ich bisher keinen Kopf dafür hatte – schon möglich. Aber ich würde ihr vorher einen Antrag machen wollen.«

»Niemand hält dich auf.« Mit einem breiten Lächeln richtet er sich wieder auf. »Nun, Giulia. Mit wem möchtest du anfangen?«

Sie dreht sich um und blickt auf ihren Verlobten. »Volkov. Aber eigentlich ...«

Mit entschuldigendem Gesichtsausdruck sieht sie uns an. »Ich kenne ihn kaum und außer einer Ohrfeige habe ich von ihm nur Drohungen erfahren. Deshalb wäre es vermutlich besser, wenn Franco sich darum kümmert. Ihr wollt doch bestimmt noch Informationen von ihm haben.«

Bei ihren Worten wird mir ein wenig leichter ums Herz.

Der Hass auf ihren Vater ist ein Thema. Doch wenn die Umstände sie dermaßen negativ beeinflusst oder sogar psychisch geschädigt hätten ... das wäre für mich definitiv ein Grund zur Sorge gewesen.

»Kein Problem.« Luca wendet sich an Franco, erklärt ihm die Sachlage.

Der nickt. »Du stellst die Fragen, ich sorge dafür, dass er sie beantwortet.«

Damit dreht er sich um, nimmt einen der Eimer neben seinem Tisch und postiert sich vor Volkov. Dann schüttet er ihm eine Ladung Wasser ins Gesicht.

Der Russe zuckt zusammen, prustet, schüttelt sich. Blinzelt und starrt uns schließlich hasserfüllt an. »Das werdet ihr bereuen. Die Rache wird fürchterlich sein.«

Mein Bruder reagiert nur mit einem lässigen Lächeln.

Uns ist die Bedrohung durch die Bratva durchaus bewusst, deshalb haben wir unseren Plan auch dahingehend weitergedacht, was der Rest der Unterwelt von all dem denken soll.

»Niemand verarscht die Bratva.«

Luca wird ernst. »Und niemand verarscht uns.«

Franco reagiert auf seinen Blick, rollt den Tisch und einen Hocker neben den Stuhl von Volkov. Greift nach der ersten Nadel, schiebt die Spitze unter den Nagel dessen Mittelfingers und wartet auf seinen Einsatz.

Mein Bruder zieht sein Smartphone aus der Tasche,

startet die Diktierfunktion und platziert es an der freien Seite auf Francos Bestecktisch. Stellt seine erste Frage, die der Russe nur mit einem abfälligen Gesichtsausdruck beantwortet.

Zur Belohnung schwingt Franco einen Hammer gegen das Ende der Nadel.

Volkov beißt die Zähne zusammen, ächzt lediglich.

Unser Fachmann bereitet den nächsten Finger vor, hämmert dank einer fehlenden Antwort auch gegen diese Nadel. Genauso wie gegen zwei weitere.

Der Russe leidet sichtbar, läuft rot an, schwitzt.

Bei Runde zwei, an der anderen Hand, schwindet sein Willen.

Für Runde drei zerschneidet Franco ihm die Hose, legt seinen Schwanz frei und eine Art Käfig darum, inklusive der Eier. Nähert sich mit Nadel und Hammer seiner Eichel.

Volkov reißt die Augen auf.

Luca wiederholt die erste Frage.

Keine Antwort.

Also setzt der Profi die Nadel an, holt mit dem Hammer aus und schlägt zu.

Noch während seiner Bewegung dreht Giulia sich weg und vergräbt das Gesicht an meiner Schulter.

Der Russe brüllt vor Schmerz.

Und ich schlinge den Arm um sie, presse gequält die Lider aufeinander.

Kein Mann möchte so etwas erleben.

Von da an sitzt Volkovs Zunge locker, auch wenn Franco noch einige Male tätig werden darf, und er liefert uns mehr und beunruhigendere Informationen, als wir erwartet haben.

Wenn die wahr sind, was wir auf jeden Fall recherchieren werden, sollten wir dringend darüber nachdenken, die restlichen Clans der Stadt unter Lucas Führung zu vereinen. Wenigstens vorübergehend. Um die Konkurrenz und Bedrohung auszuschalten.

Am Schluss nickt mein Bruder Franco zu, nimmt sein Smartphone vom Tisch und kommt zu uns.

Unser Fachmann entfernt sein Equipment Stück für Stück von Volkovs Körper und legt es in eine bereitliegende Stoffhülle.

Luca sieht mich mit ernster Miene an, schiebt das Telefon in die Innentasche seiner Jacke. »Da kommt einiges auf uns zu.«

Ich verziehe das Gesicht. »Wir haben in ein riesiges Wespennest gestochen.«

»Wie gut, dass du mich entführt hast. Jetzt bin ich doppelt froh, dass es sich genau so zwischen uns entwickelt hat.« Giulia zieht die Schultern hoch und verschränkt die Arme vor der Brust.

»Boss? Conti wird wach.«

Wir drei schauen hinüber.

Luca geht zu unserem Mann. »Perfektes Timing. Sorg dafür, dass er Volkovs Ende mitbekommt.«

»Ja, Boss.« Er läuft zum zweiten Eimer, kippt ihn Conti über den Kopf.

Auch der zuckt zusammen und schüttelt sich.

Statt zu schweigen, beschimpft und verflucht er uns jedoch auf Italienisch.

»*Chiudi il becco!*«

Die schneidende Stimme meines Bruders lässt selbst mich zusammenfahren.

Das Oberhaupt unseres verfeindeten Clans verstummt, wirkt aber immer noch, als würde er uns am liebsten mit seinen Blicken töten.

Luca setzt sein kaltes, hartes Lächeln auf. »Entschuldige, bitte, Emilio. Bevor wir uns dir zuwenden, muss Volkov uns leider verlassen.«

Der Alte runzelt die Stirn, sieht sich um, so weit die Riemen über dem Vorderkopf das zulassen, und zu seinem Nachbarn. Zuckt bei dessen Anblick zurück, presst kurz die Lippen zusammen und wendet sich erneut an meinen Bruder.

»Wovon redest du?«

Luca nickt unseren Männern zu.

Die lösen die Fixierung von Volkovs Kopf und legen ihm einen engen Plastikring um den Hals. Verbinden ihn mit der Klammer der Transportvorrichtung und kürzen das Seil per kabelgebundener Bedienung so weit ein, dass er mit dem Hintern abhebt.

Er keucht und versucht, sich irgendwie hochzustemmen, um den Druck auf seinen Hals zu mindern.

Schnell schneiden sie die Armfesseln durch, zurren seine Handgelenke mit Kabelbinder aneinander fest und erhöhen den Zug, bis er steht. Der Ring rutscht nach oben, bis über die Kehle, wodurch er zwar verzweifelt nach Luft schnappt, aber noch nicht stranguliert wird. Dann zerschneiden sie die Fesseln an seinen Beinen und ziehen ihn ganz nach oben.

Nun röchelt und zappelt er, doch unser Mann steuert den Transportmechanismus mit Seelenruhe, bis der Russe genau über dem Trichter hängt.

Noch ein Knopfdruck, und die Anlage erwacht laut rasselnd zum Leben.

»Was habt ihr Schweine vor?« Conti zerrt an seinen Fesseln.

Niemand antwortet, alle schauen nur zur Oberkante der Anlage hinauf.

Giulia wendet den Blick ab, richtet ihn auf ihren Vater.

Und ich lege ihr eine Hand zwischen die Schultern,

reibe in kleinen Kreisen ihren Rücken.

Damit sie weiß, dass ich bei ihr bin. Sie es nicht allein durchstehen muss.

Volkov starrt zu uns hinab, mit bereits hervortretenden Augen, und öffnet unter großer Anstrengung den Mund. »Ihr miesen –«

»Fahr zur Hölle!«

Luca gibt ein Zeichen, unser Mann drückt auf den Knopf und der Russe fällt hinein.

Das Geräusch, mit dem er zerkleinert wird, ist grässlich, untermalt von einem kurzen qualvollen Aufschrei. Dann wird auch das Gehäcksel leiser.

Doch bevor das Endprodukt austritt, stoppt die Anlage wieder.

Mein Bruder sieht von ihrem Vater zu Giulia. »Du bist dran, meine Liebe. Soll ich es ebenfalls aufzeichnen?«

Contis Kopf ruckt herum. »Was soll das heißen?«

»Ja, bitte, tu das.« Die Frau meines Herzens lässt die Arme sinken, geht langsam auf ihn zu. »Das heißt, dass du für alles bezahlen wirst, was du meiner Mutter und mir angetan hast. Doch erst ...«

Sie zieht den Kältemantel aus, wendet sich an Franco. »Wie geschickt bist du mit dem Skalpell?«

Der hebt nur eine Braue. »Geschickter als mancher Chirurg.«

»Gut. Haben wir einen Erste-Hilfe-Kasten hier?«

Ich schnipse unserem gerade untätigen Mann zu. »Du hast die Lady gehört.«

Er nickt und eilt davon.

Neugierig sehe ich zu Giulia. »Was hast du vor?«

Die funkelt ihren Vater an. »Am liebsten würde ich es selbst tun, aber ich komme nicht an die Stelle. Also wird Franco das letzte Überbleibsel seiner Kontrolle über mich entfernen. Damit er sieht, wozu er mich gemacht hat.«

Unser Mann kehrt zurück und stellt den Plastikkasten auf Francos Metallwagen.

Giulia geht hinüber, holt Desinfektionsspray sowie Verbandsmaterial heraus, und zeigt Franco, wo der Peilsender sitzt.

Der tastet ihren hinteren Oberarm ab, dirigiert sie näher an sein Besteck und zieht sich Einmalhandschuhe aus dem Verbandskasten über. »Romano, du solltest jetzt ihre Hand halten.«

Fuck!

Adrenalin schießt in mein System und ich folge seinem Rat.

»Und es wäre gut, wenn sie auf etwas draufbeißen könnte. Ein Stück Holz oder Leder.«

»Mein Gürtel.« Kurzentschlossen schiebe ich die Hand zur Schnalle.

»Nein, das geht schon.«

»Es wird wehtun.«

In ihren grüngrauen Katzenaugen leuchtet es auf, stark und intensiv. »Leg los, Franco.«

»Giulia!«

Sie hält meinem wütenden Blick stand, packt stattdessen mein Oberteil und zieht mich an sich. »Küss mich, Mancuso!«

Ohne zu nachzudenken, lege ich die Hände um ihren Kopf und küsse sie so leidenschaftlich, wie es mir in dieser Situation möglich ist. Werde von erregenden Blitzen getroffen und von Verlangen überspült.

Sie zuckt zusammen, stöhnt auf.

Ich vertiefe den Kuss, sie stürzt sich hinein.

Wenige Sekunden später lässt die Anspannung in ihr merklich nach, der Griff lockert sich, ihr Kuss wird sanfter.

Erleichtert nehme ich mich zurück.

»Fertig.«

Wir küssen uns weiter.

Bis Luca sich laut räuspert. »Ich störe nur ungern, aber wir haben etwas zu erledigen.«

Voller Bedauern löse ich mich von ihr und raune: »Später haben wir alle Zeit der Welt.«

»Ja.« Ihre Lippen formen ein zittriges Lächeln.

Dann atmet sie tief durch, strafft die Schultern und verbiegt sich, bis sie auf das rundum abschließende Wundpflaster sehen kann. »Okay. Danke, Franco.«

Er nickt stumm, legt die gebrauchten Instrumente zu den anderen und reicht ihr den Sender.

Giulia betrachtet ihn. »Kann ich deinen Hammer haben?«

Wortlos reicht er ihn ihr, sie hockt sich hin und zertrümmert das winzige Stück Technik auf dem harten Fliesenboden, gibt das Werkzeug zurück.

Die Überreste klaubt sie auf, geht zu ihrem Vater und schüttet sie in dessen Brusttasche.

Ich stelle mich zwischen Franco und Luca, und wir verfolgen die Szene von der Seite.

Conti mustert sie mit abfälligem Blick. »Falls du versuchst, mich zu beeindrucken ...«

Sie lacht tonlos. »Warum sollte ich?«

»Weil es das ist, was du immer getan hast. Du wolltest meine Aufmerksamkeit, dass ich dich liebe.«

»Was nie funktioniert hat.«

Conti spuckt auf ihr Kleid. »Du bist nicht mein Fleisch und Blut.«

Meine *principessa* zuckt zurück.

Presst die Lippen aufeinander und versetzt ihm eine schallende Ohrfeige.

»All die Jahre, die du *mamma* und mich gequält hast ... Warum hast du uns nicht einfach verstoßen?«

Er sieht sie an und in seinen Augen lodert der Hass. »Niemand ... betrügt mich. Oder versucht ungestraft, mir ein Kuckuckskind unterzuschieben. Oh, nein. Claudia sollte es ein Leben lang bereuen, die Beine für diesen Bastard breitgemacht zu haben.«

»Du kennst meinen Vater?«

»Ja.«

»Wer ist es?«

Keine Antwort.

Giulia verzieht grimmig den Mund.

Nimmt sich eine dickere Nadel sowie den Hammer von Francos Tisch und jagt sie ihrem Vater mitten durch die linke Hand.

Er brüllt auf. »Du Satansbrut!«

»Sag mir seinen Namen.«

»Nein.«

Sie holt aus und hämmert auf seinen linken Mittelfinger.

Der Schrei ist noch lauter und in mir steigt solidarische Genugtuung auf.

»Raus damit.«

»David O'Brian.«

»Woher hat *mamma* ihn gekannt.«

»Er war Künstler, hat damals hier gelebt und ausgestellt.«

»War? Hast du ihn ermordet?« Sie klingt geschockt.

»Ich habe es versucht. Aber nach dem Anschlag wurde nie eine Leiche gefunden.«

»Scheiße, du bist ein solches Arschloch. Und als du genug von meiner Mutter hattest, hast du sie in den Selbstmord getrieben, oder was?«

»Ich habe ihren Anblick nicht mehr ertragen. Genauso wenig wie deinen.«

Wütend beiße ich die Zähne aufeinander und schiebe

die Hände in die Taschen, um mich zurückzuhalten.

Selten habe ich jemanden gesehen, der so voller Hass und Bitterkeit steckt. Und der es an unschuldigen Menschen auslässt, sie psychisch fertigmacht.

Allein deswegen hat er es verdient, dass man ihm die Scheiße aus dem Leib prügelt.

»Warum hast du mich dann am Leben gelassen? Mich bei dir behalten?«

Da breitet sich auf seinem Gesicht ein hämisches Lächeln aus. »Um dich zu meinem Vorteil zu verheiraten.«

»Du wolltest mich verschachern, hast mich sämtlichen Clans der Stadt angeboten.«

»Und keiner wollte dich haben. Außer Vadim. Aber das Bündnis mit ihm wäre ohnehin perfekt gewesen. Mit seiner Hilfe hätte ich die Herrschaft der Stadt übernommen.«

Luca lacht leise. »Oh, wie naiv du doch warst.«

Conti fixiert ihn misstrauisch. »Wovon redest du?«

»Dass er dich reingelegt hat.«

»Nein.«

»Doch. Er hat vorhin selbst zugegeben, was wir längst vermutet haben. Ich habe es aufgezeichnet.«

»Was genau?«

»Dass *er* die Macht haben wollte. Du warst nur das Sprungbrett.«

»Lügner, das seid ihr. Allesamt!« Er sieht uns nacheinander an. »So wie es euer Urgroßvater begründet hat.«

»Wovon redest du? Der Fehde zwischen unseren Clans?«

»Von was denn sonst, du dämlicher Affe? Er hat meinem Großvater die Frau ausgespannt.«

Ich stöhne auf. »Ach, du Scheiße! Darum habt ihr eine jahrzehntelange Feindschaft angezettelt?«

»Für euch Mancusos ist Ehre doch ein Fremdwort.«

»Von wegen!« Giulia wütet los. »Du bist derjenige ohne Ehre und Anstand. Und vermutlich hast du es, genauso wie deinen Hass, an Fabio und Andrea weitergegeben. Wussten sie, dass ich nicht deine Tochter bin? Fanden sie es gut, was du mit mir gemacht hast? Dass du mich an ein Monster verkauft hast?«

»Als ob ich diese Schande je mit einem Menschen teilen würde. Niemand kann verstehen, wie erbärmlich sich dieser Betrug angefühlt hat. Wenn man sich vorstellt, wie die eigene Frau sich mit einem Anderen im Bett wälzt und auch noch schwängern lässt. Damit hätte sie meinen Ruf ruiniert, mich als Don lächerlich gemacht. Und sie –«

»Halt dein verficktes Lügenmaul! Sie war so viel besser als du.«

»Eine Hure, das war sie. Und du kommst ganz nach ihr.« Er wirft mir einen kurzen Blick zu, spuckt erneut auf ihr Kleid.

Giulia stößt einen frustrierten Schrei aus, der zum Ende hin immer schriller wird.

Eilt zu Francos Wagen, reißt etwas Metallisches an sich und tritt ganz nah an ihren Vater.

»Es reicht.« Sie zwängt die Spitze von dem Gerät zwischen seine Lippen.

Ist das eine Zange?

»Du wirst nie wieder irgendwelche Märchen oder Lügen erzählen.«

Wütend stochert sie in seinem Mund herum, dreht mehrmals an einer Schraube. Zerrt die Zange wieder heraus und –

Fuuuck! Ist das seine Zunge?

Ein Schmerzenslaut erklingt aus seinem offenen Mund, seine Augen weiten sich.

Sie stellt einen Fuß auf die Stuhlkante zwischen seinen Beinen, stemmt sich dagegen und zieht mit aller Macht an seiner Zunge.

»Nie. Wieder!«

Conti stöhnt lauter und beugt den Kopf panisch vor, so weit das in der Fixierung möglich ist.

Und dann, ohne Vorwarnung, ertönt ein kurzes, seltsames Reißen.

Giulia taumelt zurück, fällt auf den Hintern.

Ihr Vater brüllt auf wie ein gequältes Tier, Blut quillt aus seinem Mund.

Franco und ich laufen zu ihr, helfen ihr hoch und ich drehe sie zu mir um.

»Alles in Ordnung?«

Auf ihrem Gesicht spiegeln sich Zorn und Überraschung. »Ich ...«

Sie hebt die Hand mit der seltsamen Zange, in der noch die Zunge steckt, schaut darauf und erbleicht. »Oh, Gott, was habe ich getan?«

Unser Fachmann nimmt ihr wortlos das Folterinstrument ab und bringt es weg.

Fassungslos erwidert sie meinen Blick. »Romano ... was habe ich getan?«

Sanft lege ich die Hände um ihren Kopf. »Das Richtige. Du hast ihn für all das bestraft, was er dir und deiner Mutter angetan hat.«

»Ja, aber ...«

»Kein Aber. Er hat es verdient, denn er ist nur ein Stück Scheiße. Er hat euch nie geliebt, seinen Hass an euch ausgelassen. Deine Mutter in den Tod getrieben, dich wie ein Stück Vieh verkauft, obwohl er wusste, was dir bei Volkov blüht. Doch du hast ihm gezeigt, dass er dich nicht endgültig gebrochen hat. Dass du zehnmal stärker bist als er.«

Sie blinzelt, in ihre Augen kehrt Leben zurück.

Gleich erbleicht sie und drückt sich die Hände auf

den Magen. »Wo ist die nächste Toilette?«

Ich schaue auf, Luca deutet auf eine von zwei Türen.

Hastig dirigiere ich Giulia dorthin, bugsiere sie in den engen Raum und zur Toilette. Dort fällt sie auf die Knie, ich klappe den Deckel hoch und im nächsten Moment bricht der erste Schwall aus ihr hervor.

Keuchend klammert sie sich an den Toilettensitz, erbricht sich erneut.

Und ich hocke mich hinter sie, streichele ihren Rücken.

Vor der Tür nähern sich Schritte. »Sollen wir es zu Ende bringen?«

»Willst du dabei sein?«, frage ich leise.

Sie schüttelt den Kopf, würgt und spuckt erneut.

Also drehe ich den Kopf zur Tür. »Ja.«

»Okay.« Luca entfernt sich wieder.

Es fällt kein einziges Wort, doch ich höre ähnliche Geräusche wie bei Volkov.

Giulia spuckt nur noch Galle und Magensaft. Hängt über der Schüssel wie ein Häufchen Elend, verschwitzt und zitternd. Wird schließlich ruhiger.

Und mitten in diese relative Stille hinein erklingt das Geräusch, mit dem die Transportvorrichtung eingeschaltet wird.

Giulia

Kapitel 28

Ich streife den Kapuzenpullover über, fahre mir noch einmal durchs Haar und verlasse das Bad des Gästezimmers.

Romano sitzt in Jeans und Langarmshirt auf dem Bett, redet mit seiner Schwägerin, die mit vor der Brust verschränkten Armen neben ihm steht. Das Gespräch verstummt jedoch, sobald ich im Türrahmen auftauche.

Beide sehen mich an, Debbie lächelt. »Ah, super, die Sachen passen dir.«

Ich zupfe verlegen an der Yogahose und dem Pullover. »Ja, sehr gut sogar. Noch einmal vielen Dank dafür. Ich werde sie dir so schnell wie möglich zurückbringen.«

»Ach was, mach dir deswegen keine Gedanken.« Sie winkt ab. »Da wir zwei Kinder haben, besitze ich Unmengen davon. Sie werden viel zu schnell dreckig.«

»Okay.« Ich lächele.

»Super, dann ruht euch ein bisschen aus. Abendessen gibt es um sechs, aber falls ihr vorher Hunger habt, geht einfach runter in die Küche.«

»Ehrlich gesagt könnte ich einen Kaffee vertragen.«

Romano springt auf. »Ich hole uns welchen.«

»Aber ich kann doch mitkommen.«

»Nein, du brauchst erst einmal Ruhe, glaub mir.« Er kommt zu mir, küsst mich auf die Stirn.

Mich durchflutet warme Dankbarkeit und ich schließe kurz die Augen.

»Ich bin gleich wieder da.«

»Danke.«

Sie verlassen den Raum, lehnen die Tür an und ihre Schritte im Flur entfernen sich.

Ich atme tief ein, seufze und schaue mich ratlos in dem gemütlichen Zimmer um. Gehe zum Fenster, stütze mich an der Fensterbank ab und schaue hinaus.

Aus dem sonnigen Morgen ist ein trüber Nachmittag geworden und die meisten Spitzen der benachbarten Gebäude verschwinden in den Wolken. Menschen mit Schirmen eilen über den gegenüberliegenden Gehweg und zwei Kinder springen vergnügt immer wieder in die Pfützen am Rand der ruhigen Straße.

Auf meinem Gesicht breitet sich ein leichtes Lächeln aus.

Damals war das auch eine meiner Lieblingsbeschäftigungen.

Und manchmal hat meine Mutter meine Hand genommen und mitgemacht.

Oh, *mamma*, ich vermisse dich so sehr. Jetzt erst recht.

Meine Gedanken wandern zu dem Fleischbetrieb zurück.

Die Mancusos haben meine Brüder vor die Wahl gestellt.

Fabio und Andrea sollten kapitulieren, den Clan offiziell in den ihrer Todfeinde überführen. Als Wiedergutmachung für den Tod des alten Don Mancuso. Falls nicht, würden ihre Köpfe rollen und eine notfalls gewaltsame Übernahme erfolgen.

Da sie die Qualen und den Tod ihres Vaters

mitanhören mussten, haben sie verdammt schnell ihr Leben gewählt.

Einige Bilder aus jenem Raum blitzen in meinem Kopf auf, doch ich kneife die Augen zusammen, um sie zu verscheuchen.

Ich will heute nicht mehr daran denken.

Du bist stark, du kommst damit klar.

Ich horche in mich hinein.

Ja, der Schock hat sich abgeschwächt, genauso wie die Gewissensbisse.

Aber wer weiß, ob das je ganz vergehen wird.

Konzentrier dich auf die positiven Details.

So ist sie, die Rebellin in mir. Optimistisch und pragmatisch veranlagt.

Außerdem hatte sie bis jetzt immer recht und das ist verdammt gut so.

Mein Vater hat keinerlei Macht mehr über mich.

Und ich verstehe, warum er mich so mies behandelt hat.

Was ich ihm nie verzeihen werde, aber wenigstens kann ich jetzt damit abschließen.

Es lag nie an mir, mich trifft keinerlei Schuld.

Weiterhin bin ich dadurch dem Mann begegnet, der mein Feind sein sollte und mir stattdessen unter die Haut gegangen ist.

Direkt ins Herz.

Keine Ahnung, was ich ohne ihn getan hätte, in dieser Situation.

Ich wäre noch immer stumm und du nicht erstarkt. Vermutlich hättest du dich einfach in dein Schicksal gefügt.

Kurz presse ich die Lider zusammen.

Grauenhafte Vorstellung.

Hinter mir ertönt ein seltsames Geräusch, wie wenn jemand leicht gegen die Tür tritt.

Irritiert drehe ich mich um.

Allerdings ist es nur Romano, der sie aufschiebt, in jeder Hand einen Kaffeebecher. Lächelnd kickt er die Tür zu, kommt zu mir und reicht mir eine Tasse.

»*Prego! Un cappuccino per la mia principessa magnifica.*«

Sein Tonfall ist so verführerisch, dass ein warmes Prickeln aus meinem Bauch aufsteigt und sich ein Lächeln auf meinem Gesicht ausbreitet.

Mit beiden Händen umfasse ich den Porzellanbecher. »*Che seduttore che sei!*«

»Und? Funktioniert es?«

»Kommt darauf an, wozu du mich verführen willst.« Ich nippe an dem aromatischen Heißgetränk, lecke mir genießerisch den Schaum von der Oberlippe.

Sein Blick wandert zu meinem Mund, dann zurück zu meinen Augen. »Na ja, wir haben uns ein paar Tage nicht gesehen oder berührt, da ist die Sehnsucht nach dir verdammt stark geworden. Außerdem müssen wir dem vielen Adrenalin mit noch mehr Glückshormonen entgegenwirken, findest du nicht?«

»Schon möglich.«

»Darüber hinaus lenken wir uns ab, entspannen uns, kommen uns wieder ein Stück näher ...«

Das Verlangen nach ihm lodert höher, trotzdem lache ich leise. »Darf ich noch meinen Cappuccino austrinken?«

»Eigentlich nicht.«

»Wie bitte?«

»Da es aber Verschwendung wäre, ihn kalt werden zu lassen, und du schon zu lange auf einen guten Cappuccino verzichten musstest, werde ich gnädig sein und mich so lange zurückhalten.«

In meinem Schoß beginnt es vor Lust so heftig zu pochen, dass ich zwei große Schlucke trinke und meine Tasse auf die Fensterbank stelle.

Anschließend nehme ich ihm den Kaffeebecher aus der Hand, parke ihn neben meinem. Schmiege mich an Romano, schlinge ihm die Arme um den Hals und schaue ihn herausfordernd an.

»Dann mal los, Mancuso. Zeig mir, wie sehr du mich vermisst hast.«

In seinen Augen lodert Begierde auf und er beugt sich vor, hebt mich auf seine Arme und trägt mich zum Bett. »Mit dem allergrößten Vergnügen.«

Danach liege ich in seinem Arm, mein Körper um seinen geschlungen. Fühle mich positiv erschöpft, geborgen, beschützt. Und, ja, glücklich und geliebt.

Die Gefühle, denen wir uns am Montag zum ersten Mal hingegeben haben, sind intensiver und durch das Erlebte auch stärker geworden.

Und keiner von uns versteckt es.

Wodurch der Sex sich ebenfalls verändert hat.

Es war genauso leidenschaftlich und herrlich dreckig wie vorher. Dabei mussten wir leider leise sein und Romano hat mir am Ende den Mund zugehalten, so heftig hat er mich zum Höhepunkt gebracht. Aber es hatte eine neue Tiefe, mehr Nähe, und war dadurch für mich umso aufregender und befriedigender.

Ich seufze und streiche über das Löwen-Tattoo auf seiner Brust. »Danke, dass du mich auf andere Gedanken gebracht hast.«

»Gern geschehen.«

»Es ist echt seltsam, dass es funktioniert. Mit diesem gewissen Abstand erscheint alles nur noch halb so schlimm. Dabei habe ich so etwas noch nie getan.«

»Ich glaube, das liegt an unserer Erziehung. Wer zu einem Mafia-Clan gehört, sogar als Teil davon aufwächst, entwickelt abweichende Definitionen von Moral und

Werten. Ansonsten könnten wir in dieser brutalen Welt nicht überleben. Also, bitte, quäl dich nicht mit unnötigen Selbstvorwürfen, sondern hak' es ab. Es ist das Beste für deine Psyche.«

Kann ich das?

Darf ich das?

Hör in dich hinein, du bist bereits auf halbem Weg.

Nachdenklich atme ich tief durch. »Vor ein paar Wochen hätte ich meinem Vater niemals die Zunge herausgerissen.«

»Nein, vermutlich nicht. Aber wenn wir in diese Mühlen geraten, vor allem beim ersten Mal, verändert es uns. Mal auf extreme Weise und in kurzer Zeit, so wie bei dir. Oder in einem schleichenden Prozess, wie in meinem Fall.«

»Erzählst du mir davon?«

»Was meinst du?«

»Na ja, wie war deine erste Folter?«

Er gluckst. »Das ist nicht mein Metier, dafür haben wir Leute wie Franco.«

»Okay. Wann hast du das erste Mal auf jemanden geschossen?«

»Warte. Ich glaube, da habe ich gerade studiert und bin in eine Art Bandenkrieg geraten. Die konkreten Umstände weiß ich nicht mehr, aber jeder von uns hat um sein Leben gekämpft. Und ja, ich habe eines genommen. Danach habe ich mich ähnlich gefühlt wie du jetzt. Obwohl ich wusste, dass es anders herum hätte kommen können.«

»Was ich getan habe, war eine Form von Selbstjustiz.«

»Nein. Du hast dich dagegen gewehrt, dass du wie ein Stück Dreck behandelt wurdest, und das war dein gutes Recht. Bei dem, was du zu erwarten hattest, war es Notwehr. Du hast deinem Vater heimgezahlt, was er dir jahrelang angetan hat. Und deine Mutter gerächt. Aber du hast ihn weder getötet noch den Befehl dazu gegeben.«

»Nein, das hast *du* für mich getan.«

»Und noch viel mehr, wenn du mich darum gebeten oder es gebraucht hättest. Weil du mir wichtiger bist als jeder andere Mensch auf dieser Welt. Du gehörst nun zu meiner Familie und für die würde ich alles tun.«

Ich stemme mich auf den Ellbogen hoch und schaue ihn an. »Auch dafür danke. Du hättest deine Gefühle für mich ignorieren und mich umbringen können. Nur weil ich offiziell deine Feindin war.«

Er lächelt sanft, streicht mir eine Locke hinters Ohr. »Glaub mir, das war ziemlich unmöglich.«

»Was wissen eigentlich deine Brüder davon?«

»Alles.«

»Und ... wie haben sie darauf reagiert? Den meisten Mafiosi sind Gefühle doch bestimmt egal.«

»Nun, zum einen haben sie bereits die Richtige gefunden und wissen, wie das ist. Zum anderen kennen sie mich gut genug, um den Ernst meiner Gefühle und Absichten zu erfassen. Oder wie realistisch ich die Situation und die daraus resultierende Gefahr einschätze. Und Luca hat gemeint, in ein paar Jahren wäre ich ein würdiger Vertreter für ihn.«

»Dein ältester Bruder ist verdammt clever. Und irgendwie weise. Genau der Richtige, um euren Clan zu führen.«

»Auf jeden Fall. Er hat sogar besser und früher erfasst, was genau ich für dich empfinde, als ich.«

Abrupt galoppiert mein Herz los und ich hebe interessiert die Brauen. »Ach ja? Und was wäre das?«

»Anscheinend habe ich mich Hals über Kopf in dich verliebt. Und zwar verdammt hart.«

»Hm.«

»Was – hm? Glaubst du mir nicht?«

»Erstaunlicherweise schon.«

Er lacht. »Erstaunlicherweise? Was soll das denn heißen?«

Hitze schießt mir ins Gesicht und ich beiße mir verlegen auf die Lippe. »Na ja, mir geht es ähnlich und das hat mich total überrumpelt. Es ist ... surreal. Dass es *mir* passiert. Dass es mir mit *dir* passiert. Und dass du so unfassbar ehrlich bist. Von den meisten Männern hört man immer nur, dass es ihnen schwerfällt, zu ihren Gefühlen zu stehen.«

»Tja, wir Mafiosi sind eben ganz besondere Männer.«

Zärtlich streiche ich über seine Wange. »Ja, das habe ich bereits gemerkt. Und ich will keinen anderen mehr.«

Auf Romanos Gesicht breitet sich ein liebevolles Lächeln aus. »Darüber reden wir in ein paar Wochen, wenn sich alles beruhigt hat.«

»Okay, einverstanden. Und was machen wir bis dahin?«

»Wir bauen uns das Leben auf, für das wir bereits Ideen gesammelt haben.«

»Ich weiß nicht einmal, ob ich in mein Apartment zurückkehren kann oder was mein Vater damit gemacht hat.«

»Eigentlich möchte ich keinen Tag mehr ohne dich sein.«

»Du meinst ...«

»Ja. Zieh bei mir ein.«

»Aber ich ...«

»Es sei denn, du möchtest erst noch eine gewisse Zeit allein leben. Das ist natürlich kein Problem.«

»Erst noch?«

»Na ja, über kurz oder lang werden wir doch eh zusammenleben, oder?«

»Du bist verdammt optimistisch.«

»Ich hatte nie ein besseres Bauchgefühl.«

Schon klopft mein Herz wieder heftig los, trotzdem zögere ich, beiße mir erneut auf die Lippe.

Komm schon, wo ist das Problem? Du kannst nur gewinnen.

Meine Gedanken rasen, von einer Fantasie zur entgegengesetzten, und ich horche noch einmal in mich hinein.

Dann treffe ich meine Wahl und strahle ihn an. »Okay. Lass es uns versuchen.«

»Das ist die zweitbeste Entscheidung deines Lebens.«

»Wieso nur die zweitbeste?«

»Weil der Montag schon an erster Stelle steht. Zumindest bei mir.«

»Scheiße, du bist echt süß, Mancuso.«

Da verdreht er die Augen und seufzt theatralisch. »Wenn wir allein sind, oder mit meinen Brüdern zusammen, ist es okay. Aber solltest du das in der Öffentlichkeit sagen, muss ich dich leider zum Schweigen bringen.«

Empört hebe ich die Brauen. »Und wie? Willst du mir wieder einen Sack über den Kopf ziehen und mich entführen?«

Da wirft er mich blitzschnell herum, rollt sich auf mich. Schlingt mein Bein um seine Taille und grinst. »Oh, nein, da kenne ich einen viel befriedigenderen Weg.«

Und im nächsten Augenblick landet seine Hand mit einem leidenschaftlichen Hieb auf meinem Hintern.

ENDE

Hat dir das Buch gefallen?
Möchtest du ähnliche Romane lesen?

Hier sind meine Buchtipps!

Aber halt, stop!

Vorher habe ich noch ein Bonuskapitel von Giulia und Romano für dich! Ein Blick in ihre Zukunft.

Das erhältst du als Dankeschön, wenn du dich zu meinem Newsletter »Katies Herzenpost« anmeldest. Bitte hier entlang:

https://subscribepage.io/BonusBRBJ

Oder direkt QR-Code scannen.

Deine Vorteile:

- Neuigkeiten vor allen anderen erfahren
- Weitere Bonuskapitel lesen
- Exklusive Inhalte und Aktionen genießen

Meine Buchtipps

Black Luck

von Katie McLane

Für eine Nacht entflieht sie ihrem Gefängnis - und läuft ihrem Schicksal direkt in die Arme.

Gefangen in der Hölle einer arrangierten Ehe hat Grace Redmond sich über Jahre heimlich ein zukünftiges Leben aufgebaut und sie erlaubt sich keinerlei Ausrutscher. Bis auf jene Nacht mit dem atemberaubenden Fremden, den sie kurz darauf ausgerechnet als Geschäftspartner ihres Mannes kennenlernt. Zu allem Überfluss gerät sie in Schwierigkeiten, aus denen er ihr einen Ausweg bietet. Sie weiß, sie sollte ihm widerstehen. Nur ... wie?

Foster Black ist erfolgreicher Geschäftsmann und kontrolliert als Capo das illegale Glücksspiel im Gebiet der Familie Violante, wo ihm Grace erneut begegnet. Im Tausch für weitere Treffen begleicht er ihre Schulden, denn diese Frau geht ihm unter die Haut wie keine zuvor. Er will sie für sich und dafür schreckt er vor nichts zurück. Auch nicht vor dem Äußersten.

Hot Mafia Romance
»Black Luck« ist ein abgeschlossener Einzelband aus der Reihe »Mafia Clans of New York«.

→

Perfect Fake Deal

(Perfect Fakes 1)

von Katie McLane

Zwei Millionen für eine Fake Ehe mit dem heißen CEO, der küssen kann wie ein Gott? Klingt nach dem perfekten Deal. Oder?

Gwen Hancock steht vor den Scherben ihrer Existenz, als sie sich in jener Nacht auf ein Trinkspiel einlässt und diesen faszinierend sexy Typen küsst. Dummerweise läuft ihr Taylor Fleming wenige Tage später erneut über den Weg. Als CEO der Firma, mit der sie zukünftig zusammenarbeiten will.
Zu allem Überfluss kennt er ihre finanziellen Probleme und macht ihr ein unwiderstehliches Angebot. Zwei Millionen dafür, dass sie ein halbes Jahr seine Frau spielt.
Wenn da bloß nicht dieses heftige Knistern zwischen ihnen wäre.

https://katie-mclane.de/Bücher/Perfect-Fakes/

→

Alle Informationen über mich und von mir findest du hier:

www.Katie–McLane.de

Hörbücher: https://katie-mclane.de/Hoerbuecher/

Meine Veröffentlichungen
(siehe auch www.katie-mclane.de/Buecher/)

Reihe »Burning Hearts«

Never Really Me
Bad Romeo & Broken Juliet
No Oblivion *(Februar 2025)*

Reihe »Christmas in Love«

Boss, it's cold outside
Single Bell Rock *(Oktober 2024)*
Merry Penalty Christmas *(November 2024)*

Reihe »Perfect Fakes«

Perfect Fake Deal
Perfect Fake Match
Perfect Fake Daddy *(Dezember 2024)*

Reihe »San Francisco Millionaires«

Love Me, Mr. Millionaire
Kiss Me, Mr. Millionaire
Touch Me, Mr. Millionaire *(Juli 2024)*

Reihe »Fateful Nights«

Fateful Night with my Boss
Fateful Night with a Rockstar
Fateful Night with CEO
Fateful Night with a Billionaire

Reihe »Personal Protections«

Personal Protections – Blackmailed
Personal Protections – Stalked
Personal Protections – Sammelband 1

Reihe »Table Companions«

Dancing With A Stranger
Hold Me, Master!
Would I Lie To You?
Hot Dates – Sammelband

Reihe »Mafia Clans of New York«

Black Luck
Close Revenge

Reihe »Black Orchid«

Black Orchid – Unlimited Sin
Black Orchid – Dark Needs

Black Orchid – Hidden Desire
Black Orchid – Secret Burlesque
Sammelbände Black Orchid – Session One, Session Three

Reihe »Hot Winter Quickies«
Wishes
Desire
Sammelband

Meine Beiträge zu »Frostmagie« (Kooperation mit 13 Autorinnen)
Frostmagie – Unbreak my Heart
Frostmagie – Zuckerkuss und Weihnachtswunsch
Winterzauber in Frost Creek (Sammelband inkl. Bonusgeschichte)

Meine Beiträge zu Kurzgeschichten-Sammlungen & Anthologien
Dear Santa (Hrsg. Margaux Navara)
Knisternde Kurzgeschichten: Sammelband 1 (Hrsg. Nora Heck)
Dark Masked Nights (Hrsg. Kate Dark; Charity-Projekt für die Kinderkrebshilfe Rostock)

**Hier gibt's was
Heißes auf die Ohren!**

Erhältlich über alle gängigen Anbieter.

Aktuelle Liste unter

**https://www.katie-mclane.de
/Buecher/Hoerbuecher/**

to be continued ...